清宮十三朝演義

宮闈風雲再起

悠悠歷史幾多愁

許嘯天 著

沿襲首部筆觸，展開一幅更加細膩、曲折的大清帝國宮廷畫卷
康熙、雍正及乾隆三朝，從入宮的宛轉離愁到皇權的爭奪遊戲
從宗室權謀到後宮糾葛，展現清代皇族及官僚的生活面貌——

目錄

目錄

悲離鸞小宛入宮　誓比翼世祖遊園

卻說董小宛聽了洪承疇的話，一時氣急，要在柱子上一頭撞死。虧得她丫頭扣扣在身旁，搶救得快，上前抱住。董小宛也痛得暈倒在扣扣懷裡。隔了不知多少時候，清醒過來一看，見自己睡在繡床上，丫頭扣扣陪在身旁。問時，原來是在洪承疇的私第裡。董小宛想起丈夫，不禁嗚嗚咽咽的痛哭起來。扣扣在一旁再三勸慰，說：「為今俺們在這洪賊勢力之下，只得耐心守候，主人在外面，總可以想法救俺們出去的。」董小宛也無可奈何，只得耐心住下。看看那頭上的傷口，也慢慢的好了。

有一天，洪承疇吃醉了酒，想起董小宛來，便把她主婢二人喚來，對董小宛說道：「冒公子如今已關進監牢裡，過三五天，便要解進京去殺頭。只因為我看你可憐，暗地裡給你一個信，你倘然肯轉嫁給我，我便拼卻丟了這前程，把冒公子暗地裡放走，和你丟官逃走。」洪總督話不曾說完，董小宛坐在地下，指著洪總督亂罵亂哭。洪總督笑嘻嘻的上前去親自攙扶，被董小宛一伸手打了一個嘴巴去，打得又脆又響。洪承疇大怒，拍著桌子，混帳王八蛋的罵了一陣。吩咐：「拖去關起來！」便有兩個笨女人上來，把她主婢兩人橫拖豎拽的拉進一間小樓去，緊緊關住。董小宛幾番要尋死，都被扣扣勸住，並說：「主人萬分寵愛主母，主母倘然死了，給主人知道了，怕主人的性命也不保呢。」小宛聽了這話，怕丈夫為她傷心，便也不敢死了。

那冒巢民逃出家門以後，外面風聲鶴唳，說冒巢民窩藏匪類，皇帝下旨查拿，滿門抄斬。有的說江南總督四處畫影圖形，單抓冒巢民一個人。冒公子聽了，嚇得他走投無路。虧得他四處都有朋友，逃在歙縣一個朋友家裡。那朋友替他四處張羅，冒巢民自己也打發人到金陵總督衙門裡去打聽消息，才知道是洪承疇因為要奪他的董小宛，所以造出許多罪名來。冒巢民氣憤極了，要親自趕到金陵去和洪承疇拚命。這時有一侍妾，名蔡女蘿的，跟著冒巢民一塊兒逃在外面，勸冒公子說：「為今洪賊的勢力大，主人倘然到金陵去，正是自投羅網，給宛姊知道了，又叫她加添憂愁。如今妾身有一計在此，不知主公生平可有心腹的僕人？」冒巢民聽了，略略思索一會，說道：「有了！有一個馮小五。他母親死了，是董小宛替他買棺成殮的。自從董小宛嫁到我家，這馮小五便在我家當一名僕人，他常常說起小宛的恩德，便是送了性命報德，也是願意的。」蔡女蘿便對冒巢民說：「如此如此……一定可以把宛姊救回來。」

冒巢民聽了女蘿的話，便連夜回水繪園去。那班舊時的奴僕和江湖好漢知道了，都悄悄的到水繪園來看望。冒巢民對著大眾把蔡女蘿的計策說了，果然那馮小五跳起來，搶著拍著胸口說道：「水裡火裡，小的願意去！」當下又有幾個願跟馮小五一塊兒去行事的，又有幾個願幫貼盤纏的。冒巢民拿出一千兩銀子來，交給馮小五，說：「衙門要使用，多少我都肯，總要想法把你主母救回來才是。」這班人一齊答應了一聲，一溜煙去了。冒巢民仍回到歙縣去守候消息。

這馮小五原是江湖上人，那總督衙門裡的差役，他原都認識的。當時他到了金陵，擺了豐盛的酒席，把衙門裡弟兄一齊請到。酒吃到一半，馮小五給眾人磕了一個頭，說起他主人被洪總督虛構罪名，強搶寵姬的事。又說：「如今主人願出千金，求請各位弟兄幫忙，設法把俺主母救回家去。」眾差役聽了馮小五的話，正低著頭想法子時，忽然有一個公人，慌慌張張從外面進來，說道：「諸位哥哥快回去！小人到京城上諭，立刻收拾行李，今夜九時便要動身。哥兒們快回去吧！」眾人聽了這話，你看著我，我看著你，發了一會怔，匆匆忙忙的散去。

內中有一個名叫李山的，也是一個熱心的朋友，他和馮小五交情又最深。他臨走的時候，對小五說道：「老弟不用憂愁，今夜三更時分，請在秣陵關下守候著，我去打聽你主母坐的是第幾輛車子，通一個消息給你，你須多約幾個弟兄上去奪回來。」小五依了他的話，到秣陵關下去候著。直候到天色微明，才聽得車聲隆隆，前面大隊人馬過去。洪總督的車子在前，後面跟著五六十輛大廠車，兩旁都有清兵保護著，眼看他出關去。車子後面，又跟著一隊騎兵，那李三也夾在兵隊裡，見了小五，他忙把手掌擊了三回，又伸著二個指兒。小五看了，知道董小宛在第十七輛車子上，他便遠遠的在後面跟著。他們是騎馬的，小五隻有兩條腿，氣喘吁吁的跑著。幸而他們押著許多女眷們的車輛，常常要打尖停息，小五也不致落後。

看看過了一站又是一站，那兵士們防備很嚴，小五終不能得手。車子走過邗溝地方，這裡離綠楊村很近，小五悄悄的去招呼幾個舊日冒巢民的奴僕，直追到清江浦地面，卻不見了李三。再打聽時，原來洪總督因要趕路，自己帶了李三一班親兵，晝夜兼程前進，丟下這許多女眷的車輛，吩咐兵隊押著，隨後慢慢的進京。這也是洪承疇要避人耳目的意思。馮小五聽了，十分歡喜，說是機會到了，當夜打聽得第十七輛車子和別的車子都寄住在悅來客店時，那女眷們依舊睡在車裡。到了四更時分，小五約了幾個同伴，悄悄的爬上屋頂，那兵士們因總督不在，多貪了幾杯，這時正好睡。小五跳進內院，認得第十七輛車子是粉紅色的車簾，便急忙跳上車去，掀開車簾一看，在月光下果然見那董小宛的丫頭扣扣睡在車門口上。小五到這時也不及細看，搶著兩個被窩，開啟店門，拔腳飛奔。被窩裡的女人，從夢中驚醒，哭喊起來。小五一邊跑著，一邊拍著被窩說道：「莫嚷莫嚷！俺是來救你回家去的。」這時店小二和一班兵士們，都從夢中驚醒，追出門去，小五已去遠了。看看第十七輛車子裡的一位女眷和丫頭，都被劫去了。那兵士們一面報官訪拿，一面押著車子，晝夜趕路。過了山東地界，不多幾天，到了京裡。

且說那小五搶得他主母和扣扣，回到他夥伴家裡。開啟被窩一看，那丫頭扣扣原是不錯，只有那主母卻換了一個女眷。小五十分詫異，問時，扣扣說：「主母在路上，感冒風寒，前幾天已換到後面蒲草輪子的病號車裡去了。」小五又問：「這位女眷是什麼人？」那女人自己說：「是姓金，原也是好人家的女兒，遭洪總督手下的兵士搶進衙門去，逼著做一個侍妾。如今你既拿我錯認做你家主母搶了出來，是救了我的性命，我也無家可歸，願跟著到你主人家裡去，服侍你主人一世。」小五見不是主母，也無心和這金氏說話，便託他同伴，把金氏和扣扣帶回家去，自己轉身又趕進京去。打聽董小宛雖住在洪承疇府裡，卻還不曾遭洪氏的毒手。但是，府中院落重疊，兵衛森嚴，叫小五如何下手？隔了幾天，接到他主人的來信，說京裡有一位曹御史，是多年的至交，可以去求他幫忙。小五依了信上的話，去求見曹御史，把他主人的話說了。曹御史聽了，十分動怒，說：「這洪老賊！不上奏章參他一本，也不顯得我老曹的手段。」便吩咐小五，趕快去補一份狀子來。

小五回去，找了三天，才找到一個寫狀子的人。誰知這寫狀子的人，見他告大學士洪承疇，心下不覺一跳，表面不動聲色的勉強替他寫好狀子，暗地裡卻跑到大學士府去通報。這個消息洪承疇聽得了，一面吩咐拿一錠大元寶，賞了這寫狀子的人，一面和他手下的門客商量。門客裡面有一個名叫徐九如的，便替他想了一條計策，用迅雷不及掩耳的手段，把董小宛連夜送進宮去。

順治皇帝一見，果然十分寵愛。只因董小宛心中唸唸不忘冒巢民，她見了皇帝，宮女叫她跪下，她只是低著頭抹眼淚。皇帝看她哭得可憐，便吩咐宮女，帶她到別宮去，好好看養。董小宛住在宮裡，享用十分優厚，皇帝也常常來看望她，用好言安慰她。董小宛任憑皇帝千言萬語，她總是不答話，皇帝好不動怒，坐了一會去了。這樣子過了幾天，董小宛心想這位皇上好性兒。日子久了，把自己的悲愁也慢慢的減輕下來。宮女看她肯說話了，便私地裡問她的來歷。董小宛告訴了她。那宮女說道：「這樣說來，這洪承疇是你的仇人呢。你還想報仇嗎？」董小宛咬著牙恨恨的說道：「俺過一百世也要報這個仇！」宮女又說：「你若想報仇，第一步要順從皇帝，得了皇帝的寵愛，便可以借皇帝的勢力報你的私仇。」一句話說得董小宛恍然大悟。心想身子既已進宮，休想再出宮去；我不如將計就計，替冒公子報了這個仇吧！

不多幾天，順治皇帝果然封小宛做淑妃。又怕外人說他娶漢女做妃子，便把小宛改姓董鄂氏，稱董鄂妃。皇帝得了董鄂妃以後，卿卿我我，一雙兩好，把從前的愁悶，都已銷去。便是這董鄂妃，也一心一意的伺候皇上，好似把冒公子忘了。暗地裡卻買通太后宮裡的宮女太監，打聽太后和洪學士的事體。原來太后雖說紅顏已老，卻仍是顧影自憐。她自從多爾袞死去以後，春花秋月，宮闈獨宿。想起從前的伴侶，一個個都已過去，只有這洪承疇，遠隔在江南。便暗暗的下一道懿旨，把這位老朋友喚回京來。

每到煩悶的時候，把洪學士傳進宮去，談笑解悶。這個消息被董鄂妃打聽得了，心想我何妨趁此在皇帝跟前挑撥一下，送去這洪賊的性命，也出了我心頭的怨恨。她主意已定，隔了幾天，天氣十分蒸悶，董鄂妃正在涼床上睡午覺，忽然皇帝悄悄的到來，宮女們忙要去喚醒妃子，前來接駕；皇帝搖著手，吩咐莫驚醒她。說著，自己掀起軟簾，躡進房裡去。只見妃子側著腰兒，睡在榻上，那半邊粉腮兒，越覺得紅潤可愛。皇帝走上去，看她雙眼低合，香息微微，正好睡呢。又看她裙下弓鞋，卻瘦得和春筍一般。皇帝忍不住伸手過去，輕輕一握。再看她鞋底里，繡著「周延儒進呈」五個楷字，皇帝點點頭，微微一笑。這時紗窗外吹進一陣風來，掀起了妃子身上的羅衣，露出紅紅的襯衣角兒，那衣角上繡著一對小小的鴛鴦，顏色十分鮮豔。皇帝看了，不覺發起怔來。正靜悄悄的時候，董鄂妃清醒過來。睜眼看時，見皇帝笑吟吟的站在榻前，慌得董鄂妃忙下榻來，跪在地下接駕。皇帝親扶她起來，笑說道：「這樣熱的天氣，悶在房裡做什麼？朕和你到什剎海採荷花去。」董鄂妃笑著稱：「遵旨！」又說：「臣妾還不曾洗澡呢，萬歲暫請外屋子坐一會罷。」皇帝聽了，把頸子一側，說道：「朕正要看卿洗澡呢！」董鄂妃忙跪奏道：「臣妾不敢褻瀆萬歲，再者，給外臣們知道了，成什麼體統？」皇帝搖著頭說道：「這怕什麼？外臣們也管不著這許多。你若害羞，吩咐他們放下湘簾，朕在簾子外望著就是了。」董鄂妃沒法，只得吩咐宮女們預備香湯，放下湘簾，伺候洗浴。皇帝在簾外望著，四個宮女替她洗擦著，另外四個宮女站著，手裡捧著鏡子胰子浴衣許多東西。不一會，妃子浴罷，重新梳妝。捲起湘簾，皇帝跳進來，笑說道：「長著這一身潔白的皮膚，真可稱得玉人兒了。」把個董鄂妃羞得粉腮兒上起了兩朵紅雲。

皇帝坐在一旁，靜悄悄的看妃子梳妝成了，便握著妃子的手，走出宮去。上了涼轎，太監抬著，來到什剎海地方，只見萬頃蓮田，風吹著荷葉兒，翻來覆去，頓時覺得涼爽起來。荷花深處，蕩出一隻畫舫來，宮女們伺候皇帝和妃子上了畫舫，搖到水中央。妃子親採一朵白荷花，獻與皇帝，皇帝接在手中，一手攙著妃子的手，並肩靠在船窗裡，看許多宮女們坐在採蓮船在荷花堆裡鑽來鑽去，齊聲唱著《採蓮曲》。一陣陣嬌脆的歌聲，傳在皇帝耳朵裡，皇帝連連稱妙。停了一會，宮女們採了許多荷花，獻上畫舫來，皇帝吩咐堆在妃子腳下。董鄂妃坐在艙中，四面荷花圍繞。人面花光，一般嬌豔。皇帝嘆道：「愛卿真可以做得蓮花仙子！」從此以後，董鄂妃經皇帝讚歎以後，宮女們都稱她「蓮花仙子」。當時皇帝吩咐擺上酒來，和妃子對坐，兩個傳遞杯盞。宮女們盤腿坐在艙板上。皇帝吩咐唱曲子，只聽得一陣嬌聲，夾著弦子聲唱道：

望平康，鳳城東，千門綠柳一路絲韁；引遊郎，誰家乳燕雙雙？隔春波，晴煙染窗。紫晴天，紅杏窺牆，一帶板橋長；閒指點，茶寮酒舫，聽聲聲賣花忙。穿過了條條深巷，插一支帶露柳嬌黃。

一會到了西岸，見岸上萬綠森森，濃蔭疊疊。皇帝說道：「好一個清涼世界！」便攜著妃子，踱上岸去。吩咐宮女太監們只在岸邊伺候著，不用一人跟隨。他兩人肩並肩兒，手拉手兒，慢慢地走到綠蔭深處的牌坊下面。皇帝忽然心裡一動，忙把董鄂妃的玉手拉住，親親熱熱的接了一個吻。笑說道：「朕和愛卿，好似民間一對快樂恩愛夫妻。」董鄂妃聽了，不覺撲簌簌的兩行熱淚，從粉腮上滾下來。皇帝見了，越發憐愛她，忙把她摟在懷裡。低低問時，那董妃嗚咽著說道：「臣妾賤同小草，一時得依日光，享榮華，受富貴；轉眼秋風紈扇，拋入冷宮，到那時不知要受盡多少淒涼呢！」皇帝聽了，便道：「愛卿盡可放心，朕得愛卿如魚得水，不但此生願白頭偕老，又願世世生生結為夫婦。真是唐明皇說的『在天願作比翼鳥，在地願為連理枝』。卿如不信，朕當對天立誓。」說著，伸手按住董鄂妃的肩頭，雙雙跪倒在牌坊下。皇帝道：「皇天在上，我愛新覺羅福臨與妃子董鄂氏，願今世白頭偕老，世世結為夫婦，永不厭棄。倘然中途有變，我願拋棄天下，保全俺倆的交情。」

董鄂妃聽了，忙磕頭謝恩。皇帝扶她起來，董鄂妃趁此奏明：「被洪學士強擄進京，家中還有胞兄名巢民，不知生死如何，天天記唸。求皇上天恩，把巢民宣召進宮，使我兄妹得見一面，死也瞑目。」皇帝當時答應，第二天便下旨給江南總督，宣冒巢民進京。那冒巢民得了聖旨，立刻啟程。

那洪承疇獻董小宛進宮，原想她生性貞烈，一定要死在宮裡的，也是借刀殺人的意思。不料她一進宮去，十分得寵；皇帝依戀著妃子，連日罷朝。他明知董小宛一得寵幸，定要報仇，便想了一條先發制人的計策。他覷便把皇帝私幸漢女，荒廢朝政的話，對太后說了。太后聽了，大怒，便立刻要去見皇帝，洪承疇攔住說：「這事體須得慢慢的解勸。太后不如先下了一道懿旨，禁止漢女進宮，他日搜查宮廷，便有所藉口。」太后聽了便依他的話，立刻下了一道懿旨：禁止滿漢通婚；又不許選漢女當宮女。在神武門內，掛著一塊牌子，上寫：「有以纏足女人入宮者，斬！」一行字。皇帝看了，心中暗暗為董鄂妃擔憂。

過了幾天，冒巢民到了宮裡，董鄂妃在坤寧宮召見，兩下里自有一番悲喜的形狀。只因宮女站在眼前，只好兄妹稱呼；皇帝也把巢民召去，問了幾句話。在宮中賜宴，宴罷，又進宮去和小宛說話；說起從前的恩情，和今後的分離，四行眼淚，和潮水一般似的淌下來。宮中不能久坐，只得硬著頭皮，告辭出來。臨走的時候，皇帝賞他黃金五百兩，又下旨給江南總督，替他在家鄉蓋造花園，隨時保護。

小宛自從巢民去了以後，勾起了萬斛愁腸，不覺害起病來，終日睡在榻上，自有御醫調治，皇帝也不時來看望，用好言安慰。小宛正病得昏沉的時候，忽然聽得宮女報說：「太後來了！」慌得小宛出了一身冷汗，忙掙扎起來梳洗。忽見進來四個宮女，不由分說，把小宛橫拖豎拽的拉了出去。只見太后氣憤憤的坐在房子中間，宮女把小宛推上去，按著她跪在地下。要知小宛性命如何，再聽下回分解。

入空門順治遜國　陷情網康熙亂倫

卻說小宛正昏昏沉沉的時候，被宮女拉出去跪在太后腳下。只聽得太后喝一聲：「賤人，抬起頭來！」便有宮女上來，挽住小宛的雲髻，往腦脖子後面一拉，小宛的臉便抬了起來。太后冷笑一聲，說到：「長得好狐媚子的臉！替我掌嘴！」宮女們便揚起手掌，向兩邊粉臉上打去，一連打了三四十下，打得小宛臉上紅腫，眼前金星亂迸。她心裡又氣又急，眼前一陣昏黑，不覺暈絕過去。宮女們把一碗冷水在小宛臉上一潑，小宛驚醒過來。太后便吩咐宮女問這賤丫頭什麼地方來的。小宛一面哽咽著，把自己的來歷，仔仔細細的說了；卻仍是瞞著，說自己是冒家的女兒。

正說時，皇帝踉踉蹌蹌的跑了進來。皇帝一向是怕太后的，見了這樣子，只得低著脖子，恭恭敬敬的站在一旁，不敢說一句話。只聽得太后問完了話，便吩咐宮女：「打死了罷！」上來四個粗蠢的旗婦，手裡各拿著紅漆棍，又拿著一個紅布袋，要把小宛裝進袋去。這是宮裡的刑法，宮女犯了死罪，便裝在布袋裡，一頓亂棍打死。皇帝到了這時候，便忍不住上去，跪倒在地求著：「她原是好人家女兒，是洪學士送進宮來的。倘然太后要打死她，應當先辦洪學士的罪！」太后聽皇帝說起洪學士，便觸動了私心，那口氣便也軟了下來，吩咐宮女道：「攆她出去罷！」皇帝又求道：「這漢女已進宮多日，再攆她出去，於皇家體面不好看。」太后想了一想，卻也不錯，便吩咐送到西山玉泉寺去。皇帝再要求時，太后手指皇帝的臉，大聲道：「你可看見神武門裡俺的旨意麼？漢女進宮的，便砍腦袋。今天我還看在皇帝面上，饒了賤人一條狗命呢！」說著，逼著宮女把董小宛拉出宮去；坐一肩小轎，內監抬著，直送上西山玉泉寺裡去。

這玉泉寺，是供奉喇嘛的。清宮裡的規矩，宮人犯罪的，重則立時打死，輕則寄寺學佛。董小宛住在寺裡，倒也覺得清淨，天天唸佛，自己知道紅顏薄命，便也看破紅塵，一心修道。不多幾天，居然把各項經卷讀熟。小宛原是一個聰明女子，她參透經典的奧理，心中恩怨兩忘，什麼冒巢民，什麼順治皇帝，都不掛在她心上。獨有那順治帝，迷戀得厲害；他自小宛出宮以後，雖有別的妃嬪伺候著，但他想起小宛，便日夜悲啼。過了幾天，皇帝實在忍耐不住，便化了許多銀錢，買通宮女太監們，瞞住了太后的耳目，悄悄的偷上西山去。在玉泉寺中見了小宛，兩人抱頭痛哭。小宛把許多紅塵虛幻的話，慰勸皇帝。皇帝總是依依不捨，在玉泉寺裡一連住了三天，還不肯回宮。後來給太后知道了，打發總管太監，抬著軟轎來接駕；又說：皇帝倘然不肯回宮去，太后便要自己上山來了。小宛又再三勸著皇帝說：「陛下倘不忘臣妾，將來在五臺山上，還得一見。」後來太后又打發內監來催逼，皇帝無可奈何，上轎回宮去。

誰知皇帝回宮的第二天，忽然看管玉泉寺的內監報說，董鄂妃不見了！皇帝聽了萬分傷心。暗地裡打發許多太監，各處去找尋，也是毫無消息。皇帝把侍候小宛的宮女傳來，親自盤問。那宮女說：「妃子怕是成仙去了。這幾天風清月白的夜裡，只見妃子在寺後面的瑤臺上走來走去的望著月兒，內監們趕去看時，已是影蹤全無了。這不是仙去了麼？」皇帝聽了，反快活起來，拍著手說道：「朕原說她是蓮花仙子呢！如今果然成仙去了！可是叫朕怎麼樣呢？」說著，便呆笑起來。

這個消息傳到太后耳裡，怕從此把皇帝引瘋了，便暗暗的吩咐人，到西山去，連夜放了一把火，把玉泉寺燒成一片焦土。可憐燒死了許多宮女太監。內中有一個宮女的屍身，很像小宛的，太后便吩咐宮人，故意聲張起來，說小宛被火燒死了。皇帝聽了，也不悲傷。隔了幾天，忽然宮裡吵嚷起來，說：「皇帝走了！」又在皇帝書房裡，搜得皇帝遺下的手詔。上面寫道：

太祖太宗，創垂基業，所關至重；元良儲嗣，不可久虛。朕子玄曄，佟桂氏所生，岐嶷穎慧，克承宗祧，茲立為皇太子。即皇帝位。特命內大臣索尼蘇克、薩哈過、必隆、鰲拜為輔臣，伊等皆勛舊重臣，朕以腹心寄託，其勉矢忠藎，保翊嗣君，佐理政務。布告中外，咸使聞之。欽此。

當時皇太后看了這手詔怔了半天，便吩咐把內大臣鰲拜傳進宮來。商量停妥，便傳諭出去，說：皇帝急病身亡，遺詔立太子玄曄為皇帝。這個消息一傳出去，文武百官都到大清門外候旨。太后傳旨出去，所有滿漢臣工，一概不許進宮；只吩咐明天在太和殿朝見新皇帝。第二天，那文武大臣貝勒親王，一齊在太和殿候駕；三下靜鞭，新皇帝登基。這時玄曄年紀只有八歲，坐在龍椅上，受百官朝賀；鰲拜和洪承疇站在兩旁。皇帝下旨，改號稱康熙。一面在白虎殿裡，一般的替順治皇帝辦起喪事來。

且說順治皇帝自從偷出宮門以後，只因換了平常衣服，路上也沒有人來盤問他。京城裡的路，他是不認識的。他信步向西走去，看看出了北京城。這時是深秋天氣，只見眼前一片荒涼，順治皇帝心中想起從前和董小宛在樹林中密語，一番恩情，起了無限感慨，腳下一腳高一腳低向麥田中走去。正走時，前面田路旁遠遠的來了一個痴頭和尚，手中拿一軸破畫，嘴裡高一聲低一聲的不知唱些什麼。看看走近皇帝跟前，只見他深深的打了一個問訊。說道：「阿彌陀佛！師父來了麼？」

世祖聽了，心中不覺一怔。道：「這和尚那裡見過的？怎麼嗓音怪熟呢！」再看他時，見他渾身長著癩瘡，一隻左眼已瞎，身上袈裟，千補百納，赤著一雙腳。便問他道：「你赤著腳不怕冷嗎？」那和尚哈哈大笑著道：「冷是什麼？什麼是冷？」世祖聽了，不覺觸動禪機，心下恍然大悟。接著說道：「什麼是我？我是什麼？」那和尚道：「善哉善哉！」世祖問他：「你手中拿的是什麼畫？」那和尚見問，便放聲大哭起來；哭夠多時，才說道：「貧僧原是五臺山清涼寺裡的僧人。俺師父道行很高；修煉到八十歲上，忽然對貧僧說道：『我明日要下山去了！』當時貧僧不忍離開師父，拉住他的衣裳，放聲大哭。師父看我哭得傷心，便說這是定數，哭也無用。我唸你一片至誠，如今給你一幅畫兒，畫上畫著一個沒有眉毛的人。你記著：二十年後，你帶著這幅畫兒下山進京去，自有人替你補畫上那畫中人兒的眉毛。」

世祖聽他說話離奇，便向他要那幅畫兒看。見上面果然畫著一個赤腳和尚，和尚臉上果然缺少兩條眉毛。世祖看了，便在腰上掛著的筆袋裡掏出一枝筆來，替他補畫上兩條眉毛。那和尚見世祖替他畫了眉毛，便爬在地下，連連磕頭，口中喊著師父。說道：「俺師父叮囑我，那補畫眉毛的人，便是我的後身。我聽了師父的話，如今恰恰二十年，便下山來尋訪，在江湖上飄泊了多年，才找到了貴檀越。貴檀越不是我的師父是什麼？請師父快回山去。」世祖便問他：「你的師父，如今到什麼地方去了？」那和尚說道：「俺師父自從給了我這幅畫以後，第二天便圓寂了。」世祖聽了，低著頭半晌，忽然大笑道：「俺跟你去罷！」那和尚說道：「師父也該去了，山上的女菩薩也候著師父多日了。」世祖問他什麼女菩薩，那和尚說道：「便是玉泉寺的女菩薩。」世祖聽了，拉著那和尚飛也似的跑去。後來世祖和董鄂妃一塊兒在五臺山上清涼寺裡修道。吳梅村有一首清涼山贊佛詩，便是世祖和董妃的事體。那詩道：

雙成明靚影徘徊，玉作屏風壁作臺；
薤露凋殘千里草，清涼山下六龍來。

這個消息，傳到太后耳朵裡，懊悔從前不該攆走董鄂妃，如今自己親生的兒子，孤淒淒的出家在五臺山上。但這件事體又不好聲張出去，只得推說禮佛，便帶著康熙皇帝巡幸到五臺山。太皇太后瞞著眾人，暗暗的到清涼寺去訪問。只見一個癩和尚，又聾又瞎，問他說話，十句倒有九句不曾聽得。太皇太后無可奈何，對著寺門灑著幾點眼淚，下山回宮去。到了第二年，太皇太后又到五臺山去，只見那山門半圮，連那癩和尚也不在了。太皇太后便下旨重建清涼寺，算是太皇太后的私廟。以後太皇太后年紀也老了，行動不便，便也不曾到五臺山去，只是心中常常記念著罷了。

倒是康熙皇帝年紀漸漸大起來，長得人物漂亮，精明強幹。在順治手裡，已經打敗明將史可法，滅了明帝子孫福王、唐王、魯王，又趕走了永明王，打敗了鄭成功，收得臺灣海島。後來平西王吳三桂、平南王尚之信，靖南王耿精忠造反，也經八旗兵打平。到了康熙時候，地方上十分太平。太皇太后替他請了兩位師傅；一位是河南人湯斌；一位是魏裔介。這兩位學士，天天在瀛臺對皇帝講解經史，後來又請侍講學士高士奇講解宋學。皇帝也十分好學，天天和大臣們講論不倦。他回進宮去，對宮女們講解。那宮女聽了，莫名其妙。這時有一位太公主，是太宗皇帝的幼女，世祖皇帝的胞妹，康熙皇帝的姑母。只因面貌長得美麗，年紀又小，只大得康熙皇帝五歲。太皇太后不捨得她出宮去，把她留在宮裡，到二十二歲，還不曾招駙馬。康熙皇帝和這位姑母又最好，自幼兒跟著姑母一床兒睡，許多乳母保母宮女們伺候他，他都不要。一進宮來，便找他姑母玩兒去。後來上了學，在上書房聽了講回宮來，也找他姑母講解去。

這位太公主，原也讀得滿肚子詩書，他姑侄兩人，常常談著學問，娓娓不倦。因此康熙皇帝和他姑母的交情，越發深厚。他兩人在沒人的時候，常常說些知心話，大家竟忘了姑侄的名分。這時康熙皇帝年紀已有十七歲了，天天和他姑母做著伴，這男女的情竇，早已開了。他姑母二十二歲，正是女孩兒情意纏綿的時候。誰知這時康熙皇帝，因讀書用功過度，便得了咯血的症候。太皇太后知道了，十分憂愁，忙請御醫服藥調治。御醫說：「須安心靜養。」太皇太后意思要把皇帝搬到寧壽宮去，親自照看他。佟桂太后要把皇帝搬進慈寧宮去住著。皇帝都不願意，卻住在永樂宮裡，只要姑母陪伴他。別的宮女保母，一概不許進房子來。太皇太后認做他是孩子氣，也便依他。那太公主終日陪伴著侄兒，在病榻上耳鬢廝磨，軟語溫存。康熙皇帝又長得俊俏動人，日子多了，兩人情不自禁，便做出風流事體來。皇帝償了心願，那病竟完全好了。

女孩兒家到底膽怯，便悄悄的把這件事體告訴母親。太皇太后聽了，嚇了一大跳，忙把皇帝喚來，暗地裡埋怨他。誰知康熙皇帝少年任性，定要把姑母封為妃子，又說：「倘不依我，便願不做皇帝。」太皇太后怕鬧出事來，便也只得聽他胡鬧去。待太皇太后逝世以後，康熙皇帝便索興一道聖旨，把姑母封做淑妃。滿朝文武看了十分詫異，便有御史官奏章勸皇帝收回聖旨，把太公主另嫁駙馬。皇帝看了，十分生氣道：「姑母既不是朕的母親，又不是朕的女兒，也不是朕的同胞姊妹。封做妃子，免得出宮去吃苦，有什麼使不得？」從此以後，皇帝便大了膽，挑選那宮女中有姿色的，便隨處臨幸。有別的宮女撞見，也不知害羞。那宮女被寵幸的，便封她做妃子，不上一年，那宮裡的妃子，已有四十六個。任你大臣如何勸諫，他總置之不理。

那時有一個太監，名小如意的，性情十分乖巧，在外面買了許多邪書，偷偷的帶進宮來，獻與皇帝。皇帝平日只見侍讀學士講些經史，從不曾看見這種有趣味的書。從此他便丟了經史的學問，沒日沒夜的看那些書。看到有味的時候，連飯也不想吃，覺也不要睡，終日拉著那班妃子，照書上的法兒，大做起來。有一天，皇帝坐在湖山石上看書，小如意站在一傍伺候著，遠遠的看見一個宮女走來，皇帝忽然異想天開，自己先在山洞子裡躲起來，吩咐小如意如此如此。看看那宮女走到跟前，小如意上去不由分說，一把拉住，把她推進洞去。嚇得那宮女嬌啼宛轉，只聽得山洞子裡哭喊一陣子，那宮女吃了虧，踉踉蹌蹌的逃了出來。停了一會，又來了一個宮女，小如意如法炮製。皇帝這一天，共鬧玩了四個宮女，心中十分快樂。可憐那宮女自吃了虧，到底也不知是誰欺侮她呢？小如意又哄著皇帝，說漢女如何如何嬌嫩，如何如何溫柔。皇帝聽了，記住腦子裡。又打聽得文華大學士張英家裡，和那尚書姚江家裡，養著許多美人。張家和姚家原是親家，兩家都娶得七八個如夫人，個個長得姿色嬌豔，體態風流。北京人有幾句兒歌說道：「論美人，數姚張，你有西施女，我有貴妃楊，等閒不得見，一見魂飛揚。」這個歌兒，小如意傳進宮去，皇帝聽了，便夜夜思量。

講到這兩家的美人，要算姚江第四位小姐長得最可人意。張英知道了，便去求婚，配給自己的二公子。那二公子官也做到京卿，自娶得姚家的女兒，歡喜得什麼似的，天天香花供養著，等閒不出房門一步。有一天，是皇太后的萬壽，早幾天，便有上諭下來，凡漢官命婦，一律隨著滿人進宮去叩祝。這一天，凡是張、姚兩家的女眷，因為貪玩宮庭的風景，只叫他丈夫在朝做官的，一個個按品大裝，進宮去拜壽。那張學士的二媳婦，也到了宮裡，隨班叩祝過。太后傳諭，便在內廷賜宴。坐過了席，領著到上苑去遊玩，盡一日之歡，直到萬家燈火的時候，才一齊退出宮來，各個上轎回家。

張家的女眷，一共坐了六肩轎子，大家走出轎來一看，二少太太已經換了一個別的女人。姚家的四小姐，不知到什麼地方去了。問那女人時，那女人也莫名其妙。那京卿跑來一看，見自己心愛的妻子，給宮裡偷換去了，如何不怒！便對著那女人吵嚷起來。張學士聽得了，忙進來攔住，說：「千萬莫聲張，給宮裡知道了，俺們全家人的性命不保。」他兒子聽了，也只得忍氣吞聲的把陌生女人收下。過了幾天，皇太后下了一道懿旨，說：「凡漢官命婦，以後一律不准進宮。」百官們看了這道旨意，都莫名其妙；獨有張學士父子兩人，心中十分難受。

康熙皇帝玩過漢女以後，便把宮裡幾十個旗女，一齊丟在腦後。過了幾天，他覺得悶在宮裡，十分膩煩，便和小如意商量，打算悄悄的偷出宮去遊玩。小如意起初聽了，不敢奉旨。無奈皇帝生性暴躁，說怎麼定要怎麼的。小如意也違拗不過，只得改換了袍褂，兩人裝作主僕模樣，偷偷的出宮去，大街小巷的遊玩。皇帝幾十年悶在宮裡，如今滿個京城亂跑，怎會不樂。有時上館子去吃喝，有時到窯子裡遊玩。游到天色傍晚，便偷偷的回宮去。誰知遊了幾天，卻游出風流事體來了。

有一天，皇帝帶著小如意正在驢馬大街上走著，忽然迎面來了一輛驢車，車中端坐一位美貌婦人。皇帝不覺看怔了，那車轅兒撞在他身上，他也不覺得。車廂裡的婦人，水盈盈的兩道眼光，原也注定在皇帝臉上，看得他呆得厲害，便不覺吟吟一笑。這一笑，都把皇帝笑得越發呆了。那驢車在前面走著，皇帝慌慌張張在後跟著，一直跟出西直門一家門口停住，把個皇帝累得滿身是汗，氣喘吁吁。他便悄悄的叮囑小如意，無論如何，今夜須把這婦人弄進宮來。說著，自己先回宮去了。要知那美婦人進宮與否，且聽下回分解。

劫民婦暗移國祚　逋國師計害儲君

卻說小如意奉了皇帝的旨意，盯在這家門口候著。打聽得那婦人的丈夫姓衛，原在驢馬大街開一爿布莊。今天這婦人回孃家來探望母親；他丈夫原是十分愛妻子的，叮囑當晚須回家去的。小如意便買通了那趕車的，答應派他到宮裡當一個小差官。那趕車的十分歡喜，到了時候，那婦人辭別母親出門上車，小如意也僱了一輛車，偷偷的跟在後面。三輛車子，一前一後，直趕宮門去，在御苑後門下車，那婦人下車來，看這樣闊大的地方，不覺嚇了一跳。小如意上去說明原故，又說倘得皇帝寵幸，你丈夫也同享富貴。這婦人原也十分貞節，坐在車廂裡的時候，看見皇帝人物軒昂，便有幾分意思了。如今說是萬歲爺，她如何不願意！當時跟著小如意走進御苑去，在繹雪齋拜見萬歲。皇帝見了這婦人，歡喜得忙上去伸手拉了起來。小如意忙避去，當夜便在絳雪齋留幸，一連十天不出齋門。聖旨下來，把這婦人封做衛妃。他丈夫衛光輝，也召進宮來，賞做御前侍衛官。他夫妻兩人瞞著皇帝，常常在暗地裡見面。

這位衛妃身上，有一種甜膩的香味，人聞了這香味，不覺心動起來。衛妃走過的地方，那香味常常留著不散。她人不曾到跟前便遠遠的聞得這一股香味。她穿過的裡衣，香味十分濃厚，便是洗也洗不去的。洗浴剩下來的水一陣一陣發出香氣來，宮女們也不捨得倒去。因此皇帝特別寵愛，稱她做香美人。

誰知衛妃進宮來，不上七個月，便生下一個孩子來，長得肥頭胖耳，哭聲十分洪亮。皇帝十分喜愛。因和衛妃交情深厚，便有立他做太子的心，取名胤禎，便是後來的雍正皇帝。這時宮女們得皇帝臨幸的很多，生的兒子也很多。康熙皇帝一共生了三十五個兒子。衛妃怕將來弟兄爭位，自己的兒子當不上太子，因此常常在皇帝跟前懇求。皇帝嘴裡雖然答應，只因胤禎年小，打算過幾年再說。

康熙皇帝盡幹些風流事體，這幾年便把朝廷大事，盡託給幾個顧命大臣。諸位大臣中，有一個叫鰲拜的，最是奸惡。他仗著是先皇的老臣，便當面吆喝著皇帝。皇帝倘然稍稍辯論，他便氣憤憤的說要辭職不幹了，私地卻招權納賄，結黨營私。有一天，鰲拜強逼著皇帝，要封他的祖宗做鎮國公。皇帝不肯，鰲拜便氣憤憤的說道：「臣受了顧命的重託，求一個封誥也做不到，還做什麼大臣呢？」說著，一摔手要出殿了。這時候有一個老臣，名叫瑪尼哈特的，在一旁冷笑說道：「貴大臣開口顧命，閉口顧命，請問可有先帝的手詔嗎？」鰲拜聽了，便反問他道：「貴大臣敢是得到先帝的手詔來？」那瑪尼哈特點點頭，不慌不忙的從袖管裡拿出一張手詔來。皇帝看時，果然是先帝的手筆，上面還蓋著御印，上面寫著顧命大臣，只有瑪尼哈特一個人的名字。皇帝大怒，喝令御前侍衛把鰲拜拿下，吩咐發交刑部，審問他冒充顧命欺君罔上的罪。接著便有許多御史上奏章，說鰲拜犯有二十大罪。皇帝聖旨下來，立到綁到菜市口去正法。

皇帝殺了鰲拜，便想起自己應該早立太子，免得日後受大臣欺弄。想起太子的事體，便也想起衛妃的說話，又想起自己有三十五個皇子，倘然立皇子胤禎，又怕眾皇子不服。依理胤祁年紀最大，自然該立為太子，只因自己寵愛衛妃，不忍心違揹她的意思。皇帝一路想著，不覺已到了翠華宮。衛妃出來接駕，走進內院去，見架子上有兩支雕籠，籠裡面關著許多白色老鼠，一籠約有二百隻。皇帝問時，衛妃奏稱是暹羅國進貢來的。皇帝見了這兩籠鼠子，便想起方才的心事，便吩咐把二皇子和四皇子喚進宮來。停了一會，二皇子胤礽，四皇子胤禎，奉召進宮；皇帝要看看他二人的心術，便把這兩籠鼠子賞給他二人。兩位皇子捧了籠子，謝恩出宮。第二天皇帝打發自己親信的內監，悄悄的到兩位皇子宮裡去打聽。那內監來回奏說：二皇子回宮去，把一籠鼠子一齊放了，說是關在籠子裡多麼不自由，看著怪可憐的，不如放了它的生命吧。四皇子回宮去，把二百隻鼠子，分作三隊，教他打仗。有不聽號令的，便殺死。玩了一天，那二百隻鼠子，被皇子殺得一個不留。皇帝聽了，心下十分厭惡胤禎，便有立胤礽為太子的心。暗地裡把大學士明珠喚來，和他商量。那明珠原是胤礽的黨，當時竭力慫恿立二皇子為太子，康熙皇帝心裡便打定主意。隔了幾天，一道上諭下去，說立二皇子胤礽為皇太子，一面把胤礽搬進東宮去住，滿朝文武各個上奏章來祝賀，皇帝便在崇政殿中賜宴。

這邊東宮裡正十分熱鬧，那邊翠華宮裡衛妃母子兩人，卻十分淒涼。暗暗的把侍衛官喚進宮來商量。姓衛的說道：「俺夫妻倆好好的過著的日子，自從你吃那昏君搶進宮來，我原想行刺的，因你肚子裡已有五個月的胎兒，生下兒子來，倘然傳位給他，那時我的兒子做了皇帝，我便暗暗的做了皇父。如今我兒子既做不成皇帝，我便另打主意，總叫他做到皇帝才罷。」接著又商量了半天，衛妃便把胤禎喚出來，哄著他跟姓衛的出宮去玩耍。

這姓衛的把胤禎帶出宮去，住在自己家裡。暗暗的把宮裡的喇嘛和尚請來，傳授他練氣符咒的本領；又請了許多教師，在院子裡搬弄刀槍，比演弓箭，還有什麼外五行內五行種種拳法。胤禎到底是孩子氣，覺得好玩，便天天偷出宮來練習。又因胤礽做了太子，心不甘服，預備練成了本領，將來和哥哥搶奪皇位。他在宮裡，暗暗的把這個意思對他弟兄胤禔等八個人說了；他們也滿肚子懷著怨恨，聽了胤禎的話，便個個摩拳擦掌，跟著胤禎練武藝去，準備將來廝殺。這個風聲傳到胤禩、胤、胤䄉耳朵裡，便也另立了一個機關，背地裡請著鏢局裡的鏢師，傳授武功。這個風氣一開，那江湖上的好漢，便一齊投奔了來。胤禎仗著母親衛妃的照應，從大內裡拿出銀錢來。所以胤禎門下請的好漢獨多，有什麼獨臂金鋼、鐵腿李、攪海蛟、瘋和尚種種奇怪的名氏。

外面鬧得天翻地覆，那宮裡的康熙皇帝和胤礽太子，正睡在鼓裡。康熙這時從五臺山請來一位妙算和尚，他深通經典，善於說法。康熙帝請他住在瀛臺淨室裡，天天說妙法蓮花經，心中頗有領悟。這時太子胤礽，也跟著大學士明珠講究文學。

那明珠相國，雖是皇室內親，卻不通文墨的；只因生性狡黠，從部曹微職直升到大學士官。知道皇帝和太子都注重文學，便暗地裡招納了許多文人，供養在家，做了許多文章，冒充是自己做的，獻進宮去。皇帝和太子十分稱讚。明珠便勸皇帝趁此做幾件文學上的事業，為萬世留名。當時便有文武大臣張英、魏裔介一班人，奏請開設修書館。明珠和這班文臣，原是通同一氣的，在皇帝跟前慫恿著。皇帝便下旨設修書館，召請四方文人，編撰《康熙字典》、《子史精華》、《佩文韻府》這一類書。明珠的兒子納蘭容若，常到修書館裡去，見有才學並茂的讀書人，便多送金銀，請進府去，替他父親做著槍手。

有一天，明珠陪著康熙帝在西書房閒說，說起莊子《南華經》裡一段故事。皇帝便喚內監取《南華經》來，那內監錯拿了《道德經》。皇帝跺著腳罵道：「蠢蟲！」又對明珠說道：「這班蠢物，真是討厭！

從來說的『紅袖添香夜讀書』多麼有趣！朕想那添香的女孩兒，絕不是這樣粗魯的。朕很想選幾個良家閨女，懂得詩書的，進宮來做女官，專管朕書房裡的事務，豈不很好？」明珠聽了這個話，回家去立刻打發家人到蘇杭一帶去挑選那小家女孩兒，面貌清秀，不曾纏足的，用重價買來，養在自己別墅裡，請一位老先生教會詩書。那班女孩兒，都是十三四歲，原很聰明的，不上三五年，詩詞歌曲、吹彈歌舞，樣樣都會。那班女孩兒也有十七八歲了，一個個出落得體態苗條，舉止輕盈。內中有嬌吉、新梅、菁桃、麗鳳四人，長得越發清秀嬌豔，好似四枝水葱兒。明珠看在眼中，打算把這四個女孩兒先送進宮去。不知什麼人討好，把這個消息傳進相國夫人耳裡，說主人娶了三十六房侍妾，在西城外別墅中日夜取樂。

那位相國夫人，原是得寵的姨太太扶正的，醋勁最大。聽了這個消息，如何耐得？便也不問仔細，立刻套車，趕到別墅裡去。明珠不在別墅中，只有一位老先生帶領三十六個女孩出來拜見。相國夫人看時，個個都長得如嬌花弱柳。便也不動聲色，吩咐老先生退去，喚著那班女孩兒，一個一個到跟前來問話。相國夫人留心看時，有十二個女孩兒長得最是顯眼。便吩咐把這十二個女孩兒留下，立刻擺上一桌筵席來，請她們喝酒。那女孩兒都是天真爛漫的，知道些什麼？見夫人賞酒，便也說說笑笑的吃個飽。夫人看她們吃完了酒，便上車回府去。大家見夫人忽來忽去，也不怒罵，也不說笑，十分詫異。誰知到了第二天一早，那十二個吃酒的女孩兒，一個個直挺挺的躺在床上死了；新梅、麗鳳、嬌吉、菁桃四個人也不能逃這個劫數。

明珠相國知道了，也只得嘆了一口氣，悄悄去埋葬了事，把剩下的二十四個女孩兒，一齊放回家鄉去。從此相國和他的夫人，情分愈惡，相國終日和門客們吃酒做詩，也不進內宅去。有時東宮召他進宮去談論文學，那時明珠和一班文人做伴，也懂得些風雅的家數，太子和他十分要好，常常把他留在宮裡。

那時，有一位雲貴總督范承勛，進京來陛見。見皇帝和太子，都成了兩個書呆子，便上了一本奏章，說本朝以馬上得天下，子孫不宜棄置武功。康熙帝原來很敬重范承勛的，當下看了他的奏章，便立刻傳旨，在暢春苑柳堤練習騎射，那時太子和胤禎、胤禔、胤禩、胤禟、胤一班皇子，都站在父皇跟前候旨。皇帝下旨，命太子和皇子一一比射，又比各項兵器。內中要算胤禎本領最強。那太子胤礽，卻十分文弱，刀槍固然不高明，連那三箭也是一箭射不中，後來許多皇子，在柳堤上賽馬，太子依然落後。皇帝看了，十分生氣，把教太子武藝的師傅傳喚過來，當面訓責了一番。那師傅十分羞慚；便是太子，也覺得臉上沒有光彩。回到東宮，許多師傅商議，有一個內監，將打聽得胤禎、胤在外面私立機關，練習拳棒的事體告訴太子，太子十分驚慌。便有一個師傅說：「不如把西山喇嘛請來，太子學著符咒祕法，又請天下勇士來傳授十八般武藝。」太子聽了，十分合意，立刻在東宮裡收拾密室和圍場來，天天跟著喇嘛僧和拳教師在裡面練習著。一面又打發人到江湖上去探訪俠客武士，願多送金銀，把他請進宮來。因此北京地方，那好漢愈聚愈多。常常在大街上吃酒鬧事。地方官知道了，也不敢去管他。

正在這個當兒，忽然衛妃死了，康熙帝固然十分悲傷，便是那姓衛的也覺得淒涼。他便退出宮來，和胤禎早晚謀劃陷害太子的計策。康熙皇帝死了衛妃，住在宮裡十分乏味，雖一般有三宮六院的妃嬪陪伴著，但她們怎及那衛妃的萬一，便終日長吁短嘆，寢食不安。他因想唸衛妃，便又想起了父皇，這時衛妃的棺木運到關外去埋葬，皇帝不忘舊情，便借進謁福陵的名義，送著衛妃的棺木到山海關去埋葬，親自督看墳土。葬事既了，皇帝也不願回宮，便下旨南巡，聲稱問民疾苦。又下旨命太子胤礽監國。自己帶領文武大臣和王公貝勒，挑選定康熙二十三年九月初一日起程出京。當時有大學士張英、內大臣覺羅武默訥，率領滿朝文武，恭送御駕。

此次巡遊，皇帝下旨，所過各處州縣，照常辦事，勿辦供差，不遵旨的便革職問罪。因此皇帝坐了幾隻平常民船，悄悄的一直開到五臺山腳下，坐轎上山，到清涼寺停下。把個清涼寺的主持，嚇得屁滾尿流，忙接駕進去，在方丈室坐下。內監預備香燭，請皇帝拈香。皇帝拜過了佛，便問：「久聽得寺裡有一位高僧，現在何處？」那主持回說：「在最高峰茅舍裡打坐，所有往來檀越，他都不見。」皇帝說道：「朕必要去見一見。」

康熙便吩咐侍衛內監，一概留在寺中。獨有一人，帶著一個小沙彌領路。山路左盤右旋，腳下七高八低，好不容易爬到山頂上，把個皇帝累得氣急汗流，在大樹下略站一會。見危崖上一座茅舍，皇帝便慢慢的踱進屋去。有一個童兒出來問話，皇帝也不答他。問小沙彌：「高僧住在裡間屋裡？」小沙彌指著右邊一間耳屋，皇帝走進房去，只見一個鬚眉皓白的和尚，垂著眼盤著腿，坐在禪床上。皇帝對他怔怔的看了半天，忍不住心中一動，搶上前去，喚了一聲「父皇！」雙膝跪倒。那和尚睜開眼來一看，隨即閉上眼皮，不做一聲兒。接著皇帝低低說了幾句話，便告別了出來。在半路上，皇帝再三叮囑小沙彌，不許傳揚出去。又吩咐他好好的看侍那位高僧，將來自有好處。那小沙彌也十分聰明，當即連聲說：「遵旨！」

皇帝離開了五臺山，便向濟南地方出發，只因皇帝有旨禁止地方官供張伺候，所以到了濟南行官，那山東巡撫錢鈺率領全省大小文武官員照例來請過聖安以後，便各自回衙辦事，皇帝見官員也都去了，便改換衣帽，帶一個親信侍衛，悄悄的溜出後門去，在趵突泉傍一家小茶館裡喫茶，打聽些民情風俗，官吏政績。看看天晚，便又悄悄的溜回行宮。到了晚膳後，便和相國張玉書在燈下下圍棋。兩人棋逢敵手，興味甚濃；直到夜半，還不罷休。皇帝為搶一個犄角兒手裡拈著一粒子；正出神的時候，忽聽得圍牆外馬嘶人喊的聲音。那內監侍衛們臉上，齊變了色。皇帝一面下子，一面吩咐內監出去查問。一刻兒工夫，內監進來回奏說：「後院萬歲乘的赤騏馬被賊人盜走了。」皇帝聽了，不覺大怒。對張玉書說道：「這赤騏是那年喀爾喀部進貢的！朕七八年來，未償一日離它。不想到這裡來被人偷去，那賊人也太大膽了！不知老錢在那裡管什麼事？」這幾句話，傳在錢巡撫耳朵裡，慌得他第二天一早自己摘去頂戴，在宮外跪著候旨。一面託內監去轉求張相國，替他在皇帝跟前求情。誰知皇帝起來，已把昨夜的事體忘了。錢鈺花了千兩銀子，買得一匹栗色馬，也是十分俊美，獻給皇帝。又花了三萬兩銀子，買囑內監侍衛們，求替他在皇帝跟前說好話。

第二天皇帝起蹕，向江蘇省出發。錢鈺送皇帝出城以後，回到衙門裡，見大堂正中高高的寫著一行字道：「盜御馬者，山東竇爾墩也。」錢巡撫看了，不覺嚇了一跳，忙下令關起城門來，搜捉了十天，也不見竇爾墩的影蹤。

這個竇爾墩，原是山東有名的大盜。他起初在山東直隸河南一帶地方，橫行不法，專愛強姦良家婦女。那女人睡到半夜裡，見竇爾墩從屋面上跳下來，便喚道：「竇爺爺來了！」你若好好的依順他，他便把那女人連被窩裹著，挾在肋下，跳出院子去；回到自己家裡，給奸汙過以後，便依舊好好的送你回家去。第二天，那女人的房門好好的關著，女人也好好的睡在床上，真是人不知，鬼不覺的。遇到貞烈的女人，倘然當時和他倔強，便立刻被他殺死，不然也被他搶回家去，永遠不得回來。因此那班乖巧的女人，吃了他的虧，也只好忍氣吞聲的受著。有時那些良家小戶，還暗暗給他許多銀錢。他在濟南地方，黨羽甚多。倘然有江湖賣藝的人，路過省城，必要先去和他打個招呼，恭敬些見面錢，他才許你在地界上做買賣，倘有半個不字，他便帶領弟兄，打得你落花流水，叫你站不住腳。

那一年，濟南城裡忽然來了一個白髮老頭兒，帶了兩個絕色的女孩兒，在泰嶽廟前賣解。那兩個女孩兒，長著兩寸長的小腳，穿著紅裙綠襖，一來一往的搬弄武藝，把路上人看得魂靈兒也丟了。到要錢的時候，說也奇怪，那班看客，不約而同的搖搖頭，擺擺手，四面散去了。那老頭兒討了一個沒趣，正低頭納悶的時候，忽然來了一個大漢，搶到老頭兒跟前，伸著蒲扇一般的手掌，在老頭肩上一拍。大聲喝道：「老賤奴！你可認出山東竇爾墩嗎？」那老頭兒聽了，慢騰騰的抬起頭來，在他身上上上下下的打量一番，看他敞著胸，一手叉著腰，一手捏著兩粒鐵彈子，忒楞楞的轉著。半晌，老頭兒冷冷的說道：「誰認識你竇二墩竇三墩？況且俺賣俺的藝，也不一定要認識你。」幾句話說得竇爾墩怪眼圓睜，青筋脹滿，也不待老頭兒說完，一拳劈胸打過去。要知這老頭兒性命如何，且聽下回分解。

小二哥暫充欽差　皇四子大戰俠客

卻說那老頭見竇爾墩一拳打過來，也不回手，也不躲閃。竇爾墩連打三拳，那老頭兒紋絲不動。竇爾墩身後，原站立一班弟兄，看了也個個酥呆。竇爾墩這時滿面羞慚，帶著弟兄們，垂頭喪氣的回去。那老頭兒也收拾圍場，回到客店裡安息去。直到半夜時分，那老頭兒正在好睡，只見窗外跳進一個人來，擎起鋼刀，對著老頭的脖子上砍下去。誰知這老頭兒依舊鼾聲如雷，動也不動，直把那刺客嚇呆了。停了一會，老頭兒慢慢的醒來，睜眼看時，站在榻前的便是竇爾墩。老頭兒說道：「什麼地方的小孩子擾人清夢？」竇爾墩這時不由雙膝一軟，跪下地來，求他收做徒弟。老頭兒起初不答應，竇爾墩再三懇求，老頭兒才帶他去。從此濟南地方不見竇爾墩的蹤跡。

隔了五年，竇爾墩又來了，且娶得一個絕色的妻子。濟南地方人，都認識這女子便是那老頭兒的。原來，那老頭兒姓石，原是明將張蒼水的部將。那個女子是他的外孫女。張將軍敗走了以後，他便帶著這兩個女子，藉著賣解的名兒，物色英雄，為明朝報仇。如今遇著這竇爾墩，便把全身武藝傳授給他，又把一個外孫女給他做妻子，勸他從此要做一個好人，回去招呼弟兄們，遇有機會，便替明朝報仇。此次康熙南巡，路過濟南地方，他想機會到了，預先把妻子藏在深山裡，連夜闖進行宮去打算行刺皇帝。

後來看見後院裡養著一匹赤騏，竇爾墩原是愛馬如命的，他識得是一匹好馬，便先偷了馬再說，那馬見有人來偷，它便長嘶起來。侍衛們聽得了，急來看時，這馬跑路很快，早已去遠了。竇爾墩去把馬藏在深山裡，回轉身來趕到城裡，那皇帝已經啟程到蘇州去了。

御舟過丹陽、常州、無錫，都不曾停泊。十月二十六日到蘇州滸墅關，江蘇巡撫湯斌帶領合境官員接駕。皇帝騎著馬走進閶門，那百姓們在大街兩旁站著閒看。皇帝吩咐百姓莫跪，見有年老年幼的，便親自下馬來問話。步行到接駕轎，在瑞光寺裡略坐一會。巡撫走在前面，領路送進織造局裡住下。這時有一個宋牧仲，也做過江蘇撫臺，這時告老住在蘇州地方，皇帝忽然想起他，便把他喚進行宮閒談解悶。第二天，又打發內監送活羊四隻，糟雞八隻，糟麓尾八個，鹿肉乾二十四包，魚乾四包給宋牧仲；又傳旨傳他煮豆腐的法子，准宋牧仲照法煮吃，給有年紀人後半世的享用。

第二天，巡撫去請安，裡面傳諭出來，說聖躬不適，一切臣工免見。這原是推脫的說話，其實皇帝早已帶了侍衛們，悄悄的僱了一條船，到各處鄉鎮上游玩去了。有一天船划到華亭縣城裡，在七里橋下停泊。皇帝走上岸來，見橋邊一家酒肆，一個小二官站在櫃臺旁。皇帝踱進店去，店小二上來招呼，皇帝打了三角酒，獨自飲著。看看酒堂內十分清靜，皇帝便把小二喚來和他閒談起來。皇帝問道：「你辛苦一天，有多少工錢？」那小二說道：「我們工錢是很微的，全靠賣酒下來分幾個小帳。講到每天的小帳，原也不少，無奈自從金大老爺到任以來，到各家店鋪收捐，把我們這一份小帳也捐去了。我們靠幾個呆工錢，如何度日？」說著不禁嘆了一口氣。皇帝聽了，低著頭半晌不說話，忽然問道：「你們這縣城可有別個比縣官大的官員？」那小二道：「這幾天因聽說萬歲爺要到這裡來，省城裡派了一位提督大人，帶兵在這裡保護。」皇帝聽了，便向小二要過紙筆來，寫上幾個字，蓋上一顆小印，外面加上封套。把小二喚進來說：「把這信送進提督衙門去。提督是我的好朋友，這封信送去，准把你們的鋪捐免了。」小二聽了，如何敢去？後來還是掌櫃的替他送去的。

掌櫃的走到提督衙門口，有許多差役見是平常信，便向門房裡一丟，掌櫃說那客人吩咐要立候回信，差役們不去理睬他。後來那掌櫃的再三懇求，恰巧裡面有一個二爺出來，差役便把這封信託他帶進去給大人。停了一會，忽然裡面三聲炮響，開著正門，提督大人親自出來，把掌櫃的迎接進去，把兩旁的差役看呆了。只見那提督在大堂上點起香燭，把那一封信供在上面，對它行過三跪九叩首禮。轉身來又向那掌櫃的作了三個揖。慌得那掌櫃的跪下來還禮不迭。停了一會，提督打發人把華亭縣喚來。那華亭縣不知什麼事體，連忙穿著頂帽，坐著轎子趕來。那提督一見了金知縣，立刻把臉色沉下來，喝一聲跪下聽旨。慌得那知縣爬在地下，動也不敢動。提督上去把那封信開啟來唸道：「華亭令金雨民掊克瀆貨，民不堪命，著提臣鎖拿候旨嚴辦。」那縣官聽了，嚇得臉如土色。便有差役上去替他除去頂戴。套上鎖鏈，推進牢監去關著。一面吩咐打轎，自己坐著官轎，那掌櫃的也坐著轎子，飛也似的趕到七里橋地方，走進酒店去一看，那皇帝早已下船去得無影無蹤了。提督忙傳令各處炮船趕上，前去保護。但是皇帝坐的是小划船，那炮船在水面上找來找去，也不見皇帝的御舟，空擾亂一陣罷了。

這裡皇帝回到蘇州。那蘇州官員才知道皇帝私行在外面，紛紛到行宮裡請安。住了幾天，皇帝起蹕回京去。路過江寧地方，皇帝忽然想起江寧織造官曹寅，傳諭曹寅接駕。曹寅把御駕接到織造衙門裡去住著。曹寅是世代辦理皇差的，皇帝拿他當親臣世臣一般看待。他母親孫氏，年輕時候也進宮去過的。

這時皇帝和曹寅說說笑笑，好似一家人一般，又召孫氏覲見。她媳婦孫媳婦都出來見駕。皇帝賞賜很多，又寫「萱瑞堂」三字賞給曹寅。曹寅家裡花園很大，皇帝在花園裡盤桓了幾天，便起駕回北京去。

這時京裡太子胤礽監國，倒也十分安靜。胤礽是一個書呆子，終日埋頭在書堆裡，朝廷的事體聽那班大臣親王貝勒們料理。唯有四皇子胤禎見父皇不在京裡，越是無法無天。這一日，太子偶然到南苑去打獵，忽見遠遠的一隊騎馬的侍衛從南面跑來，簇擁著一輛車兒。車子前面儀仗很多，還有許多喇嘛拿著法器在前面領路。太子錯認是皇帝回來了，忙搶上去迎接時，原來車裡坐的是四皇子胤禎。胤礽是心下大不舒服，只因礙於弟兄情面，便避在一旁讓他車馬過去。待到皇帝回來，太子見了父皇，第一件事便奏稱四皇子冒用皇帝的儀仗，實是不法。康熙聽了，十分生氣，派人把他的儀仗沒收，又把胤禎喚進宮來，當面訓斥了一場。因此胤禎心中越發憤恨，他回家去，收拾行李，帶了幾個拳師，步行走出京城，向西南走去。他和手下人說定，沿路只許步行，不許坐車騎馬，一來藉此熬煉筋骨，二來沿路也可以找尋英雄好漢。

話說胤禎走到嵩山腳下，住在客店裡。天色已晚，手下一班侍衛拳師，都趁著月色在廊下坐著說閒話。胤禎一個人悶得慌，便悄悄地溜出客店去。店東面有一座松林，月光照著，分外陰沉。胤禎負著手踱到林子裡面去，耳中只聽得呼呼的響。再繞過去看時，只見林子東面一方空地上有一個和尚，手裡拿著禪杖，對著月光上下舞動著。胤禎看得手癢，便拔出腰刀，三腳兩步，搶進圈子去，和他對舞起來。那和尚看有人和他對舞，手中的禪杖便舞得和靈蛇一般。胤禎打了半天，休想近得他身，看了自己的刀法，慢慢地慌亂起來；那根禪杖逼著自己，一步緊一步。胤禎心知這和尚不是等閒之輩。正想著，只見那根禪杖好似泰山壓頂一般，直劈下來，胤禎忙跪在地下，嘴裡喊著：「師父求饒！」那和尚收住禪杖，哈哈大笑，轉身去松樹腳下拿了被包，拔步便走。胤禎看了，如何肯放，忙追上前去，攀住他手臂，求他帶回廟去，願拜他為師父，求他傳授本領。

那和尚聽了，向胤禎臉上看了一看，便點頭答應。胤禎轉身回進客店去，如此如此對眾人說了，吩咐他們回京城去候著，自己卻出來跟著那和尚走去。在路上曉行露宿，爬山過嶺，走了許多路程。胤禎生平從來沒有吃過這種苦楚，為要學本領起見，只得忍受著。走了多日，忽然迎面一座高山，他兩人爬上山去，走到山頂上，把個胤禎累得汗下如雨，看那和尚，卻大腳闊步地走著。走到一座山崗上，便見一座大廟，廟門上豎著一方匾額，上面寫著「少林寺」三個大字，胤禎這才明白過來。從此他在少林寺裡跟著師父師弟們天天練習本領。同伴們也十分和氣，大家問他什麼地方人，他推說是保定府人，從來不把皇宮裡的話露出半個字來。只因他食量甚大，大家取笑，說他和當年師父一般。

原來他師父名叫正覺。初來少林寺的時候，原是一個燒火和尚，食量極大，每跟著眾和尚受齋，總嫌吃不飽，多吃又不好意思，他便把廚房裡每日剩下的殘羹冷飯，悄悄的偷來，去藏在後院廊下的一架古鐘下面，覷空便去吃著。那架古鐘和人一般高，擱在廊下多年，足有一千斤重，也沒有人能動得它。正覺和尚有天生的奇力，提著鐘放上放下，好似弄小缸兒一般。後來那管香積廚的和尚見天天缺少飯食，便留心檢視，知道是正覺和尚偷的，悄悄的跟著他到後園去看時，只見他正提著那口大鐘把飯食藏到裡面去。這個消息頓時傳遍寺裡，人人詫異。主持僧把他喚去，勸他不可偷糧食，許他每餐飯儘量吃飽。又問他既然有這樣的神力，為什麼不去投軍效力？正覺便答道：「我打聽得峨嵋山上有一位太師父，精通拳術，他的百八神拳，天下無敵，他專一傳授佛門子弟，但是沒有佛門名刹主持的推薦，他是不肯收留的。如今只求師父給我一封薦信，到峨嵋山去，學成本領回來，當不忘師父的大德。」那主持僧聽了他的話，便給了他一封薦信。正覺和尚到峨嵋山，去了八年回山來，那主持僧已死了，大家便奉正覺和尚做主持僧。

這正覺和尚拳法高明，天下聞名，常常有江湖上的好漢到山上來領教。不論在家人，出家人，到寺裡來學本領的，有一千多人。正覺和尚便細心一一傳授。胤禎也跟著大家用心習練。看看過了一年多，那百八神拳只已領會，胤禎便和師父說明要下山回家去。他師父點點頭，便喚一百零八個和尚來圍定他，和他比拳。胤禎一點也不害怕，一個一個比過去。那和尚越來越凶，胤禎竭力支架著，把這一百零八個和尚都已打退。

但是這少林寺裡進出，都有迎送的禮節。凡來寺學藝的，當門擺一石鐘，能夠把石鐘提開走進門去的，便收留他，倘然提不起石鐘的，便不肯收留他。藝成出寺去的，必須經過三重門：第一重門，有八個和尚，手裡拿著刀候著，殺出了這一重門。便到第二重門。門外也有八個和尚，手裡拿著棍子候著，打出了這重門，便到第三重門。門外也有八個和尚空著手候著，這八個和尚，個個本領高強，拳法精熟，最不容易對付。那出去的人，須從門檻下面爬出去。胤禎既要下山去，不得不依寺裡的規矩，他便從第一重門爬出去，逃脫了眾人的刀下趕到第二重門來，正要向門檻下爬時，忽然山門外來了許多侍衛和內監們，是去年胤禎臨分別時候約定他們來迎接的。到這時候，合寺僧人，才知道胤禎是皇子。那主持僧方喝退眾人，親自送他出山門。照胤禎的意思，仍舊要照寺的規矩，一重一重門打出去。那正覺和尚不許，說：「堂堂一位皇子，不能太褻瀆了！」臨分別的時候，正覺和尚給他一根鐵禪杖，說是留作他日的紀唸。又說：「皇子的本領，可以橫行天下，但是若遇到女子，須得特別小心。」

胤禎一一領命，告別下山回去。走到山西地界，住在一家悅來客店裡，忽然聽得外面一片吵嚷的聲音，胤禎打發人出去問時，原來有一個大漢在外面打人，那人快要被打死了，許多人在一旁勸著。那人大聲說道：「俺是當今殿下的教師，鬧出人命來，自當有俺殿下擔當。」這句話惱了這位胤禎，便提著鐵杖走出來看時，見一個人直挺挺的躺在地下，打得頭破血流，早已死去。當地站著一個大漢，一手叉著腰，一手指著那死人，還在惡狠狠的叫罵。四下里圍著許多人看熱鬧。胤禎推開眾人，上去向那大漢問話，誰知那大漢昂著頭說道：「老爺愛打死誰，便打死誰，誰敢來問俺？你敢是長著三頭六臂嗎？」胤禎聽了，不覺無明火冒起了三丈，舉起手中鐵杖，向那大漢腦殼打去。一聲響亮，那大漢腦殼子破了，倒在地上，一樣的也死去了。慌得那店裡的掌櫃和地保，拉住了胤禎不肯放。胤禎便打發他手下一個侍衛，跟著那地保到縣衙門裡去了案。

回到北京城裡，便有許多劍客和喇嘛僧在府中替他接風。席間說起在山西路上打死太子的教師，內中有一位喇嘛僧，聽了便說道：「這卻不得了了！這位教師是太子的心腹，如今聽說他家裡有事，才請假回山西去。現在吃主子打死了，那太子如何肯干休？胤禎聽了，卻毫不在意，連連喝著酒，不覺大醉。侍衛們把他扶進內院去，睡在榻上。直睡到半夜時分，胤禎醒來，連呼口渴。侍衛送上一杯參湯去。胤禎正把杯子接在手中，忽見窗外一道白光飛來，在窗櫺上一碰，又碰回去了。胤禎忙丟杯子，從侍衛身上奪下寶劍來，正要搶出院去。忽然一個喇嘛僧走進屋子來，向胤禎搖著手，低低的說道：「主子快別出去，外面正殺得厲害呢！」胤禎問是什麼地方來的刺客？那喇嘛和尚說得「太子」兩字，只聽得嗚嗚的聲音夾著一道白光，從窗外直飛進來，「噹」的一聲。胤禎看時，一柄寶劍，插在床檻上。那柄劍兒兀自晃著，射出萬道寒光來。喇嘛和尚急上去把胤禎一把拉開，又把屋子裡的燈吹熄了，只聽得院子裡的叮叮噹噹，劍柄兒磕碰的聲音。打了半天，那聲音才慢慢的遠了。

這時候天色也明了，胤禎酒也嚇醒了。走出院子去一看，見院子裡的樹木被劍削去枝葉，好似一株一株旗杆，滿地倒著屍身，胤禎認得是太子劍客，外屋子也有幾個自己的劍客，被外來的刺客殺死。胤禎看了這情形，心中十分憤恨，立刻召集自己的劍客和教師來商量報仇。當下那班武士，個個自告奮勇，說道：「主子放俺們今夜到東宮去，一定取太子的頭來獻與主子。」胤禎吩咐擺設筵席，給他們飽吃一頓，個個帶著兵器出門去了。這一夜，住在皇城附近的百姓們，都聽得空中有劍戟撞擊的聲音，夾著風聲雨勢，連那屋子也搖晃起來。

到了第二天，只見那東宮的內監便紛紛出來向大街上買十多具棺木。那雍王胤禎府裡也打發侍衛們出來買了許多棺木，抬進府去。原來那夜一場廝殺，太子早已探得消息，藏躲起來，東宮四下里都有劍客埋伏著。兩面一場惡殺，各送了十多條性命。從此以後，雍王和太子的仇恨，愈結愈深。那太子也知道胤禎早晚必要來尋仇，便打發人帶了金銀出京去，在山西河南山東一帶又請了幾位拳術高手來保護東宮。

胤禎打聽到這個消息，便和他手下的劍客商量，也要去多請幾位本領高強的武士來和東宮比個高低。有一位喇嘛勸胤禎親自出京去尋訪，一來也避免了東宮的耳目；二來也在江湖上多結識幾個朋友。

胤禎聽他說話有理，便帶了幾個侍衛和教師又悄悄的溜出京去，沿途留心英雄好漢，卻也被他尋得幾個。內中有一個叫白龍道人的，他的飛刀十分厲害，能在百步外取人首級。雍王要求他傳授這飛刀的本領。白龍道人說：「貧道這本領只能自用，不能傳人。主子倘然要學這本領，須問俺師父，江南大俠甘鳳池不可。」

雍王原也久慕甘鳳池的名氣，如今聽了白龍道人的話，便跟著他到江南尋訪去。在金陵地方打聽得甘鳳池在一家姓金的紳士家裡，雍王跟著那道人到金家去會見他。要知甘鳳池見與不見，且聽下回分解。

甘鳳池座上獻技　白泰官山中訪盜

卻說甘鳳池號稱江南第一俠，他的拳法有內外兩家祕訣，大江南北沒有人能勝他的。他又生性爽直，愛打抱不平，因此江南地方紳士家裡輪流著請他住下，拿好酒好菜供養他。甘鳳池酒吃到高興的時候，便也獻些小本領給主人開開心。這一天，金家請了許多貴客在花廳上吃酒。主人請甘鳳池坐在上位。酒吃到一半，甘鳳池說道：「窗外梅花盛開，我們正可以吃酒賞花。如今把這窗戶關得緊騰騰的未免太煞風景了。」說著，只見他嘴裡噓的吹了一口氣，那向南的八扇文窗，格孱孱的都開得挺直，一陣一陣梅花香吹進屋子來。滿屋子的客人都喝「好！」內中有一位客人說道：「久知好漢手彈能在百步外打人，百發百中。今天可否領教？」甘鳳池便說：「如今便獻一套落梅花的玩兒。」先打發人拿著筆在梅花上做著暗記，又說明第幾枝第幾朵花。甘鳳池便把紙搓成小團兒，從手指上彈出窗外梅花樹上去。那梅花一朵一朵落下來；落下來的花，便是預先做上暗記的花。當下大家看了，都覺詫異。這時酒罷，主人便領著客人到西莊上去遊玩。這西莊是主人的田莊，也有些茅亭竹舍，點綴些鄉間景緻。眾人正遊玩時，忽然一個牧牛童兒哭著跑來，對姓金的說道：「兩頭牛打架，從午刻直打到如今，還是不休呢！」眾人聽了，便跟著這童兒到屋後去看，果然見兩頭黃牛，互把頭上的角攪住不放。甘鳳池上去輕輕的把四支角分開，揪住牛角，向兩旁田地上一攤。只見那牛四條腿兒深深的陷在泥地，再也掙扎不起來。兩旁的人不禁哈哈大笑。甘鳳池又上去把兩頭牛從田地裡輕輕的拉起。

正在這時候，家人上來說有京裡的一位白龍道人求見甘老爺。甘鳳池聽說他徒弟來了，心下十分歡喜，便藉著姓金的客室想見，當下胤禛見了甘鳳池，便推說是姓李。白龍道人也說姓李的是徒弟的主子，因為久聞師父的大名，特來拜訪，要求師父一塊兒進京去；又說了許多胤禛如何慷慨好義，本領高強的話。甘鳳池聽了，也不多說話，帶他兩人進去，和姓金的想見，夜間姓金的備下酒席替胤禛接風。吃酒中間，甘鳳池要請教胤禛的本領，胤禛便拿出少林派運氣的本領，把脊背緊貼著牆根，他一鼓氣，身子便沿著牆壁飛上去，又慢慢的落下來。甘鳳池笑了一笑，站起來，也去立在牆根下面，叫胤禛用力打他的肚子。這時胤禛要試他的本領，便把全身氣力用在手臂上，送過一拳去。只見那甘鳳池把肚子一吸，吸成一片和紙一般，貼在牆壁上。胤禛的拳頭打上去，好似打在牆上一般；待要收回拳頭來時，卻被他的臍眼緊緊吸住，那拳頭好似膠住在肚皮上，休想離開。停了半晌，甘鳳池哈哈大笑，胤禛才收回拳頭來。

酒罷以後，白龍道人跟著甘鳳池睡在一屋子，見沒有人，便把胤禛是當今的四皇子，暗地裡和太子做對，要爭奪皇位，如今特來請師父進京去的話，對甘鳳池說了。甘鳳池聽了，連連搖手說：「俺不去。」白龍道人再三求懇，甘鳳池只是搖頭。一旁惱了這位雍王，站起身來，一把拉住甘鳳池的衣袖。甘鳳池一摔手，轉身一晃，便不見了。白龍道人在屋子四下里找尋，卻不見他的蹤跡。後來胤禛在衣櫥下面看見兩只腳，他兩人把衣櫥開啟，見甘鳳池全身和紙一般緊貼在牆上。白龍道人對他打恭作揖，請他下來。他總是不下來。胤禛伸上手去拉他，休想動他分毫。胤禛又唸動喇嘛的咒語，他也不下來。胤禎心想：這樣大本領的人，卻不肯歸俺，留在外面，不能給太子請去，來和俺做對，待俺如今結果了他的性命罷！他想著，便拿出手槍來對著甘鳳池砰的一響，一手拉著那白龍道人轉身便逃到江邊，跳下坐船，一直駛回北京去。這裡甘鳳地被一粒槍子送到隔壁屋子裡，大笑起來。許多人聽得槍聲，忙上前來問訊。甘鳳池便把這情由說了。那姓金的問他為什麼不願意跟四皇子進京去？甘鳳池說道：「這四皇子確是帝王之相，但是俺看他腮骨外露，必是忘恩負義之輩，因此不願跟他。」大家聽了他的話，十分佩服。

那時胤禎回到京裡，正是康熙皇帝第三次巡幸蘇州回來，滿京城的人都說萬歲在太湖遇刺客的事體。胤禎聽了，忙進宮去見父皇請安。這時有一個蒙古王名叫塞額的，對胤禎說道：「皇上在太湖遇刺客，是確有其事的，小王這時也隨駕在一塊兒。俺們逛過金山，便到蘇州；在蘇州住了三天，便到太湖。皇上見太湖四面七十二峰，忽遠忽近，十分開懷；坐在船頭上下網，網得大鯉魚兩尾，皇上非常快樂，吩咐賞漁船上元寶兩錠。歡笑時候，忽見一個大漢從水面上大踏步走來，和飛一般直跳上御舟。只見那大漢飛起手中寶劍，向皇上面門刺來。也是皇上洪福齊天，皇上眼快，說聲不好，忙將身子一歪，躲過劍鋒。只見一道寒光，早把身後一個太監刺死。這時候驚動了隨身侍衛，大喊有刺客，一面個個拔出佩刀來，上前抵擋。這時小王在船艙裡，聽得船頭上吵嚷，忙搶出去看時，見那大漢正跨進船艙，向皇上殺來。是小王拔刀向前，用盡平生之力，殺出艙去。那刺客見小王力大，難取勝，便轉身一躍，鑽入湖底，不知去向了。

「皇上吃了這個驚慌，心下大怒，便把兩江總督張鵬翮，江蘇巡撫宋犖傳來，大大申斥了一番。把個江蘇巡撫急得只是磕頭，忙動公文，下長、元、吳三縣，派出通班捕快，火速訪拿，一面招請天下好漢，保護聖駕。當時便來了兩位英雄，一位名叫白泰官，一位是沒有名姓的。那沒有名姓的英雄，張總督領他來見皇上的時候，見他身上穿著魚皮衣服，求皇上賞他一個名字。皇上便喚他魚殼。皇上問魚殼有什麼本領，魚殼說：『小人能在水面走路，又能在水裡住三日三夜；再是小人有一條褲帶，可以敵得千軍萬馬。』魚殼說著，便解下褲帶來。那褲帶是鋼片打成的，圍在腰上的時候，軟綿綿的好似一條絲帶；拿在手中舞弄時，寒光四射。皇上吩咐四十個侍衛，個個拿著刀劍，上去對敵，打了半天，休想近得他身。皇上看了也十分讚歎，便收在身旁，充一名侍從武官。

「講到那白泰官，原是一個無賴，年輕的時候，專愛姦淫婦女。他縱身一跳，能跳過幾十丈的高牆。任你是大家閨秀，倘然看在白泰官眼裡，他便在半夜時分跳進院子去，任意奸汙。那大家婦女，吃了他的虧，也不敢聲張。有一次，他在揚州一家姓湯的人家，姑嫂兩人都長得十分美貌，白泰官打聽明白，便跳進牆去，正要用強，只覺腦後著了一大棍，頓時暈倒在地。待到醒來，已是被他們用粗繩子混身綁住。上面坐著一個老頭兒，正吩咐人架起來柴炭要把他燒死。白泰官知道性命難保，便用盡平生氣力，在地上亂滾。一霎時把屋子裡的桌椅什物一齊碰倒，勢力極大，銳不可當。那桌上的燈火也打倒在地，頓時火焰四起，把屋子也燃燒起來。屋子裡人忙著救火，白泰官趁此機會，掙脫了繩索，跳出屋子逃走。

「他多年不回家了，便悄悄的回家鄉去看看。快到家門，遠遠看見一個小孩子，在關帝廟門口遊玩，他擎著小拳頭在石獅子上打著玩兒，打得那石獅子火星亂迸。白泰官看了十分詫異，心想這孩子有這樣本領，將來長大起來，怕不在俺之下。他心中霎起了妒嫉的唸頭，便上前去和小孩對打。那小孩子受了重傷，一邊哭著嚷道：『你如今欺侮我孩子，我爹爹白泰官是天下無敵手的，待俺爹爹回來，一定要替俺報仇。』說著，只見他嘴裡連吐幾口鮮血死了。白泰官到此時才知道打死了自己的兒子，心中說不出的懊恨，便轉身出去，從此痛改前非，在江湖上專打抱不平，救人性命。

「有一天，他走到蘇州宜亭地方，借住在一家客店裡。到半夜時分，聽到隔壁有女人的哭聲，白泰官悄悄的走出院子，跳上屋頂去看時，見一家樓窗開著，那哭聲從樓窗裡飛出來。白泰官跳進窗去看時，見一年輕女子被剝得不掛一絲倒在床上。床前擱著一盆熱水，一個黑醜和尚正提著熱騰騰的一方手巾，在那女人肚子上磨擦。白泰官在江湖上原聽得說起一個西藏來的惡僧，專一姦淫婦女，又愛吃孕婦肚子裡的胎兒。見有孕婦，他便拿熱水硬捺下胎兒來煮著吃；如今果然給他遇見了，不覺大怒，便搶上前去。這時和尚背脊向外，白泰官意欲摘他的腎囊。那和尚覺察了，疾忙輕身，飛過一腿來。白泰官手快，擒住他的右腳。那和尚一縱身，把左腳飛起。這是有名的鴛鴦雙飛腿。白泰官也懂得這個解數，便騰出右手來，又把他的左腳擒住，趁勢一摔，那和尚被他摔下樓去，倒在院子裡，撞破了腦殼，頓時腦漿迸裂死了。一時驚動了鄰舍，大家起來看。那女子的丈夫見白泰官救了他妻子的性命，忙對白泰官連連磕頭。便是那左右鄰舍，也上來個個對他打恭作揖，說道：『這個和尚霸占住這地方已有多日了，專一姦淫婦女，擾亂地方，報到縣衙門裡，知縣派兵士下來捉拿，都被他打得落花流水，嚇得兵士們逃回城去。如今這和尚也是惡貫滿盈，死在好漢手裡。好漢替地方除害，真是合村的恩人。』當時把白泰宮接到一家鄉紳士家去，好酒好飯看待。到了第二天，給知縣官知道，忙打發官轎來，把白泰官接進衙門去。這時皇上在太湖上遇到刺客，正要招請天下好漢，知縣便把白泰官保舉上去。巡撫又轉報總督，總督當即帶著他和魚殼還有十幾位好漢一同去見皇上。皇上見他本領高強，也給他充一位侍從武官，其餘的都充了侍衛，一齊帶進京來。」

雍王聽了塞額一番話，心中又詫異，又妒嫉。心想：「天下有這般大本領的人，可惜不在俺府中。」這時當著胤礽、胤禔、胤禩、胤禟、胤、胤祉、胤祺、胤禵、胤祥一班弟兄，也不便說什麼。他只和大哥十分投機，他兩人當即回到私宅去商量大事，又打聽得皇上已把魚殼派在太子名下保護東宮，把白泰官派到蘇州去幫助地方官緝拿太湖刺客。

那太湖刺客名叫金飛，原是陝甘一帶的大盜，太湖上好漢喚他金爺爺。只因他一向在陝西、甘肅、四川一帶出沒；因此江浙一帶的人不甚知道他的底細。講到他的本領，卻高出白泰官以上。他在四川一帶，專伏在三峽急湍裡，身上穿著綠油衣褲，在水裡鑽來鑽去，好似魚鱉一般。見有船隻在峽下停泊，他便上船去搶掠財物，從不傷人。後來他名氣愈傳愈大，長江一帶好漢來歸服他的，共有一千多人，他便在宜昌路上占住一個山頭。有許多好漢帶了家眷在山下住家開鋪子。後來年深月久，山下慢慢的成了一座村坊。村坊上男女老少都是金爺爺的弟兄，此番他受了明朝遺臣張蒼水部下石把總的託付，打聽得康熙帝南巡，便到蘇州來行刺。他從金山直到太湖上，一擊不中，便也出去了。

後來，聖旨下來，嚴催各縣捕快查拿刺客，卻被吳縣的捕頭打聽出這刺客的來歷，只是不敢上宜昌去找他。恰巧皇上又派白泰官下來。白泰官自己仗著本領高強，便帶領全班捕快趕到宜昌去，打聽得那座名山，叫獨龍崗，山下村坊叫獨龍村。白泰官一班人到了宜昌，便起岸，僱著大車走旱道。在路上走了兩天，才遠遠的看見前面一座惡崗子，四面山頭環抱著，崗下樹木參天，陰森可怖。

白泰官大車正走著，見前面也有一輛車兒，車上坐一個絕色女子，一個約十一二歲的小孩，跨在轅上趕車；慢慢的走著。白泰官的車快，看看趕上，那車上的女子喝著小孩子道：「白太爺來了，快讓路！」白泰官聽了，十分詫異，看那女子又是不認識的。再看那小孩子，正跳下車來，繞過車身後面，去把輪子一端，端過一旁，讓白泰官的車子先過去。白泰官見這小小孩童，有這樣的神力，心便灰了一半。當下他也不說話，到了山崗下面，找到一家客店住下。天色已晚，大家安睡。

第二天一早起來，白泰官出去付帳時，見櫃內坐著一個女子，便是昨天坐在車上的那個女子。白泰官要試試她的本領看，把那大錢一個個嵌在櫃板木頭裡面。那女子看了，笑了一笑，她只用手在櫃臺上輕輕一拍，那大錢一齊跳了出來。白泰官知道這村坊裡個個都是有本領的人，心又灰了許多。正躊躇的時候，只見門外走進一個大漢來，見了白泰官，便兜頭一揖，說道：「俺山門知道白太爺到了，便打發俺來請你一個人上山去。」白泰官問山主是什麼人？那人回答說：便是金爺爺。白泰官到了這時候，也不肯丟臉，便吩咐那一班捕快，在客店候著，他獨自一人跟大漢上山去。

那山崗子很高，那大漢連縱帶跳的上去。白泰官縱跳的本領也不弱，跳了幾跳，轉了幾個彎。那飛已在山崗上守候著，見了白泰官，便迎接上來，自己透過姓名。白泰官見他身後站著三五十條好漢，也上去一一招呼了。大家陪他走進屋子去。裡面院子很大，廳堂也闊寬，堂屋裡已擺下幾大桌酒席。金飛當即請白泰官坐了首位，眾好漢也一齊坐了下來。看各人跟前時，都沒有筷子，只有尖刀數柄，白泰官跟前連尖刀也沒有，滿桌子的雞鴨魚肉，不知如何吃法？停了一會，主人吩咐眾弟兄敬客，只見各人拿尖刀挑著魚肉向白泰官嘴裡送來。白泰官也故意要獻些本領給他們看，見尖刀送進嘴裡時，他忙把門牙咬住刀尖，刮的一聲，刀尖咬斷，魚肉吃下肚去。就這樣一個一個上前敬他，他從從容容的吃著，嘴上一點不受損傷。直到桌面上的尖刀一齊被他咬去刀尖，看看白泰官跟前堆著一大堆刀頭兒，大家都喝彩。

接著拿上一大盤糕來，外面熱氣騰騰。白泰官拿一塊送進嘴去一咬，糕裡裹著十多枝鐵釘。白泰官不動聲色，把糕慢慢的吃完，含著一嘴鐵釘。向牆一噴。只見那十多枝鐵釘，一齊牢牢的釘在牆上。金飛看了，也喝一聲好，站起身來送客。白泰官自料眾寡不敵，又見他手下人本領高強，便把一團豪氣冰消瓦解了。走到大門口，已有一扇鐵閘門擋住，一旁趕過一個童兒來，把這門閘輕輕舉起。看那塊閘板，足有一千斤，白泰官這時越發死了心，下得山去，不好意思去見那捕快，便一溜煙逃到別處去了。

這時康熙仗著魚殼保護，又第四次出巡江南。這一次可不比得上一次，皇上帶著御林軍士，沿路又有地方兵隊保護。皇上暗暗的打聽還有許多讀書人不服清朝，做許多誹謗朝廷的詩文，從速舉發，不得循私。誰知道這密諭下得不多幾天，在浙江湖州府地方便鬧出一起文字的大獄來。

當地有一富翁，姓莊名廷鑨，他讀書不多，卻好名心重，很想弄些著作，傳之後世，藏諸名山。因此他便天天捏一枝筆，咿咿唔唔的帶唱帶寫，不知寫些什麼。偏偏肚子裡不爭氣，寫了一年半載，也寫不出什麼正經東西來。後來他忽然想出一條好計策來。好在他有的是錢，便拿銀錢去那班窮讀書人家裡收買稿件，占為己有。後來不知從什麼地方買到一部烏程朱氏《明史》的稿本。他便快活非凡，湊上些崇禎朝的事實，換了自己的名字，又請當地有名的讀書人姓陸的姓查的姓范的替他做幾篇後記，居然刻印出來。他想這樣洋大作，當年孔子作《春秋》，司馬遷作《史記》也不過如此，傳之後世，怕不與《春秋》《史記》鼎足而三。誰知樂極生悲，這各省地方官正在暗地裡查訪有誹謗本朝的著作。查到這部《明史》，那湖州知府便鄭重其事，親自進京去告密。那刑部尚書奏明皇上，聖旨下來嚴密查辦。這莊廷鑨消息得到很快，知道事體難了，忙服毒自盡。聖旨下來，見莊廷鑨已死，便開棺戮屍；又把那刻印的販賣的一齊捉去殺了。那做後記的查家范家陸家也得信很快，便預先宣告是莊廷鑨捏名假造的，好不容易求得一個免罪，已弄得傾家蕩產。從此以後，一班讀書人都縮著頸子不敢多寫一個字。

康熙皇帝心中十分快樂。在外遊玩多時，便啟蹕回京去。誰知京裡的太子和直郡王雍郡王又鬧出一樁大事來。要知後事如何，且聽下回分解。

鬥法術計收血滴子　換嬌兒氣死陳閣老

卻說康熙皇帝第四次南巡，依舊是皇太子胤礽監國。那直郡王胤禔、雍郡王胤禛，心裡實在十分妒嫉，他兩人暗地裡派兵遣將去行刺太子，已有許多次了。都因東宮保護的人多，不曾遭他毒手。每一次，兩邊白送了幾條好漢的性命。胤礽心中把胤禛恨入骨髓，拿了重禮在外面請了許多有法術的道人來，在東宮作起法來，要收拾胤禛的性命。在胤禛王府中蒐羅的法士也不少，東宮每一次行法術，都被雍王府中的法士破了。後來太子從江西地方去請得一位鐵冠道人來。這道士有一條法器，真正了不得，那法器又名「血滴子」，是一頂鐵打成的帽子，鐵冠道人唸動真言，這血滴於便飛起半空，飛到仇家去，在那仇人頭上一套，立刻把頭割下來，收在帽子裡，向空飛回去。那沒了頭的人，頸子裡也不淌一滴血出來，所以稱做「血滴子」。那血滴子來時，任你千軍萬馬之中割取人頭，悄悄的來，悄悄的去，又快又無聲息，一霎時頭不見了，叫人防不勝防。

雍王打聽得這個消息，心中十分害怕，當即和幾位教師喇嘛商議。內中一位喇嘛和尚說道：「那鐵冠道人除非請俺大喇嘛來不能制服。」雍王聽了，便親自到雍和宮去求大喇嘛，那大喇嘛起初不肯，後來經雍王許他事成以後有種種利益，大喇嘛便帶了法器到雍王府中，光拿出一片貝葉來，囑咐雍王蓋在頭頂上，上面又拿帽子壓住。這貝葉法力無邊，可以抵得住血滴子。大喇嘛又在雍王臥房外面收拾一間淨室，日夜在屋子裡打坐守候。雍王原也有四位妃子。他元妃是鈕鈷祿氏，和雍王十分恩愛，如今見丈夫有難，便天天在雍王身邊陪伴著。

這一天夜靜更深，鈕鈷祿氏正和雍王井頭睡在一個枕頭說話，忽然見帳門外飛進一團漆黑的東西來，在雍王頭上一砸。幸而雍王頭上的貝葉早夜不離，那法器不能傷得雍王的性命。鈕鈷祿氏在一旁看了，不禁大聲叫喊起來。外面大喇嘛聽得了，忙搶出淨室來看時，只見那法器正從雍王臥房中飛出來。大喇嘛手快，忙脫下自己身上的袈裟來，向那法器一罩，好似網魚一般，把那法器網在袈裟裡面。

這時，早已驚動了闔府的人，大家趕進院子來請雍王的安。雍王額上被那法器磕碰受了傷，還掙扎著起來，大喇嘛送上那血滴子，說：「這是殺人唯一利器。王爺留著，將來可以制伏天下。」雍王看時，見那血滴子原是一頂鐵帽子，黑漆一團，寒光四射，看了不覺膽寒。第二天，直郡王胤禔得了這個消息，忙趕來看望。胤禎把詳細情形說了。胤禔看看沒有人在眼前，便拉著胤禎的手到一間密室裡悄悄說：「俺現在從蒙古請到一位喇嘛，名巴漢格隆的，他道術很高，能夠拿咒詛鎮壓人。如今我把太子的庚八字打聽明白，寫著紙條兒，藏在草人肚子裡，一面請巴漢格隆立起法壇，唸動咒語，七日七夜，那太子在東宮便發起瘋顛來，從此不省人事。到那時，他也做不成太子了，以後你我二人，無論誰做了太子，都可以商量。」胤禎聽了，忽然又想起一條計策，便和胤禔如此如此說明，當時便把大喇嘛請來，悄悄的送他二千兩銀子，託他如此如此行事。

過了幾天，太子看著鐵冠道人不能成功，心中不覺納悶。又過了幾天，太子覺得昏昏沉沉的害起病來。起初還是乍寒乍熱，不十分沉重；後來索興發起狂熱來，滿嘴胡說，兩眼如火，見人便打。東宮裡上上下下的人，都慌張起來。相國張英便去請了國師來替太子治病。那國師早已受了大喇嘛的賄賂，便拿兩粒阿肌酥丸給太子吃下。睡了一夜，那病勢果然減輕，只是犯了淫病，他終日和一般妃嬪廝纏著，還嫌不足，見了略平頭整臉些的宮女，便用強力奸汙。胤禔、胤禎得了這個消息，便個個帶著自己的福晉到東宮去請安。誰知那太子見了他兄弟兩人，一句話不說，只是眼睜睜的向他嫂嫂素倫妃子和弟媳鈕鈷祿氏看著。看到出神的時候，他伸著兩臂向鈕鈷祿氏撲去。鈕鈷祿氏身子靈活，躲避得快；那素倫妃子，卻被太子攔腰緊緊抱住，任你如何掙扎，休想逃得脫身。胤禔看了，不覺大怒，上去用力一推，把太子推倒在地，氣憤憤的拉著他妃子走出宮去。照胤禔的意思，要去奏明父皇；後來還是素倫妃子勸住說：「父皇從江南迴來不多幾天，且耐著這口氣，過幾天，待父皇閒暇時候，再奏明不遲。」胤禔聽了他妃子的話，暫且把這口氣忍耐著。

忽然關外接連報到軍情，說俄羅斯人帶了大隊兵馬，打進蒙古地方來。康熙皇帝便下諭派都統公彭春等督兵到愛琿地方，會同薩布素兵隊直攻雅克薩，打破雅克薩城，和俄羅斯人訂約講和。日子隔得不久，又報到軍情說，蒙古噶爾丹部聯合俄羅斯人造反。康熙皇帝便封裕親王福全為撫遠大將軍，率同皇子胤禔出古北抵敵了；封恭親王常寧為安北大將軍，率同簡親王雅布出喜峰口抵敵。誰知噶爾丹的兵十分驍勇，他攻破了阿拉尼的蒙古兵，再攻入烏珠穆泰，直衝破恭王的陣腳，打進多倫泊東北的烏蘭布通。虧得裕親王用炮火攻破了噶爾丹的駝城。噶爾丹兵大敗退還伊拉土克、三胡土克圖地方。清兵正要長驅直入，康熙皇帝忽然在博洛城害起病來了，只得班師回到北京。這時皇太子的病越來越厲害了，瘋得好似癲狗一般，見人便打，見物便毀。東宮妃子只是日夜哭泣，也毫無方法，只因皇帝有病，又是在外面辛苦打仗回來，是皇后的主意，暫時把這個消息瞞起來，不給皇帝知道。

到了第二年，那噶爾丹又起了三萬騎兵，沿綠連河下來打破喀爾喀，打進巴顏烏蘭。這時皇帝身體已經復原，便決定御駕親征，帶領十萬大兵，分東、中、西路。東路大元帥為黑龍江將軍薩布素；西路大元帥為大將軍費楊古，帶領陝甘強兵，從寧夏渡沙漠，沿土拉河打他的後路；皇帝獨當中路，從獨石口過多倫泊，西入沙漠，再從科布多沿綠連河右岸，過額爾德尼拖羅海山。那噶爾丹的兵隊見了皇帝的黃幄龍纛，嚇得他從拖諾山逃走。皇帝直追到塔米爾，兩軍奮戰。噶爾丹又大敗。這時東路西路兩支總隊，也向兩旁包抄過來。噶爾丹部主逼得走投無路，康熙帝勸他投降，他便在營中服毒自盡。策妄把他的屍身獻上。從此喀爾喀各部地方都投降了清朝。

康熙皇帝班師回京，十分快樂。這時想起太子來，也召進宮去想見。太子的師傅熊賜履，內大臣索額圖等知道包瞞不住，只得把太子送進宮去。這時皇子胤禔、胤祉、胤禛、胤禎、胤禟、胤祥、胤禩十幾個弟兄都站在一旁。太子見了父皇，也不知道請安行禮，一味的狂叫狂跳。皇帝看了十分詫異，忙問時，才知道害病已久，無可救藥。皇帝立刻坐朝，問文武大臣如何處置太子？那大學士張英、張廷玉，見勒隆科多，大將軍年羹堯，閣老陳世倌，都是和雍王一鼻孔出氣的，便紛紛奏請廢去太子。皇帝也明白胤礽病到這種地步，不能再做太子的了，便下旨廢太子為庶人，退出東宮。

這事傳到各皇子耳朵裡，個個歡喜，妄想自己補升太子。這裡有一個八阿哥胤禩，最是陰險，便滿心要謀這太子的地位，便在暗地裡化了許多銀錢，買通內大臣阿靈阿，散秩大臣鄂倫岱，尚書王鴻緒，侍郎揆敘等一班大臣。這時候恰巧皇帝有聖旨下來，命達爾漢親王、額附班等會同滿漢大臣，共議繼立太子的事。當時內大臣阿靈阿一班人便悄悄的寫了「八阿哥」三個字送進宮去。皇帝在諸位皇子中最不歡喜八阿哥，況且八阿哥的品行也最壞，面貌也最不漂亮。皇帝知道這裡面有弊，便在坐朝的時候，追問這件事體。

康熙皇帝聲色俱厲，滿朝文武大臣個個害怕。大學士張玉書便把阿靈阿一班大臣如何交好八阿哥，如何私立黨派，一一奏明。皇帝聽了，十分震怒，立刻下旨，把這班大臣拿下，交康親王椿泰審問定罪。同時胤禔府裡請大喇嘛作法鎮壓太子的事體，也敗露了。原來是一個內監名韋鳳的告發的。那韋鳳原是東宮的太監，如今調在直郡王府中當差，從小太監嘴裡打聽出這個事件來，立刻悄悄的到大內去告發。皇帝聽了，立刻打發內大臣帶同侍衛官，人不知鬼不覺的直衝進直郡王府中去，在後花園中果然發掘一個草人。那草人身上寫著太子的名字生辰八字，當胸釘一枚鐵釘，上面淋著狗血。又有五個紙剪成的鬼怪，一塊兒埋在泥裡。皇帝看了這些鎮壓的東西，氣得頓足大罵，吩咐把一干人等捉交宗人府審問，又下旨革去大阿哥直郡王的爵位，便在王府中幽禁起來，闔府奴僕人等都賞給十四皇子胤禵，那大喇嘛巴漢格隆驅逐他回蒙古。這一來，胤礽的病勢去得乾乾淨淨，依舊是循規蹈矩，皇帝仍舊立他做太子，仍舊住在東宮裡，仍舊把朝政交給他監國，自己卻帶了一班親信大臣第六次巡幸江南去。那班皇子見胤礽依舊做了太子，心中十分妒嫉，但一時也無可奈何。

四皇子胤禛卻依舊在暗地裡結識大臣，供養俠客。那大臣中要算大將軍年羹堯，閣老陳世倌和他交情最好。年、陳兩位太太常常進王府去。那王妃鈕鈷祿氏，也和這兩位太太十分親熱，有時王妃也到年、陳兩家去遊玩。那年家有位姨太太，小名小萍，長得十分美貌，性情也和順。王妃看了也十分歡喜，回來對雍郡王說了。雍王原是好色的，聽王妃說起，恨不得喚進府來一見，他見了年大將軍，便問起小萍，又說了許多羨慕的話。年大將軍卻也十分慷慨，第二天一輛車子便把小萍送進府來，送給王爺。這一來，雍王把個年大將軍感激到十二分，兩人的交情越發深厚起來了。

你想，好好一位美人兒，年大將軍如何肯輕易的送與別人？這裡面卻有一個緣故。年大將軍最不喜歡的是美人兒，說她好看不中吃的。只年羹堯身高長得結實，他每天非得有五個粗蠻的女人服侍他，不能安睡，因此他那班美貌佳人，只可以作畫裡真真看的，他都不要。他府裡養著十個山東村婦，輪流侍候他，小萍雖說是他的姨太太，卻嫌她不中用，因此他便慷慷慨慨的送給了雍王。那雍郡王得了這位美人，真寵得把她眼皮上供養，手掌上廝擎起來。這時王妃鈕鈷祿氏，肚子裡有孕，王爺越發有空兒服侍這位美人了。

雍王年紀也不小了，卻沒有一個兒子。而鈕鈷祿氏也想生一個兒子，恰巧那陳閣老的太太，和她同時受孕。兩人見面，常常說著笑話：咱倆倘然各生一個男孩兒，便不必說；倘然養下一男一女，便給他配成夫妻。陳太太聽了這個話，忙說：「不敢當！我們是草野賤種，如何當得起皇家的天神貴種？」這也不過是她們女太太們說著玩罷了。誰知言者無心，聽者有意。當日陳太太告辭出府，王妃退進內室去，便有一個值上房的媽媽，見左右無人，忙悄悄的對妃子說道：「俺王爺不是常常埋怨著娘娘不養一個男孩兒嗎？娘娘也為的是自己不曾養得一男半女，所以王爺在外面拈花惹草，也不便去干預他。如今老身倒有一計，此番娘娘倘然養下一個男孩子來，自然說得嘴響；倘然養下一個女孩子，只叫如此如此，便也不妨事了。」妃子聽了她的這番說話，也連連點頭稱說：「好計！」這且不去說他。

卻說雍郡王因要謀奪太子位，外面養了許多英雄好漢，在朝內又結識了許多大員高官，像張廷玉、隆科多、年羹堯、張英、陳世倌，都是他的死黨。他們每日退朝回來，總聚集在雍王府裡，商量機密大事。後來陳世倌一連三天不曾到王府去，把個雍王急得走投無路。原來陳世倌做到閣老，手握朝廷大權，諸事要和他商量。到第四天上，陳閣老才來，雍王問他：「家中有什麼要事？」陳世倌笑著說道：「不瞞諸位說，下官虛度五十歲，膝下猶虛。前天內人分娩，託王爺的福，居然養下一個男孩兒來。因此在家料理，耽擱了此間公事。」眾人聽了，都向閣老賀喜。接著又商量大事。年羹堯說道：「昨天接到邊報，噶爾丹部兵馬已到烏珠穆泰地方。皇上意思要打發裕親王和太子帶兵去抵敵，此番太子出關，又是我們絕好的機會，切不可錯過。接著又商定了幾件大事，各自退去。

雍王退進內室，那王妃鈕鈷祿氏從房裡迎接出來；雍王看他捧著一個大肚子，便想起日間陳世倌的話，便把陳閣老生了一個男孩兒的話對王妃說了。王妃聽了，不覺心中著急，看看自己袋著一個肚子，不知養下來是男是女。當時王妃聽了王爺的話，暗地裡向管事媽媽看了一眼，那媽媽點頭微笑。誰知隔不上三天，這位王妃也分娩了。王爺知道了，忙著人進去探問是男是女？裡面報出來說道：恭喜王爺又添了一位小王爺。雍王聽了，十分歡喜。接著文武官員，紛紛前來賀喜；到了三朝，王爺府中，擺下筵宴，一連熱鬧了七天，便是那班官太太也一齊到王妃跟前來賀喜請宴。王府裡的忌諱，小孩子生下地來，不滿一月，不許和生客見面；因此那班官太太，都不曾見得那位小王爺的面。鈕鈷祿氏又怕別人靠不住，諸事都託了這個管事媽媽；那管事媽媽是一位精細的過來人，只有她和乳母兩人住在一座院子裡，照料小孩子的冷暖哺乳等事。雖有八個宮女服侍，卻只許在房外侍候。王妃自有大夫診脈調養，天天有一班太太們來和她談話解悶兒。

王妃原和陳世倌太太景說得投機，如今陳太太生產在月中，不能到王府來，這位王妃每天少不了要唸上三遍陳太太。好容易望到滿月，陳太太又害病，不能出門，把個王妃急得沒法，只好等自己滿月以後，便親自坐車到閣老府中去探望陳太太。又把小孩兒抱出來給王妃看。小孩面貌飽滿，皮肉白淨，把個王妃樂得抱在懷裡只是喚「寶貝」。王妃又和陳太太商量，要把這小孩子抱進王府去，給王爺和姬妾們見見。陳太太心中雖有不願意，但礙著王妃的面子，也只得答應下來，把小孩子打扮一番，又喚自己的乳母抱著，坐著車，跟著王妃進府去。那乳母抱著孩子，走到內院裡，便有府中媽媽出來抱進正屋去，吩咐乳母在下屋子守候。屋子有許多侍女嬤嬤，便趕著這乳母問長問短；又拿出酒菜來勸她吃，直混到天色靠黑，乳母吃得醉醺醺了，只見那媽媽把小孩子抱出來，臉上罩著一方繡龍的黃綢子，乳母上來接在懷裡，一手要去揭那方綢子，那媽媽忙攔著說：「小官官已經睡熟了，快抱回去吧！」接著，一個侍女又捧出三隻小箱子來，另有一封銀於，說是賞乳母的。那小箱裡，都是王爺和王妃的見面禮兒。乳母得了銀子，滿心歡喜，匆匆上車回去了。

乳母帶小孩到得家裡，陳太太見小孩睡熟了，忙抱去輕輕的放在床上。開啟那小箱子來一看，陳太太不覺吃了一驚！裡面有圓眼似大的珍珠十二粒，金鋼石六粒，琥珀貓兒眼白玉戒指珠釧和寶石環，都是極貴重大內的寶物。最奇怪的有一枝玻璃翠的簪子和羊脂白玉簪子，珠子翡翠寶石的耳環，也有二三十副。這封見面禮物，少說也上百萬銀子。陳太太看了笑道：「這王妃把我們哥兒當作姐兒看了！怎麼賞起簪子和耳環來了？難道叫俺們哥兒梳著旗頭穿著耳朵不成？」那乳母接著說道：「虧王妃想得仔細，這簪兒環兒大概留著給俺哥兒長大起來娶媳婦用的。」兩人正說著，那小孩在床上「哇」的哭醒來了。乳母忙到床前去抱時，只聽得嘴裡啊喲連聲。陳太太聽了，也走過去看時，由不得連聲嚷著：「奇怪！」接著又哭著嚷道：「俺的哥兒到什麼地方去了？」這一聲喊，頓時驚動了閣府的人，都到上房來探問。

這時陳世倌正在廳屋裡會客，只見一個重兒，慌慌張張的從裡面跑出來，也顧不得客人，氣喘吁吁地說道：「太太有事，請大人進去！」陳世倌聽了，向童兒瞪了一眼，那客人也便告辭出去。閣老送過了客，回進內室去，一邊走一邊問道：「出了什麼事？值得這般慌張。」要知陳太太的孩子，究竟有什麼奇怪之處，且聽下回分解。

康熙帝揮淚廢太子　汪紳士接駕失弱女

卻說陳閣老一腳踏進房門，只見他夫人滿面淌著淚，拍著手嚷道：「我好好的一個哥兒，到王府裡去了一趟，怎麼變成姐兒了？」陳世倌聽了，心中便已明白，忙搖著手說：「莫聲張。」一面把屋子裡的人一齊趕出去，關上房門，把乳母喚進身來，低低的盤問她。那乳母一面拭著淚，一面把如何到王府去，如何一個媽媽把哥兒抱進去，如何直到靠晚送出來，如何不許她去揭那方罩臉的綢子，回家如何哥兒變了姐兒說了，把自己吃酒的事體瞞著。陳閣老聽了乳母這番話，心中越發雪亮，便對乳母說道：「哥兒姐兒你莫管，你在俺家中好好的乳著孩子，到王府去的事，以後不許提起一個字，倘然再有閒言閒語，俺先取了你的性命！」喝一聲：「退去！」嚇得那乳母抱著孩子，悄悄的退去。陳世倌即對他夫人說道：「這明明是王妃養了一個公主，只因她一向瞞著王爺說養了一個小王爺，如今把俺孩子帶進宮去，趁此便換了一個。俺們如今非但不能向王妃去要回來，並且也不能聲張，俺們若聲張出來，非但俺孩子的性命不保，便是俺一家人的性命都要不保了。好太太，千萬莫再提起了，俺們命中有子終是有子的。你既養過一個哥兒，也許養第二個哥兒呢！」陳夫人吃他丈夫再三勸戒，便也明白了。從此以後，他們閣家上下絕口不談此事。

看看到了第二個滿月，王妃才把孩子抱出來給雍王爺見面。雍王看孩子長得白淨肥胖，又是妃子鈕鈷祿氏所生的，便十分寵愛，府中人都稱他四王子。看官須記著，這是陳閣老的嫡親兒子，也便是將來的高宗皇帝。這時陳世倌深怕換了的事體敗露出來，拖累自己，便一再上書，求皇帝放歸田裡。聖祖挽留他不住，只得准了他的奏，放他回去。這裡雍郡王見去了一個親信的陳世倌，心中鬱鬱不樂。虧得那鄂爾泰、張廷玉兩人，竭力幫助他。看看那許多皇子，大半收服做了雍郡王的心腹，內中只有胤祉、胤祺、胤佑、胤、胤禟、胤裪、胤禵，常常自立門戶，不肯和雍郡王同走一條路。他們一面做著陰謀祕密的事體，一面又在皇帝跟前討好。皇帝便把胤祉、胤祺封做親王，胤佑、胤封做郡王，胤禟、胤裪、胤禵封做貝子。雍郡王知道了，越發懷恨在心。內中要算胤禩、胤禟兩人最和雍郡王作對。其實他們暗地裡謀奪太子位的心思，十分凶殘，他們卻不練習什麼本領，不結識什麼好漢，只打通了幾個太監去結識那班妃嬪，天天在皇帝耳跟邊說了許多太子的壞話，後來越說越凶，竟說太子有時進宮來調戲妃嬪，甚至暗結死黨，謀殺皇上。這種凶險的話，任你是鐵石人聽了也要動氣，況且說話的幾位妃嬪，都是皇帝十分寵愛的，他如何有不信之理。便立刻傳宗人府，意欲把太子廢了。後來還是固倫公主再三勸住說，皇上暫時耐著這口氣。這廢立太子，是一件大事，須和眾大臣慎重商量的。

第二天，卻巧得到邊報，說噶爾丹部造反十分猖獗，那車臣部扎薩克部都被他占據，紛紛打發人進京來告急。皇上得了這個消息，立刻坐朝，和幾位大臣商議後，一邊發下幾道聖旨：第一道，封裕親王全福為撫遠大將軍，皇長子胤禔為撫遠副將軍。帶領五萬人馬，出古北口。第二道封親王常寧為安北大將軍，簡親王雅布和信郡王鄂禮都封副將軍，帶領五萬人馬，出喜峰口。第三道，又命內大臣舅舅佟國綱、佟國維；大臣索額圖、明珠、阿密達；都統蘇努喇克遲、彰春阿、席坦諾邁；護軍統領苗齊納、楊岱；前鋒統領班達爾、沙邁圖都等隨營參贊軍務。十萬大兵，浩浩蕩蕩，殺奔關外來。誰知這一場戰爭，從第一年的秋天出兵直到第二年的夏天，還不能把噶爾丹打退；皇帝心中十分焦急，使派了康親王傑書，去換回恭親王來，自己又帶了御林兵馬，親到博洛河地方去督戰，一面命太子胤礽留守在京裡監國。

誰知皇帝一到關外，那告太子的狀紙雪片也似的飛來。有的告他欺凌宗室，有的告他擾害百姓，有的告他擅動貢物，有的告他擾亂宮廷，有的告他謀殺父皇。聖祖看了，舊恨重提心中說不出的惱恨。立刻下一道聖旨，叫人進京去提出關外來。不多幾天，那胤礽到了行營進帳來跪在父皇跟前。皇帝看他說話瘋瘋癲癲心中越發氣憤，颼的拔出一柄佩劍來，向太子斬去。虧得舅舅佟國維在一旁攔住。皇帝拍案大罵，一邊罵，一邊自己淌下眼淚來。說太子胡行妄為，自己早已知道，只因看在他母親面上，忍氣二十年。到如今他罪惡愈深，結黨營私，侮辱大臣，生性凶殘，謀害骨肉，甚至擾亂宮廷，謀殺朕躬。這樣狂妄悖逆的人，留他在世上何用？皇帝罵到傷心的時侯，一口痰向胸口一湧，不覺暈倒在地。待清醒過來，看太子還直挺挺的跪在地下。皇帝氣憤極了，上前去親自動手，在太子的臉上打了兩巴掌，喝一聲：「滾下去！」

第二天，把太子廢去，把兵權交給康親王，擺駕回京去。一面把太子幽囚起來，一面召集許多大臣，商量改立太子的事體。那班大臣受了諸位皇子的好處，各人幫著自己的主人。那時八皇子胤禩，私地裡送了許多金珠給國舅佟國維，和大學士馬齊。便暗暗的指使內大臣阿靈阿，散秩大臣鄂倫岱，尚書王鴻緒，侍郎揆敘，還有巴渾岱一班人，上奏章說八阿哥可以繼立。皇帝看看奏章，不由得大怒起來。

說：「八阿哥少不更事，況從前有謀害太子的嫌疑，他母親又出身微賤，如何可立為太子？」一面派人祕密查問，果然查出胤禩私通大臣的事跡來。第二天，皇帝上殿，厲聲喝問。巴渾岱嚇得渾身抖動，爬在地下，把佟國維和馬齊兩人如何指使他們保奏八阿哥的情形，一一奏聞。天顏震怒，立刻把那班官員革了職，又革去了胤禩親王的爵位。佟國維只因他是國舅，便當面訓斥了幾句，驅逐出京，永遠不許進宮。大學士馬齊，離間骨肉，罪情較重，下旨交刑部斬首。後來由滿朝文武代求恩免，聖旨下來，著革去功名，嚴行管束。

自從此雷厲風行之後，滿朝官員都絕口不敢說立太子的事，便是聖祖自己，也不再立太子。後來還是皇后覷著皇帝略略平了氣，便勸著說道：「簡立儲君，是國家一件大事。如今陛下皇子眾多，不得不預立太子，免得將來的變亂。」皇帝聽了皇后的話，倒也說得不錯。便和皇后商量，究竟立誰妥當？皇后說：「皇十四子胤禵，生性慈厚，堪為儲君。」這句話，卻深合聖祖的意思。但是皇十四子年紀尚小，這時倘然把聖旨宣布出去，又怕太子被人謀害。聖祖想到這裡，便想起鄂爾泰、張廷玉兩個人來。皇后也說這兩人是朝廷的忠臣，可以信託。當下立刻把鄂、張兩位大臣宣召進宮來，商量立十四皇子為太子的事體。那鄂爾泰便想出一個主意來，說請陛下親筆寫下傳立的詔書，悄悄的去藏在正大光明殿匾額的後面，待陛下萬年之後，由顧命大臣把詔書取下來宣讀，那時諸位皇子，見是陛下的親筆，也沒話可說了。

聖祖聽了，連稱「妙！妙！」便又想起國舅隆科多來，立刻把他召進宮來。一面由聖祖親自寫下詔書道：

胤礽染有狂疾，早經廢黜，難承大寶。朕晏駕後，傳位十四皇子。爾隆科多身為元舅，鄂爾泰、張廷玉受朕特達之知，可合心輔助皇帝，以臻上理。勿得辜恩溺職，有負朕意。欽此。

這三位大臣受了皇帝的顧命，便把詔書捧去，悄悄的藏在正大光明殿匾額後面，又悄悄的退出宮來，各自散去。自從行了這個預藏遺詔法子以後，歷雍正、乾隆、嘉慶、道光、咸豐、同治、光緒七朝，都沿用這個法子。這是後話，且不去說他。

如今再說國舅隆科多回到府中，便有雍郡王打發來的內監，候在府中，隆科多見了，彼此會意，便暗暗的對那內監只說了今夜三更四個字，內監回府，把話回稟過。到三更時候，隆科多便悄悄的從後門出去，趲進雍王府的後門，到了一間密室裡，只見大學士張廷玉，將軍鄂爾泰，都在那裡。還有幾位國師，和一班劍客。停了一會，雍王走進密室來，大家便低聲悄語的商量了一會，直到天明，大家吃過燕窩粥，才散出來。隆科多、鄂爾泰、張廷玉三人依舊上朝去。聖祖升殿，便不像昨日一般厲聲厲色了。兵部尚書出班奏稱：「康親王八百里文書告捷，說噶爾丹部主兵敗大積山，連夜逃至剛阿腦爾，如今已把噶爾丹全部收服，部主親到兵營中來納款投降。康親王不日班師回京。」聖祖聽了這個消息，越發歡喜，吩咐傳旨嘉獎；一面預備得勝酒筵，只待康親王進京，親自犒勞。

不多幾日，康親王帶領大兵凱旋，聖祖真的擺動御駕出城迎接。十萬大軍，見了皇上，齊呼「萬歲！」聖祖在馬上賞過酒，帶隊進城。第二天，康親王帶了一班從征大員上朝謝恩，皇上又在崇政殿賜宴；一面又下聖旨，升各個人的官級，又賞康親王紫禁城騎馬。

這時，四境平安，聖祖又舉行第六次南巡。內大臣早行文江南各省，沿途接駕。聖祖五次南巡，都到蘇州遊玩。蘇州地方，有一位首富的紳士姓汪名琬，皇上每次駕到，都是這位姓汪紳士率領合城大夫出城接駕。汪琬家裡，又蓋得好大園林，叫獅子林，是江南地方有名的。在聖祖第一次南巡的時候，是康熙二十三年，曾經在獅子林駐蹕。聖祖和汪琬十分要好，臨走的時候，賞他御筆手卷一軸。直傳到汪琬的兒子手裡，十分寶貴。汪琬的兒子名叫汪源，這時年紀只八歲，他父親接駕時候的情形，他都記在腦子裡，家裡曾經御用過的器物和房屋，都封鎖起來。直到聖祖第六次南巡，已隔了二十多年。

京中公文行到蘇州，蘇州紳士又忙亂起來，蘇州巡撫天天和地方紳士商量接駕的事體。那班紳士聽說要見皇上，個個嚇得捏一把汗；內中雖有幾個從前接過駕的，卻個個是年老昏瞶，不能辦事。留下幾個後輩子弟，誰見過這陣仗兒，誰也不肯擔任接駕的事體。後來蘇州巡撫出的主意，仍舊公推汪家承辦接駕的差使。汪家花園又大，家裡又有錢，那御用的器具，也是現成的。當下汪源見眾口一詞，便也不推託，把這大事擔任下來，汪家有兩位小姐，大的名蓮，小的名蓉，都出落得一雙玉人似的，美容面，楊柳腰，樊素口，小蠻腰，凡是從古來美人的態度、名媛的風韻，她姊妹兩人都占盡了。姊姊十七歲，妹妹十六歲，真是荳蔻年化，洛神風度。蘇州城裡上中下三等人，都知道汪家美人是天上少、地下無的。有多少宦家貴族，都來向汪家求婚；汪源不捨得把女兒年紀輕輕的遣嫁出去，便一律回絕。他姊妹兩人，原住在園裡的，如今預備皇帝駐蹕，便把他姊妹搬出園來，住在內院裡。

看看到了二月初一日，忽然有兩個內監，送皇帝的密諭到蘇州來，直闖進撫臺衙門去。蘇州撫臺，一面招呼兩個太監，開啟密諭來一看，說聖駕已到鎮江，著蘇州官紳，趕到鎮江去迎接。那兩個太監還說：皇上聖旨，著咱家到蘇州來尋訪一百個良家婦女，帶去侍候。如今限貴部院三天工夫，務必要把這一百個婦女選齊，由咱家帶去。撫臺聽了這個話，雖不成體統，卻也不能駁回。連夜召集了許多當地紳士商議這件事。內中有一位紳士說道：「這事容易得很，俺蘇州地方盡多娼家，如今選一百個略平頭整臉的妓女送去便得了。」撫臺聽了這個話，連聲稱妙，便發落首府，凡是城中官娼私娼，一齊搜捉進撫臺衙門去，由撫臺親自挑選一百個，先交給太監送去。這裡撫臺帶領合城文武官員和合境紳士，趕到鎮江去接駕。

隔了幾天，皇帝坐著船，到滸墅關上岸。十六個太監抬著一乘龍轎，直到汪紳士花園裡住蹕。那汪源見天子光降，頓覺十分榮耀，終日在花園門外伺候著。皇帝在花園裡，天天和這班妓女調笑無閒，長枕大被，晝夜行樂。撫臺帶著藩臺臬臺道府等官，在汪家門外站班，太監把守住大門，不放他們進去。後來各官湊集了十萬銀子，孝敬太監，才肯替他去通報。皇帝一一傳見，最後傳見汪源，兩人長談到二更時分，才退出來。從此皇帝天天傳汪源進國會談天，汪源也備了許多好玩好吃的去孝敬皇帝。因此皇帝和汪源十分知己。皇帝說道：「古時有天子而有布衣的，如今朕和卿也結個異姓兄弟如何？」汪源聽了，嚇得他忙爬在地下磕著頭，連稱「微臣不敢受命。」皇帝親自去扶他起來，又吩咐：「請夫人小姐來，俺們見一面兒，認個通家。」汪源如何敢違背聖旨，忙進去叫他夫人方氏、女兒汪蓮、汪蓉打扮齊整，進園去見駕。

皇帝見了這兩個美人，不由得連連稱讚，吩咐擺下酒席，皇帝親啟陪她母女三人吃酒。吃到燈昏月上，還不見她母女出園來。把個汪源急得走投無路，只是在花園外面探頭兒。好不容易盼到他夫人方氏出園來。問兩個女兒時，方氏嘆了一口氣，說皇上留在屋子裡了。汪源聽了，只是跺腳，但也無可奈何了。一連三天，皇帝也不傳見。到了第四天上，太監忽然傳出話來：「皇上要回京了。」於是蘇州地方的文武大員，又忙碌起來，紛紛預備程儀，送各太監；又備著十六號官船，送皇帝下船。汪源也在後面送著，眼看著兩個女兒送下船去，一聲鑼響，扯起龍旗，放纜去了。

汪源送過了聖駕，垂頭喪氣的回到家裡，便有許多親友向他賀喜，說他轉眼要做國丈了。到了第二天，忽然撫院裡打發一個武巡捕來，說大人今天接到一件緊要公文，請老爺快進衙門商量去。汪源聽了他的話，一時摸不到頭腦，便立刻坐轎上撫院去，只見那位撫臺和許多官員紳士們，坐在一間屋子裡發怔，案上擱著一張公文。他們見汪源來了，拿公文給他看。原來這是淮安府送來的公文，上面說聖駕於二月十日過淮安，算計起來二十六日可以到蘇州。原來從前來的是假皇帝，如今才是真正的康熙皇帝呢！別人看了這公文猶可，獨有汪紳士看了這張公文，不住的跺著腳，嘴裡連說：「糟糕！糟糕！苦了我這兩個女孩兒呢！」說著，不由得掉下淚來。當時眾官員紛紛勸慰，說這個大膽的假皇帝，俺們多派幾個幹役，四處悄悄的去察訪，總要拿住他，辦他一個死罪，那時你兩位千金也可以合浦還珠了。撫臺接著說道：「如今這件事，俺們都擔干係。諸位仁兄切莫在外面流露半個字，倘然給當今知道，俺們還要活命嗎！」一句話，說得眾人啞口無言，各自散去，依舊去預備接駕的事。

二月二十六日，聖駕臨幸虎丘。三十日，遊鄧尉山。聖恩寺的老和尚際志，是當年接過駕的，如今七十三歲了，白髯飄拂，跪在山門口接駕。皇上命太監賞老和尚人蔘二斤，哈密瓜松子榛子蘋果葡萄等很多。聖祖去摸著際志和尚的鬍髯，說道：「和尚老了！」三月十二日到無錫惠山，住蹕在寄暢園。園中有一株大樟樹，樹身有二人合抱的粗，聖祖常常在樹下閒步著。後來回京去，還常常寫信去問「樟樹無恙耶？」這時有一位紳士名叫查慎行，他做一首詩寄呈皇帝，說樹身平安。那首詩道：

合抱凌雲勢不孤，名材得並豫章無？
平安上報天顏喜，此樹江南只一株。

聖祖自從在惠山見了際志和尚以後，回到京裡，心中常常記唸，後來聖祖年紀到了六十九歲，那際志和尚已是八十八歲，還是十分康健。皇帝便打發內監到無錫去把他接進京來，舉行「千叟宴」。

什麼叫「千叟宴」？是蒐集六十五歲以上的滿漢臣民，共有一千個老頭兒，用暖轎抬進弘德殿去賞宴。一連吃了三天，都請際志和尚做主席，另外備一桌酒賞際志和尚。康熙皇帝也坐在上面陪席。一時歡笑暢飲，許多老頭兒，都忘了君臣之份。三天散席，皇帝又各賞字畫一幅，送回家去。這一年聖祖分外高興，在正月到二月的時候，巡幸畿甸；四月到九月的時候，巡幸熱河；十月幸南苑，舉行圍獵，皇帝親自跑馬射鹿，十分勇武。到十一月有一天，忽然害起病來，十分沉重，聖祖便吩咐從南園移駕到暢春園的離宮裡去養病。要知康熙皇帝性命如何，再聽下回分解。

改遺詔雍正登位　好美色胤禩喪命

卻說康熙皇帝在暢春園養病，這個消息傳到雍郡王胤禎耳中，他便趕先到暢春園去叩請聖安。無奈這時皇帝病勢十分沉重，心中又十分煩躁，不願見家人骨肉。胤禎請過聖安以後，只得退出房外，在隔室悄悄的打探消息。這時在皇帝跟前的，除幾個親近的內監和宮女以外，只有國舅隆科多，將軍鄂爾泰，大學士張廷玉，三位大臣，終日陪著幾位御醫，料理方藥。這三位大臣，原和雍王打成一片的，自不必說；便是那太監宮女，平日也得了雍王的好處，凡是皇帝一舉一動，一言一語，都悄悄的去報告雍王知道。

內中有一位宮女，原是貴佐領的女兒，進宮來已有四年；因她長得美麗，性情也十分伶俐，便把她派在暢春園裡，專候臨幸時伺候皇帝皇后的。她如今見雍王相貌十分威武，知道他將來有發達之日，便覷空溜到隔房去，陪些小心，凡是茶水飲食有不周不備的地方，都是她在暗中料理。雍王這時獨居寂寞，得了這個知己，自然十分歡喜，覷人不防備的時候，他兩人居然結了私情。雍王答應她，倘然一朝登了皇位，便封她做貴妃。那宮女越發感激，從此特別忠心。

這時，雍王和隆科多又商量過，假造皇帝的旨意，說病中怕煩，所有家人骨肉，一概不許進園，可憐那些妃嬪郡王公主親貴，一齊都擋住在園門外，便是皇后也只得在園門口叩問聖安，一任雍王在園裡弄神弄鬼。看看那皇帝病勢，一天重似一天；那些御醫看了，也是束手無策，只是天天灌下人蔘湯去，苟延殘喘。看看到十一月底，天氣十分寒冷，皇帝睡在御床上，喘氣十分急迫，他自己知道不中用了，忙吩咐隆科多，把十四皇子召來。那隆科多早已和雍王預定下計策，奉了皇帝的命令，出來把雍王喚進屋去。看皇帝時，已進氣少，出氣多，這時隆科多走出園來，見園門外擠了許多皇子妃嬪，他便故意大聲喊道：「皇上有旨，諸皇子到園，不必進內，單召四皇子見駕。」說罷，喚親隨的拉過自己的馬來，嘴裡說找四皇子去，快馬加鞭的去了。

你道他真的去找尋四皇子麼？只見他飛也似的蹌進宮門，走到正大光明殿上，命心腹太監，悄悄的從匾額後面拿出那康熙皇帝的遺詔來。現成的筆墨，他便提起筆來，把詔書上寫著「傳位十四皇子」一句，改做「傳位于四皇子」。改好以後，依舊藏在原處，悄悄的出了宮門，又飛也似的回到暢春園去。這時康熙皇帝暈厥過去幾回，到傍晚時候，才慢慢的清醒過來。睜眼一看，見床前有一個人跪著，雙手高高的捧著一杯參湯，口中連喚著父皇。康熙皇帝模模糊糊，認做是十四皇子，便伸手過去摸他的臉。那雍王趁此機會爬上床去，皇帝睜著眼端詳了半天，才認出並不是十四皇子，乃是四皇子胤禛，不由他心頭一氣，只喊得一聲：「你好……」一口氣轉不過來，便死過去了。

胤禛看了，假裝做十分悲哀，嚎啕大哭起來。外面太監一聽得裡面哭聲，忙搶進來，手忙腳亂，替皇帝沐浴更衣。這裡隆科多進來，把雍郡王扶了出去。雍郡王悄悄的問道：「大事成功了嗎？」那隆科多隻是點點頭，不作聲兒。停了一會，園門外的諸王妃嬪，聽說皇帝駕崩，便一擁進來。這時除胤礽病著，胤禔、胤禩監禁著，胤禵出征在外，尚有三皇子胤祉、七皇子胤佑、九皇子胤禟、十皇子胤䄉、十二皇子胤祹、十三皇子胤祥，此外還有胤祺、胤禌、胤禑、胤祿、胤禮、胤禧、胤祜、胤祁、胤祕共十六個皇子，和三宮六院的妃嬪，趕到御床前，趴在地下，放聲舉哀。

哭了多時，隆科多上來勸住，說道：「國不可一日無君，民不可一日無主；如今大行皇帝龍馭上賓，本大臣受先帝寄託之重，請諸位郡王快到正大光明殿去，聽本大臣宣讀遺詔。」

諸位皇子聽說父皇有遺詔，個個心中疑惑，不知道是誰繼承皇位。內中胤禟胤䄉，尤其著急，只怕這個皇位被別人得去，因此急急的趕到正大光明殿會候旨。一會兒，那滿朝文武都已到齊，階下三千名御林軍排得密密麻麻，大家靜悄悄的候著。只見那隆科多、鄂爾泰、張廷玉三人，走上殿去，殿上設著香案，三人望空行過禮，便從匾額後面請出遺詔來，隆科多站在當殿高聲宣讀。讀到「傳位于四皇子」一句，階下頓時起了一片喧鬧聲。值殿大臣上來喝住，才把那遺詔讀完。

四皇子胤禛，也一塊兒跪在階下候旨。這時便有全班侍衛上來，把胤禛迎上殿去，老實不客氣，把皇帝的冠服全副披掛起來，擁上寶座。殿下御林軍三呼「萬歲」；那文武百官，一個個上來朝見。禮畢，新皇帝率領諸位郡王親王貝子大臣等，再回到暢春園去，設靈叩奠，遵製成服。第二日，把先皇遺體，奉定在大內白虎殿，棺殮供靈。新皇帝下旨，改年號為雍正元年。

這位雍正皇帝，便是在清史中著名毒手狠心的世宗。當時他跪在地下，聽讀遺詔的時候，誰在下面喧鬧，他都暗暗的看著，到了一登龍位，他第一道聖旨，便革去胤禟、胤䄉的爵位，說他們擾亂朝堂，犯了大不敬的罪，立刻把這兩人捉住，送交宗人府嚴刑審問。那胤禟熬刑不過，只得招認了，說如何和胤禩兩人在外面結黨營私，謀害胤礽；後來見胤礽得了瘋病，幽囚在宮裡，便知道他是不中用了，因此日夜想法謀害胤禎。無奈胤禎手下養著許多好漢，非但不能傷他分毫，而且眼看著他得了皇位；因此心中氣憤不過，當時禁不住在朝堂上喧鬧起來。宗人府錄了口供，奏明雍正皇帝，皇帝吩咐從牢監裡把胤禩提出來審問。胤禩見胤禟都招認了。便也無可抵賴，當即直認不諱，只求皇帝開恩，饒他性命。聖旨下來，把胤禩、胤禟兩人打入宗人府監獄裡。稱胤禩是「阿其那」，「阿其那」是豬的意思；稱胤禟為「塞思黑」，「塞思黑」是狗的意思。

第二天，又提胤䄉出來審問。這胤䄉卻不是尋常郡王可比，他是少林寺的嫡派弟子，學得通身本領，能飛簷走壁，銅拳鐵臂，等閒三五十人近不得他的身。雍王皇帝做郡王的時候，也曾吃過他的虧，常常被他打倒在地，故見了他就害怕，遠遠見胤䄉走來，便躲避開去，因此含恨在心。如今登了皇位，便要報這個仇恨。胤䄉這時被宗人府捉來，到得審問的時候，他給你一個老不開口。那府尹惱了，吩附用刑。只見他大笑一聲，一縱身飛上瓦，去得無影無蹤，那府尹忙去奏明皇帝，皇帝也奈何他不得。忙去把喇嘛請來，要喇嘛用法術去殺死他。喇嘛搖著頭說道：「要處治不容易！他身邊常常帶著達賴一世的金符，等閒符咒，近不得他的身。」皇帝問：「這金符可以奪下來嗎？」喇嘛說道：「平常時候不能下手，只有候著他和女人親近的時候，方可下手奪取他的金符。」雍正皇帝把喇嘛的話記在腦子裡，吩咐心腹太監設計擺布胤䄉。

那胤䄉自從逃出宗人府來，越發狂妄不羈。他最愛吃酒，京城裡大小酒鋪子，都有他的腳跡。他穿著平常人的衣服，有誰知道他是皇子？他每到一處酒家，便拉著店小二同吃。東華門外有一家大白樓酒家。釀得好「三月白」。那店小二名餘三，人又生得和氣，胤礽和他最說得上，因此常在太白樓走動。吃到酒酣耳熱的時候，便拉著餘三坐下對酌，談些市言村語。越發借杯酒以澆塊壘，便常常到太白樓來，每來，餘三便陪著談些花街柳巷的故事，陌上桑間的豔聞。那風流事務，胤礽原是不善長的，只因這時他腦中萬分氣憤，拿它來解悶消愁，也未為不可。誰知今天聽，明天聽，把胤礽這個心打活了，越聽越聽出滋味來。那餘三又說些風流家數，花柳祕訣，把個胤礽說得心癢難搔。

正在無可奈何的時候，那酒爐邊忽然出現一個嬌滴滴的女孩兒來；只見她斜嚲香肩，低垂粉頸坐著。有時向胤礽溜過一眼來，頓覺魂靈兒被勾攝了去。胤礽看了，不覺拍案喝「好！」只因滿屋子酒客坐著，不便向她勾搭。看看那女孩兒的粉腮，嬌滴滴的越顯紅白。胤礽看了，忍不住喚了一聲「美人兒！」那女孩子抿著櫻桃小嘴，嚶嚀一笑，轉過臉兒去看別處。這情形被餘三看見了，便哈哈大笑道：「相如賣酒，卓女當壚。俺家三妹子今天得貴人賞識，也是她三生有幸。」說著，便向那女孩兒招手兒說道：「三妹子過來陪爺吃一杯何妨。」那女孩兒聽了，便笑吟吟的走過來，在胤礽肩下坐著，低著頭只是不作一聲兒。胤礽看時，長眉侵鬢，星眼微斜；不覺伸手去握著她的纖手，一手送過一杯酒去，那女孩兒含羞帶笑的便在胤礽手中吃乾了一杯。胤礽連連嚷著妙。一抬頭，見那店小二餘三早已避開了，他兩人便唧唧噥噥的說笑起來了。談到夜靜更深，那女孩兒便悄悄的伸手過去把胤礽的衣角一扯，站起身來便走；胤礽也不覺身子虛飄飄的跟著她走到一間繡房裡，羅帳寶鏡，照眼銷魂。那女孩兒服侍他寬衣睡下，自己也卸裝解佩，鑽進繡衾去，和胤礽並頭睡倒。胤礽睡在枕上，只覺得一陣一陣芳香送進鼻孔來，他到了這時，便忍不住轉過身來，對女孩微微一笑。

正在得趣的時候，忽聽得嘩啦啦的一聲，一個大漢跳進屋子來，伸手在衣架上先奪了胤禩衣襟上佩著的金符。一轉身，手中執著明晃晃的鋼刀，向床上撲來。胤禩忙把懷中的女孩兒推開，喝了一聲，只見他口中飛出許多金蛇，直衝那大漢。這時窗外又跳進來四五個壯士，個個擎寶劍，圍住這繡床奮力攻打。無奈他口中金蛇來得厲害，那刀劍碰著金蛇，便毫無用處。那大漢鬥了半天，見不能取勝，便打一聲唿哨，帶著一班壯士，跳出窗子逃走了。回到宮裡，回奏雍正皇帝。皇帝聽了，十分詫異，忙問國師，那國師說道：「這是婆羅門的靈蛇陣。陛下放心，凡學這靈蛇陣的必須對天立誓，不貪人間富貴。想來這胤禩決沒有叛逆的意思。」雍正皇帝聽了國師的說話，將信將疑；後來到底趁胤禩害病沒有氣力的時候，把他捉來關在監牢裡，用毒劍殺死。那胤禩和力士還奮鬥到三天，連殺了三個劍客方死呢。

雍正皇帝拔去這幾個眼中釘，心中才覺爽快。誰知隔了不多幾天，又有邊關報到，說青海的羅布藏丹津，引誘大喇嘛察罕諾門，覷著世宗新接皇位、宮庭多故的時候，便乘機造反。先派人去勸額爾德尼郡王、察罕丹津親王兩人一同舉兵殺進關去。誰知他兩人都不聽從，便惱了羅布藏丹津，調動兵馬，先把一位郡王一位親王趕進關來。那親王和郡王被他逼得走投無路，便動文書進京來告急。

雍正皇帝看了文書，心下正在躊躇，忽內侍進來報說國舅隆科多求見。皇帝連說「請進」。兩人見了面，皇帝說道：「舅舅來得正好！」便拿邊關的告急文書遞給他看。那隆科多看了，便說道：「臣也為此事而來。陛下不是常常說起那年羹堯擁戴之功不曾報麼？又不是說那胤禵屢經征戰，深得軍心，是可怕嗎？還有陛下做郡王的時候，招納了許多好漢，養在府裡；如今大功已成，他們都仗著自己是有功的人，在京城裡橫行不法，實在不成事體。如今卻巧邊關上出了事體，陛下不如下一道諭旨，派胤禵做撫遠大將軍，年羹堯做副將軍，從前陛卜招納的英雄好漢，都一齊封他們做了武官，由年羹堯帶他們到青海去，免得留在京城裡惹是生非。」雍正聽了，說道：「計雖是好計，但是老年辛苦了一場，叫他做一個副將軍，怕委屈他罷？再者，那胤禵他做了一個大將軍，怕越發不能制服他呢。況且那班英雄好漢，怕也不都永遠叫他住在青海地方；他日回京來，依舊是個不了。」隆科多聽了皇帝的話，笑說道：「陛下莫愁，臣自有作用在裡面。」接著又低低的把裡面的深意說了。

雍正皇帝聽了，不覺拍案叫絕。第二天坐朝，便把胤禵封為撫遠大將軍，年羹堯為副將軍；一面又叫鄂爾泰袖著密諭，去見年羹堯，吩咐他如此如此。年羹堯受了密諭，連日蒐集那班江湖好漢，保舉他做副將、做參贊、做都統、千總、把總的。那班好漢，一旦做了大官，便十分歡喜。看看調齊了八萬大兵，皇帝吩咐副將軍帶領兵馬先行啟程。拔隊那一天，天子親自出郊送行。在路上足有三個月行程，到了四川邊疆地方，會合了四川的副將岳鍾琪手下四萬兵馬，浩浩蕩蕩，殺向青海去。

雍正皇帝待年羹堯去了兩個月，才放胤禵出京，掛了大將軍帥印，帶著一百個親兵，輕裝簡從的趕著路程。到了四川成都省城，打聽得年羹堯已帶兵殺出關去了。胤禵心中疑惑，怎麼副將軍不待大將軍的軍令，擅自出兵？正氣悶的時候，忽然有廷寄送到。胤禵忙擺設香案，接受聖旨。一位太監宣讀道：「撫遠大將軍胤禵著即免職，所有印綬，交年羹堯接收。著授年羹堯為撫遠大將軍，岳鍾琪為參贊。」胤禵才聽罷聖旨，回過頭來一看，那年羹堯也和自己並肩跪著接旨。到這時，胤禵心中才明白皇帝是調虎離山之計；如今他自己的軍隊又不在跟前，手中又失了兵權，便也無可奈何，窩著一肚子氣，把印信交出，拂袖而去。只因他這時無權無勢，他的行蹤，也便沒有人去查問他。這且按下不表。

話說廣東省城珠市上有一家買賣行，主人姓梁，連年買賣不佳，虧折已盡。店主人和夥計們，終日愁眉不展，坐在店堂裡發怔。看看已到年關，債戶四逼，這姓梁的無法可想，吩咐小夥計到江邊照財神去。原來這『照財神』是廣東商家的風俗，倘有營業不振，便在江邊樹一桿旗杆，桿頭掛一盞紅燈，名叫照財神。這家買賣行恰巧開設在江邊。誰知紅燈才掛上，忽然有一隻大貨船，駛近店門口停下。船上跳下一個大鼻子家人來，操著北京話，問行主人在嗎？姓梁的忙出來招呼，那家人領他到船上，只見一箇中年男子，體態魁梧，舉動闊綽。他自己說姓金，此次販賣許多北貨茶果，特到廣州來銷售。只因找不到熟悉的行家，只見你家門口掛著紅燈，特來拜託。

那姓梁的看船中貨如山積，沒有三五十萬銀子，休想買得到手；但是這時廣東正缺少北貨，倘能把這一船貨買下，定可大大的發一筆財。只恨自己手頭沒有本錢，心中便萬分焦急。那男人看出了店主人的心事，說道：「你倘沒有本錢，也不要緊；我船中有四十萬銀子的貨物，暫時寄存在你店中，託你慢慢的銷售。現在我並不要你分文，待到明年這時候，我再來和你結帳。」那店主人聽了他的話，十分歡喜，連連對他作揖道謝。一面備辦極豐宮的酒席款待這客人；一面僱了許多伕役，把船上的貨物，通通搬進店去。那客人吃過了酒飯，說一聲叨擾，便上船去了。這姓梁的在店中，替他經營貨物，不上半年功夫，那許多貨物都已銷去了，整整的賺了十萬銀子。店主人將貨款去存在錢鋪子裡生利，只待那客人到來結帳。

看看又到年底，姓梁的便打掃店堂，預備筵席，自己穿著袍褂恭候著。到夜裡，那客人果然來了，一十隻大船，一字兒停泊在這買賣行門口，船上都滿載著南北貨物，和參桂藥品。那客人走上岸來，一見了主人，便拉著手笑吟吟的說道：「此番夠你忙了！我船上有四百多萬銀子的貨物，你快快想法子起岸吧！」那店主人一面招呼客人吃酒，一面招集了合城的買賣行主人，商量堆積貨物的事體。頓時僱了五七百個伕役，搬運貨物，吆喝之聲，滿街都聽得。搬完了貨物，姓梁的才進來陪著客人吃酒。酒醉飯飽，主人捧出帳簿來，正要結帳，那客人把帳簿推開，說道：你絕不會有錯，俺們慢慢的算罷。說著站起身來便告辭去了。臨走的時候說道：「此去以三年為限，到那時我自己來和你算帳，現在不必急。」說著跳上船頭，解纜去了。

這姓梁的自從那客人去後，著意經營，居然十分發達。不上三年工夫，那十船貨物，早已銷完。姓梁的天天候著，到了大除夕這一天，那客人果然來了；一見主人，便說恭喜，主人一面招呼酒食，一面告訴他那宗貨銀連本搭利已在六百萬以上，分存在廣州各錢莊家，如何處置，悉聽大爺吩咐。那客人聽了，便說道：「提出一半貨銀，劃付漢口德裕錢莊；其餘的一半，且存在廣州再說。」主人聽了客人的吩咐，便連夜到各錢莊去匯劃銀子。看看到了正月初五，那客人孑然一身，只帶一個家丁，住在姓梁的買賣行裡；姓梁的雖是天天好酒好菜看待他，但他總覺得寂寞無聊。要知道這客人到底是什麼人，且聽下回分解。

紅燈熱酒皇子遺愛　煮豆燃萁兄弟化灰

卻說那姓梁的店主人，看那客人住在客邊，寂寞無聊，便替他想出一個解悶的法子來了。原來這時正月初上，廣州地方珠江邊的花艇，正十分熱鬧；真是脂粉如雲，管絃震耳，那些娼家，也竟有幾個好的。姓梁的便邀集了許多同行朋友，陪著這位客人遊紫洞艇子去。艇中綠窗紅氈，十分精雅。那客人坐定，姓梁的一面吩咐設席，一面寫著紅箋，把八埠名花一齊召集了來。這客人坐在上首，五七十個女娃子，都陪坐在他左右。一時脂香粉膩，鶯嗔燕叱，幾乎把一座艇子擠翻了。那客人雖是左擁右抱，卻一個也看不上他的眼；一會兒他推說小解，溜到後艙去。

這時，只聽得一陣陣嬌聲啼哭。他循著哭聲尋去，只見後艙一個嬌弱女孩兒，被鴇母渾身上下剝得精赤的，打倒在地。那鴇母手中的籐條兒，還不住的向那女孩兒嫩皮肉上抽去，頓時露出一條一條血痕來。那客人看了，說一聲：「可憐！」急搶步過去，攔住鴇母手中的籐條；一面忙把自己身上穿的袍褂脫下來，在那女孩兒身上一裹，抱在懷裡，走出前艙來。這時前艙有許多妓女和客人，他也不管，只是拿手帕替她拭著眼淚，問她名字。那女孩兒躲在這客人的懷裡，一邊嗚咽著，一邊說自己名叫小燕。自從被父母賣到這花艇子裡來。早晚吃老鴇打罵，說她脾氣冷僻，接不得客。

那客人一面聽她說話，一面看她臉面。雖說她蓬首垢面，卻是長得秀美白膩；便把衣服開啟，露出雪也似的身體來。上面襯著一縷一縷的血痕，越發覺得鮮豔。這客人忍不住伸手去撫摩她，小燕急把衣幅兒遮住，那粉腮兒羞得通紅，嫣然一笑，低低的說道：「給別人看見像什麼樣兒。」再舉眼看時，那滿艙的妓女和客人，都去得乾乾淨淨，只留下他兩人。從此這客人便迷戀著小燕，雙宿雙飛，一連一個多月，不走出艙門來。這時的小燕卻迥不是從前的小燕，她打扮得花朵兒似的，終日陪伴著這無名的客人，兩口子十分恩愛。有時只有這姓梁的走上船去談幾句話，別的客人，他一概不見。

光陰迅速，轉眼春去夏來。那客人忽然說要回去了。問他回到什麼地方去，他也不肯說，只吩咐那姓梁的，把存在廣州的三百萬兩銀子，拿一百萬在珠江邊買一所大屋子，裡面花木陳設，都要十分考究；一百萬銀子給小燕平時使用，替小燕出了箱，住在那屋子裡。剩下的一百萬銀子，便送給了姓梁的。姓梁的問他：「何日歸來？」他聽了，由不得眼圈兒一紅，說道：「此去行蹤無定，倘吾事不敗，明年此時便是我歸來之日；過此，今生怕不能再和你們想見了！」他又悄悄的對小燕說道：「你我交好一場，連我的名字你也不知道；如今我對你說了，我的名字叫做胤禩，你若紀唸我時，在沒人的時候喚著我的名字，我便知道了。」那小燕聽了他的話，哭得死去活來；在小燕十分淒楚的時候，他便一甩袖子走了。小燕住在那座大屋子裡，痴痴的候了三年，不見那客人回來。後來，她把這客人的名字去告訴姓梁的，才知道這胤禩是當今皇帝的弟弟。嚇得那姓梁的，從此不敢提起這個話；便是小燕，也因為感恩知己，長齋拜佛去了。以後那胤禩、胤禟這班皇子，雖不知下落，但也還有一點點消息可尋。這個消息，卻出在河南彰德府一個落拓秀才身上。

這秀才姓莊，名洵，講到他的祖上，也做過幾任教諭，他父親莊士獻，也是一位舉人。便是莊洵自己，也早年中了秀才，實指望功名富貴，飛黃騰達；誰知他一中之後，截然而止。到二十歲上，父母一齊去世，莊洵不事生產，坐吃山空。眼見得這區區家業保守不住了，他便索興抱了破釜沉舟的志願，把家中幾畝薄田一齊賣去，拿賣田的錢去捐了一名監生，趕到京裡去下北闈。誰知文章憎命，連考三場，依舊是個不中；從此流落京華，吹簫吳市。虧得他住的客店主人，指導他在客店門口擺一個測字攤兒，替過往行人胡亂測幾個字，倒也可以過活。

這客店在地安門外，原是十分熱鬧；且宮內的太監，在這條路上來來往往的很多。那太監的生性，又是多疑；因此他們有什麼疑難事體，便來問莊洵，那做太監的，又是河南彰德府人居多，因此莊洵和他們廝混熟了，攀起鄉誼來了。

不知怎的，這個消息一傳十，十傳百，傳到了尚衣監的太監劉永忠的耳朵裡。那劉永忠和莊洵，不但是從小的鄉鄰，還關著一門親戚。聽他同伴常常說起莊洵，他便覷空溜出地安門去，遠遠見莊洵在客店門外擺著一個測字桌子。劉太監搶步上前，喊了一聲：「莊大哥！」那莊洵聽得有人叫喚，忙抬頭看時，見一位公公走來。莊洵和他多年不見，一時認不出來，怔怔的對他看了半天，才恍然大悟。笑說道：「你不是俺劉家莊的劉二哥嗎？」那劉太監呵呵大笑，莊洵忙收拾測字攤兒，兩人手拉手的走進客店去，細談別後的光陰。劉太監誇說自己做了尚衣監的總管，天天見到太子的面，多承太子十分信任；又誇說宮中如何繁華，同伴如何眾多，出息如何豐厚。把個莊洵聽得心癢癢的，十分羨慕。

第二天，劉永忠又把莊洵邀到大柵欄酒樓裡去吃酒。吃酒當兒，莊洵便問：「宮中同伴究有多少？」

那劉總管略一思索，便說道：「約略算來，也有二千多人。」他便輪著指數著：乾清宮多少，昭仁殿多少，坤寧宮多少，永壽宮多少等等，直數了一長串，劉總管說得天花亂墮，莊洵聽得神魂顛倒。待他說完了以後，莊洵便求著劉總管道：「宮內既用這許多太監，諒來也不多我一個，求二哥幫我的忙，把我也攜帶進宮去當一名太監，省得在外面挨凍受餓。」這劉總管聽了他的話，不禁拍案大笑起來，說道：「俺的莊大哥，你怎麼這樣糊塗！這割雞巴不是玩兒事體呢！你這樣年紀，怕不要送掉性命。你既要謀事，咱這裡每年備辦龍衣袍褂和江南織造衙門來往的信札很多，大哥不嫌委屈，便屈就了這個差使罷。」莊洵聽了他的話，急忙稱謝。從此以後，莊洵便當了劉總管的書記；凡是和各省官府來往的私信，都是莊洵代寫。

莊洵得了劉總管的照應，他光景慢慢的舒齊起來。只是常常聽劉總管說起宮中如何華麗，如何好玩，便要求劉總管帶他進宮去遊玩。劉總管也答應他有機會，也順便帶他進去。隔了幾天，那江南織造的龍衣，已經送到。劉總管帶領十八個太監出去，向內務府衙門去領龍衣，把莊洵也改扮做太監模樣，掛上腰牌，混在十八個太監裡面，手中捧著黃緞衣包，一串兒走進乾清門去。

一走進門，只見宮牆巍峨，殿角森嚴；一色黃瓦，畫棟飛簷，把個莊洵看得頭昏眼耀。走進乾清門，便是乾清宮。走進宮門，東向有一座門樓，上面掛著弘德殿匾額；西向一座門樓，上面掛著昭仁殿匾額。北向大門西傍，東面的上面寫著東書房，西面的上面寫著西書房；裡面隱隱有戴大帽穿朝靴的人，踱來踱去。三五個太監在門外站著，見劉總管走來，都向他笑笑點點頭兒。繞過西書房牆後，有一溜精室，上面寫著南書房，裡面有說話的聲音。他們沿著西廊走去，望著那北廊，也有幾間屋子，上面掛著繙書房的匾額。劉太監領著，穿進月洞門，見有三間下屋；劉總管叫人把莊洵手中的衣包接過來，叮囑他在下屋裡靜悄悄的候著。

莊洵走進屋子去，靠窗坐下。隔著窗縫兒望出來，只見那太監三五成群的，都向他屋後走過。也有急匆匆走去的；也有兩三人拉著手兒慢慢的踱著、低低的說著話的；也有手中拿著小盒兒的。來來去去，十分熱鬧。但是大家靜悄悄的，卻沒有一個敢高聲說笑的。莊洵正看得出神，忽覺身後有人伸手在他肩頭輕輕的拍了一下；莊洵急回頭看時，原來是劉總管。只見他空著手，知道他事體已了，便跟著他走出下屋，走過月華門，進入一座大殿，上寫著「懋勤殿」。殿中設著寶座圍屏，十分莊嚴；又繞出乾清宮，對面也有一座大宮殿，掛著繡簾，上面掛坤寧宮匾額。東廊有一座東暖殿，西廊有一座西暖殿。坤寧宮直北有一座欽安殿，繞過欽安殿，便是御花園神武門。他們暫不進門，向東繞出去。先走過鐘粹宮，接著穿過長春宮、景仁宮、景陽宮、承乾宮、延禧宮、依次到了昭仁殿；劉總管領著莊洵，又從弘德殿繞進去，先走過翊坤宮，接著永和宮、咸福宮、永壽宮、啟祥宮、儲秀宮。一座一座宮殿玩過去，只覺得金碧輝煌、莊嚴華貴，莊洵嘴裡不住的嘖嘖稱羨。劉總管忙搖著手叫他不要聲張。這時正是午後休息的時候，沿路遇到的太監宮女也不多。

宮殿遊玩過了，便走進精武門，到了御花園裡。只見亭臺掩映，花木扶疏，一聲聲鳥鳴，傳入耳中，十分清脆，真是五步一樓，十步一閣。正走到萬花深處，只聽得後面一個小太監一邊追著，一邊喚著劉總管：張總管找你老說句話呢。劉總管聽了，忙站住腳，又指點著莊洵向前走去，穿過林子，前面一座四面廳，你在廳裡坐著候我，我去去便來。說著，丟下莊洵去了。

莊洵慢慢的向前走著，走出花叢，果然見一座大廳屋，四面落地琉璃窗，圍欄曲折，走廊下供著許多花盆。走進屋去，四壁字畫，十分幽雅。莊洵到底是一個讀書人，見了字畫，便十分心愛，一幅一幅的看過去。正看得出神的時候，忽然聽得遠遠的「唵唵」幾聲喝道。莊洵在屋內隔窗望去，見一肩暖轎，幾個內監抬著，轎中坐著一位十分威武的男子，從花間過來。莊洵知道皇上駕到，慌得他兩條腿索索的抖動，要藏躲也無藏躲處，一眼見屋中擺著一架炕榻，莊洵也顧不得了，便一蹲身爬進炕榻下去躲著。側著耳朵往外聽時，只聽得一陣橐橐的靴腳聲，邁進屋來。一個人向炕榻上一坐，滿屋子靜悄悄的，只聽得衣裳悉索的聲音。

停了一會，忽聽得炕上那人開口道：「把他帶上來！」那說話的聲音，十分洪亮。接著便有幾個人出去，只聽得一陣鐵索聲，帶進三個人來，當地跪倒；內中有一個人，十分倔強。左右侍衛喝他跪下，他也不肯跪，大聲罵道：「胤禎！你好狠心。俺和你一般的骨肉弟兄，你如今硬霸占了皇帝的位置，且不去說他；便是俺弟兄的性命，你也不肯放過，苦苦的要謀害我們。我問你，那胤禩和胤禟兩位哥哥，有什麼罪？你卻喚他豬狗，又把他監禁起來。便是俺胤禵自從父皇在世，便帶著兵馬，南征北討，替國家立了許多功勞；到如今雖不想論功行賞，也不到得犯這監禁的罪名。老實說，你現在這皇位原是俺的；如今被你奪了去，俺也不希罕。你打通了國舅隆科多，悄悄的把遺詔上『傳位十四皇子』一句改做『傳位于四皇子』，打量你這鬼鬼祟祟的行為，俺不知道嗎？哼哼，胤禎，照你這種狼心狗肺，將來也不得好死呢。」

炕上坐著那人，被他罵得火星直冒，喝一聲：「不必多說，趕快給他們化了灰！」只聽得左右答應一聲，好似拿蓆子一般東西，鋪在地下，捲過又放，放過又卷；隔了半天，只聽得侍衛們報導：三位親王都化灰了！那炕上的人冷笑幾聲，站起身來，接著那內監們又是「唵唵」幾聲，喝著道一擁去了。把個莊洵嚇得躲在榻下，只是發怔。後來那劉總管走來，悄悄的從炕床下面拖他出來，見他瞪著兩眼，嘴裡不住的說：「嚇死我也！」劉總管送他回到客店裡，他依舊不住嘴的說「嚇死我也」。從此以後，這莊洵便害了瘋病，見了人便說「嚇死我也」。劉總管也來看望他幾次，也替他請大夫診脈服藥，宛似石上澆水，病依舊是個不好。劉總管無法可想，只得打發一個人送他回家去。可憐莊洵這一病，直病到第十五年上，才略略清醒過來。那時雍正皇帝已死，他才敢把當時這番情形告訴給外人知道。

這位雍正爺只因康熙皇帝過於寬大，才放出這番狠心辣手來收拾諸皇子和各親貴。他手下的同黨又多，耳目又遠，便是雍正皇帝自己也常常改扮劍客模樣，親自出來私行察防。任憑你在深房密室裡，倘然你有半句誹謗皇帝的話，立刻叫你腦袋搬家。他自從收得血滴子以後，又得了國師傳授他的喇嘛咒語，他要殺人也不用親自動手，只要唸動咒語，那血滴子自能飛去取人首級。講到這血滴子的模樣，是精鐵造成的一個圓球，裡面藏著十數柄快刀，排列著和鳥翅膀一般，機括一開，那快刀如輪子般飛也似的轉著。這鐵球飛近人頭，便能分作兩半，張開把人頭罩在裡面，一合，人頭也不見了，這鐵球也不見了。真是殺人不見血，來去無蹤跡。雍正皇帝仗著這樣東西，祕密殺死的人也不知道多少。講到他偵探的本領，說出來真叫人佩服。

在雍正六年的時候，這日正是正月十五，京中大小衙門，都清閒無事，大小官員也個個回家吃團圓酒，鬧元宵去了。那內閣衙門，本來沒有住宿的官員，只留著四十多個供事人員，承辦文書。這一晚，連那班供事也去得乾乾淨淨，只留下一個姓藍的在衙門裡照料燈火。這姓藍的家鄉，遠在浙江富陽地方。這時他獨坐無聊，一抬頭見天上一輪皓月，頓時想起家來；便去買了三斤紹興酒，切了一盤牛肉，在大院子裡對月獨酌。想起自己離家八年，在內閣衙門謹慎辦事，依舊是一個窮供事，便不覺發了三聲長嘆。

正氣悶的時候，忽然他身後悄悄地走過一個大漢來，身材十分高大，面貌十分威武，穿著一身黑袍褂，腳登快靴。這姓藍的認做是本衙門的守衛，當下便邀他在對面坐下，又送過一杯酒去；那大漢也不客氣，舉起杯來一飲而盡。便問這姓藍的姓名官銜，這姓藍的笑說道：「哪裡說得上一個官字。」問：「你同事有多少？」回答：「有四十六人。」問：「他們到什麼地方去了？」答：「出去看熱鬧去了。」問：「你為什麼不去？」答：「當今皇上，對於公事十分嚴謹；倘都玩去，誰擔這干係呢？」大漢聽了，說了一聲「好！」接著又喝了一杯酒。又問道：「你在這裡幾年了？」回說已有八年了。問：「薪水多少？」回說：「二百兩銀子一年。」又問：「你可想做官麼？」回說：「怎麼不想？只是沒有這個福分罷了！」問：「你想做什麼官？」那姓藍的聽到這裡，不覺捋一捋袖子，伸手在桌上一拍，說道：「大官俺也不想，俺只想做一個廣東的河泊所官。」問：「河泊所官有何好處？」姓藍的說道：「做河泊所官，單講俸祿，每年也有五百兩銀子；便是平日那進出口船隻的孝敬，也不少呢。」那大漢聽了，也不說什麼，站起來告辭去了。

第二天，聖旨下來，著調內閣供事藍立忠任廣東河泊所官。這樣一個芝麻般大小的官員，也要勞動皇上特降聖旨；滿朝文武，都覺得十分詫異。這件事只有藍立忠一個人肚子裡明白。他是特奉聖旨到任的河泊所官，自然便有許多同寅來趨奉他。要知後事如何，且聽下回分解。

卻說雍正皇帝偵探的手段，十分厲害。那時有一位大臣，名叫王雲錦，是新科狀元，雍正皇帝十分看重他。滿朝官員見他是皇帝重用的人，便個個去趨奉他。每日朝罷回家，門前總是車馬盈門。這位王狀元別種玩兒他都不愛，只愛打紙牌。他在家裡，一空下來，便拉著幾個同僚在書房裡打紙牌。有一次，他成了一副極大的牌，正攤在桌面上算帳；忽然一陣風來，把紙牌刮到地下。大家去拾起來，一查點，缺了一張紙牌。王狀元也並不在意，便吩咐家人另換一副紙牌重打。

第二天，王雲錦上朝，雍正皇帝問道：「昨天在家裡作何消遣？」王狀元老老實實回奏說：「在家裡打紙牌玩兒。」皇帝聽了笑笑，說道：「王雲錦卻不欺朕。」接著又問道：「朕聽說你成了一副大牌，被大風颳去了一張，你心中很不高興。今天可還能找到那一張牌嗎？」王雲錦聽了，心中十分害伯；只得硬著頭說道：「聖天子明鑒萬里，風颳去的那一張牌，臣到今天還不曾找到。」雍正皇帝便從龍案上丟下一張紙牌來，說道：「王雲錦，看可是這一張牌？」那王雲錦一看，正是昨天失去的那張紙牌。他忙磕著頭說「是」。皇帝笑說道：「如今朕替你找來了，快回家成局去罷！」說著，便站起來退朝。

從此以後，那班官員，十分害怕雍正皇帝，便是在私室裡，也絕不敢提起朝政。雍正皇帝到這時，才得高枕無憂。每天在宮裡和那妃嬪宮女調笑尋樂。這時他早把那貴佐領的女兒升做貴妃，另外又封了四個平日所寵愛的為貴妃。只有那貴貴妃最是得寵，朝晚和她在一處說笑。這位貴貴妃又有特別的動人處，她每展眉一笑，雙眼微斜，真叫人失了魂魄。她身上軟綿豐厚，叫人節骨十分舒暢；因此皇帝天天捨不得她，稱她「溫柔仙子」。

那大喇嘛打聽得天子愛好風流，便打發喇嘛送一瓶阿肌蘇丸去。這阿肌蘇丸，原是媚藥，若服一二丸，便可；尚然多吃了，便要發狂。那大阿哥胤礽，便是誤服了阿肌蘇丸，直瘋狂到死。皇帝得了喇嘛送他的藥丸，越發快樂，真可以稱得當者披靡，所向無敵。皇帝行樂之餘，越發感唸那大喇嘛。這大喇嘛曾經幫著皇帝謀奪皇位，原是有功人物，因此常常召喇嘛進宮來談笑飲食，賞賜珍寶，喇嘛又傳授他許多祕術，皇帝便下旨替大喇嘛另建一座宮殿。

宮中原有一座喇嘛廟，在西山上；如今皇帝吩咐在皇宮後面，另造一處宮殿，以使朝夕往來。那內務府奉了聖旨，便召集京中巧匠，又派內監到江南去採辦木料。雍正皇帝為了這件事體，特派一個喇嘛充欽差大臣。這欽差大臣到了江南，十分騷擾，沿途勒索孝敬；又挑選良家婦女進去供他的淫樂。還有一班蠢男人，特意把自己的妻子送進喇嘛行轅去伴宿，說得了喇嘛的好處，便可長生不老。這個風聲一傳出去，一傳十，十傳百，許多婦女都來自獻，弄得這喇嘛應接不暇，後來索興定出規矩來，凡是官家女眷見大喇嘛的，須先送贄見禮，少則一百兩，多則一千兩。江南地方，被他攪得汙穢不堪。直到第二年才回京去，集了五六百名工匠，造了三年工夫，才把一座喇嘛宮殿造成。

開殿的第一天，便由大喇嘛收皇帝為弟子，封他為曼殊師利太皇帝。大喇嘛又陪著皇帝去遊殿，殿中供著歡喜佛，一個個都塑得活潑玲瓏，奇形怪狀，妖態百出。裡面又有鬼神殿，中間供著丈二長的惡魔，塑著人的身體，狗的臉面，頭上長兩條角，抱著一個美貌女神，做狎媟的樣子；這惡魔腳下踏著許多裸體的女人。雍正皇帝看了，心下十分快樂，便把這座宮殿稱做雍和宮，是說雍王皇帝皈依喇嘛教的意思。同時，京城內外敕建的喇嘛寺，觸目皆是；那班喇嘛便橫行不法，一個個都做起官來。這時京城裡有一句童謠，稱做「在京和尚出京官」。皇帝的意思，也是藉此報答大喇嘛從前擁立的大功。但是，那時有擁戴大功的，除大喇嘛和國舅隆科多以外，還有鄂爾泰和張廷玉兩人。皇帝便下旨，著海望為鄂爾泰在大市街北建宅，宅中應有陳設，都由官家賞賜。據說這一座賜第，整整化了四百萬銀子；又封鄂爾泰為文端公。便是那張廷玉，也封他文和公，拜為首相，軍國大事，凡有張廷玉說的話，皇上無有不依；從他死後，又拿他的神主配享太廟，這個恩寵，也算到了極點。

當時，除鄂爾泰、張廷玉兩人以外，還有一個年羹堯，也是皇帝極敬重的。到第二年上，年羹堯和岳鍾琪平完青海西藏，皇上下旨，封年羹堯一等公，年羹堯的父親年遐齡，也封一等公，又加太傅銜；岳鍾琪封三等公。又授年羹堯為陝甘總督，先行班師，再去到任。那年羹堯得了聖旨，一路上耀武揚威，沖州撞縣的班師回京。沿路的州縣官，在他馬前馬後迎來送去，在年大將軍眼下，只是和腳底下的泥一般。便是那各省的官員，文自巡撫以下，武自將軍以下，誰不見他害怕？倘然有一言半語得罪了大將軍，只叫大將軍瞪一瞪白眼，便嚇得他們屁滾尿流。他們怕雖怕他，心中卻個個含恨；一有機會，便要報仇。

年羹堯手下有一個心腹中軍官，姓陸名虎臣，他見大將軍作威作福，難免招怨惹禍，便在無人的時候，去見年大將軍，勸大將軍諸事斂跡，免招物議。這時年羹堯三杯酒在肚裡，聽了陸虎臣的話，不覺惱羞成怒，頓時拍案大罵，說：「俺如今替皇上打下江山，便是天子見了俺也要畏懼三分，你是什麼東西！膽敢誹謗俺家。」喝一聲：斬！便有帳下的刀斧手，上前來綁住，推出轅門去；也是陸虎臣的命不該絕，那刀斧手正要行刑，恰巧遇到岳鍾琪進帳來。陸虎臣忙喊：「嶽將軍救我！岳鍾琪問明白了來由，一面忙止住刀斧手，一面急急進帳去替他討情。平日年大將軍的軍令，沒有人敢攔阻的；只有這岳鍾琪，是年大將軍平日所敬重的人，才算看在嶽將軍面上，饒他一死。這時軍隊前鋒已到了盧溝橋，便罰陸虎臣在橋下做一個更夫。

年、嶽兩將軍帶領大隊人馬，直向京城奔來。消息報到宮裡，雍正皇帝下旨，命年大將軍兵馬暫駐紫城外，皇上要出城來親自勞軍。這時正是六月大熱天，雍正皇帝擺動鑾駕，迎出城來；一路在毒日頭下走著，皇帝雖坐在鑾輿裡，卻熱得一把一把汗淌個不住。一出城門，皇帝又棄轎乘馬；在馬上頭頂著太陽光，越發熱得厲害。看著左右侍衛，卻個個熱得汗流浹背，又不敢揮扇。好不容易，走到前面大樹林子裡，林子下面張著黃緞子行帳，中央設著皇帝的寶座，雍正皇帝下馬來就坐。太監們上來打扇的打扇，遞手巾的遞手巾，獻涼茶的獻涼茶。

一會兒，聽得遠遠的軍號響，知道年大將軍到了。皇帝踱出帳去，騎在馬背上，候著。只見前面旌旗對對，刀戟森森，在日光下一隊一隊的走著，靜悄悄的鴉雀無聲；那兵士們臉上的汗珠，和雨一般淌著，卻沒有人敢拿手抹一抹的。一隊隊前鋒隊走到皇帝跟前，行過軍禮，向左右分開。中間又現出一面大纛旗來，上面繡著一個大「年」字。只見年大將軍頂盔貫甲，立刻在門旗下；這邊皇帝兩旁，文自尚書侍郎以下，武自九門提督以下，都按品級穿著蟒袍箭衣，列隊相迎，卻個個熱得汗透重衣。

年大將軍和嶽將軍，一見了皇上的御駕，忙滾鞍下馬，匍匐在地，行過大禮。接著那總兵、提鎮、協鎮、都統等一班武官，一個個上來朝見。皇帝吩咐賜宴，年大將軍跟著皇上走進行帳去，一同坐席；那班王公大學士貝勒貝子，在左右陪宴。九門提督兵部尚書和一班在京的武官，陪著岳鍾琪及一班出征的官員，在帳外坐席。一時觥籌交錯，君臣同樂。

皇帝在席間，談起了處死胤禩、胤禟的事體。年羹堯聽了，不覺打了一個寒噤，嘴裡雖不說，心中卻想到：好一個陰險得很的皇帝！我以後卻要留心一二。接著皇帝又問起：那班出征的英雄好漢，卻如何了？年大將軍回奏：臣奉了皇上的密旨，到青海西藏，擄得敵將的妻女，選那美貌的，都賞給他們做了妻子；便是那羅卜的母妹，臣也作主，賞了那管血滴子的做了妻妾。如今他們個個被美色迷戀住了，卻願意老死在那地方，不願再回京來了。

雍正皇帝聽了，笑道：「國舅妙算，人不可及！」說話時候，酒已吃完，年羹堯起來告辭。說道：「微臣軍務在身，不敢久留。」雍正皇帝特別殷勤，親自送出帳來。一抬頭見那班兵士，依然甲冑重重，直立在太陽光下面；那臉上被日光曬得油滑光亮，卻不敢動一動。皇帝看了，心中有些不忍，便對內監說道：傳諭下去，叫他們快卸了甲罷。那內監忙出去，高聲叫道：皇上有旨，兵士們卸甲。誰知那太監連喊了三回，那班兵士們好似不曾聽得一般，依舊站著不動。那太監沒奈何，只得回來奏明皇帝。這時年羹堯正和皇帝說著話，也不曾留心皇帝傳諭；後來雍正皇帝聽了太監的話，知道自己的聖旨不中用，便對年羹堯說道：「天氣太熱，大將軍可傳令叫兵士們卸了甲罷。」那年羹堯聽了，忙從袖裡掏出一角小旗來，只一閃，只聽得嘩啦啦一陣響，那三萬人馬，一齊卸下甲來；一片平陽上，那盔甲頓時堆積如山。

雍正皇帝看了，不覺心中一跳；他想這還了得，他倘然一旦變起心來，朕的性命，豈不是在他手掌之中麼？皇帝心中十分懊惱，年羹堯心中卻十分得意。他奏說道：軍中只知有軍令，不知有皇命。還請陛下明鑒。皇帝聽了這個話，心中越發不快，便也不做聲。年羹堯看看皇上的臉色不對，心中已有幾分明白，忙告辭回營。從此以後，雍正皇帝看待年羹堯，表面禮貌雖特別隆重，暗地裡卻步步留心；替年大將軍在京裡收拾一座高大的府第，派著許多偵探在大將軍府中監察著。

看看假期已滿，年羹堯便辭別皇上，回陝甘總督任上去；一路自有地方官照料。內中有幾個皇帝派去的偵探，也夾在他隨從人員裡，直到陝甘任所。從此，年大將軍一舉一動，都有人報到京裡；那年大將軍卻睡在鼓裡。他自己仗著是擁戴功臣，最近又打平了青海，在陝甘一帶地方，山高皇帝遠，漸漸有點胡作妄為起來。

前面已經說過，年羹堯精力過人，他每晚睡覺，必定要有五六個粗壯蠻女，輪流伺候他。倘然沒有大力的女人，休想安睡。你想天下的美女，總是嬌嫩的多，如何經得起他的蹂躪？因此他也不愛那些楊柳似的女人，在外面雖一般也有三妻四妾，個個長得長眉侵鬢，粉臉凝脂；在年大將軍眼裡，都拿她們當畫裡真真看，好看不中吃的。他無論出征或進京，他行轅中總藏著十個村婦，換班兒服侍他。直到他做陝甘總督，年紀也大了，精力也衰了，才慢慢的和這班美人兒廝混起來。但是這時候，那班美人年紀都在三十左右，年大將軍看看她們妙年已過，便有點厭惡起來；卻打發他的手下人，在青海、西藏一帶，搜尋年輕的回婦。說也奇怪，那班回婦，卻長得美貌的多；不上半年，已搜得了十多個妙齡的少婦。年大將軍天天和這班回婦尋歡作樂，倒也十分快活。

第二年上，年大將軍帶了大隊兵馬，到陝、甘、青、藏一帶地方出巡去。看看到了西寧地方，便有一位蒙古貝勒名叫七信的出來迎接，連那地方官的妻子姊妹女兒，都要叫出來迎接；他見了略平頭整臉的，便和她調笑一番，尋尋開心。那地方官忍辱含垢，敢怒而不敢言。如今他到了西寧地方，自然有一班官員和官員的眷屬出來迎接。別的女人倒也平常，獨有那七信的女兒，名叫佳特格格的，卻長得天仙也似的面貌，看她又嫵媚又華貴。年大將軍不覺動了心，夜裡便安榻在七信貝勒府裡。睡到半夜裡，他實在想這位美人想得厲害，便喚一個心腹小童進來，命他拿著軍令，到內院去傳佳特格格來侍寢。那佳特格格，見了軍令，一半有些害怕，一半也有些羨慕大將軍的威勢，便悄悄的跟著那童兒到外院去和年大將軍伴宿。一宵風流，他兩人便萬分恩愛；第二天七信貝勒知道這件事，見木已成舟，且也怕年大將軍的勢力，便只好把這位掌上明珠送給了年羹堯。

年羹堯得了這位美人，便十分寵愛起來。一路出巡，都帶著這位美人睡在帳中，把那班回婦丟在腦後。他因為要炫耀自己的勢力，又要討好這位美人，便傳下將令去，著軍門提督富玉山在他帳外吹角守夜。你想堂堂一位提督，如今替年羹堯打更守夜，未免太叫人過不去；但是害怕他的威力，也無可如何。年羹堯夜夜同著佳特格格睡在帳中，耳中只聽得帳門外嗚嗚一聲高一聲低的吹著角，心中覺得十分適意。夜夜這般吹著，那佳特格格便問：「誰在外面吹著角兒？」年羹堯聽了，把格格的手兒向懷中一拉，笑著說道：「因為格格睡在裡面，我便吩咐提督在外面把門。」那格格聽了，把小嘴兒一撅，說道：

「俺不信！哪有做到提督的人肯替將軍把門的？」年羹堯說道：「你若不信，俺可以立刻喚他進來給你看。」說著，便吩咐童兒：「把富提督喚進來。」

那童兒領命出帳去。停了一會，便領進一個人來。年羹堯一看，不是那提督富玉山，卻是那富玉山手下的一個參將。年羹堯問：「富提督到什麼地方去了！」那參將知道事情不妙，忙跪下來說道：「富提督因為有要事，回帳去一趟，喚卑職暫時替代。」那年羹堯聽了，冷笑了一聲，說道：「好一個大膽的富玉山，他敢不守軍令，給我一齊砍了！」這句話一出口，便有刀斧手進來，把這個參將揪出營去。停了一會，便送進兩顆頭來：一個是提督，一個是參將。年羹堯吩咐拿出去號令。

自從年羹堯殺了這個提督以後，他手下的兵心，卻漸漸有點不服起來；但年羹堯卻睡在鼓裡，依舊是作威作福。這時他已經出巡迴來，住在總督衙裡。他大兒子年斌，已封了子爵，第二個兒子年富，也封了一等男爵，都帶著兵馬，駐紮在外面。年斌打聽得父親殺了富提督，擅作威福，心下大不以為然，便特意進省來拜見父親。說：「俺們父子全仗軍心，軍心一散，萬分危險。如今父親殺了沒有罪的富提督，實在叫兵士們寒心的。」那年斌話沒有說完，年羹堯早已大怒，喝一聲：「孽畜！你敢是煽動部下來謀害你父親嗎？俺如今先殺了你！」接著喝一聲：綁出去！便有四個如狼似虎的家將，進來把年斌綁住。這時年斌的妻子於夫人，正在屏後偷聽，見公公要殺他的丈夫，如何不急，忙趕到內院去，跪倒在她婆婆跟前，求她快快去救丈夫的性命。她婆婆陳夫人，只生得年斌一個兒子，聽了如何不急；但他老夫妻兩人，早已沒有恩情，自己去求情，量必是不中的，便想起她家中的教書先生王涵春。

王涵春是年羹堯十分敬重的人；凡是王先生的話，年羹堯沒有不依的。當下她婆媳二人，便站起身來，扶著隨身丫鬟，急匆匆的從大廳後面繞過西書房去。這時王涵春正教年羹堯的小公子名叫年成的，在書房中對課，忽然看見她婆媳兩人滿面淚痕，急匆匆的走來，跨進書房，便雙雙跪倒，不住的求著王先生去救年斌的性命，王先生一時摸不到頭腦，還是於夫人約略說了幾句；王涵春聽了，拔起腳來便走。趕到大廳上，只見那大公子正被四個家將押著，垂頭喪氣的出去。王涵春忙上去攔住了；一面走進大廳去，見年羹堯氣憤憤的坐在上面。他一見了王涵春，卻又滿面堆下笑來，起身迎接。王涵春坐下來，先說了些閒話，再慢慢談起年斌的事；王先生用極和順的口氣，反覆勸說了一番。又說：「大公子是一位孝子，他怕大將軍中了部下的暗算，才直言進諫。」

年羹堯平日原是十分相信這位王先生的，如今被他再三勸說了一番，不禁恍然大悟。忙傳下令去，叫把大公子放了。那年斌進來，謝了父親的恩典，退進後院，拜見母親去了。這裡年羹堯吩咐擺上酒菜來，賓主二人，開懷暢飲。看官，你知道年羹堯這樣一個天不怕地不怕的人，為何卻敬重這位教讀老夫子？原來這裡邊卻有一個緣由，這個緣由說起來話長。

那時年羹堯的父親年遐齡，空有萬貫家財，在三十歲上，生了一個大兒子，名希堯；看看自己到了四十歲還不曾生第二個兒子，心中十分懊惱。後來他夫人在三十八歲上，又得一胎，生下一個年羹堯來，把個年遐齡快活得直把年羹堯寵上天去。看看到了八歲年紀還不曾上學；年遐齡便去請一位飽學先生，來給他上學。誰知年羹堯自小生性粗蠻，也不願讀書，見了先生，開口便罵；那先生生氣，便辭館回去。一連換了五六個師傅，他總是不肯讀書。他年紀慢慢的長大起來，又天生的一副銅筋鐵骨，他後來不但見了先生要罵，且還要打呢。那許多先生，個個被他氣走；從此以後，嚇得沒有人敢上門來做他的先生。那年羹堯見沒有先生，樂得放膽遊玩。這幾年被他在府中翻江倒海的玩耍，險些不曾把家中的房屋拉坍。

年羹堯看看長到十二歲了，還是一個大字也不識。年遐齡心中十分煩悶。有一天，他帶著兒子在門外閒玩，忽然一個走方郎中，搖著串鈴兒踱來。走到年家門口，向年羹堯臉上仔細一看，說道：「好一位大將軍！」要知這個走方郎中以後和年家有什麼關係，且聽下回分解。

鳥盡弓藏將軍滅族　妻離子散國舅遭殃

卻說這位走方郎中原是有本領的。當時他看定十二歲的小孩子，將來有大將軍之命。年遐齡還不十分相信。那走方郎中又仔細一看，連連說道：「險啊！將來光大門庭的是他；險遭滅門大禍也是他。須要多讀些詩書，才可免得這禍事。」提起他兒子讀書的事體，年遐齡便觸動了心事，嘆了一口氣，說道：「這孩子便壞在不肯讀書！」那郎中說道：「老先生倘然信託晚生，包在晚生身上，教導他成個文武全才。」

年遐齡聽他說話有幾分來歷，便邀他進府去暫住一宵。那郎中把自己的來歷和教導年羹堯的法子，細說一番，說得年遐齡十分佩服。到了第二天，便要請他做先生。這郎中說道：「且慢，老先生且拿出二萬銀子來，交給晚生，晚生自有辦法。」年遐齡聽了，毫不遲疑，便立刻拿出一扣錢莊摺子交給先生，任憑先生用去。從此以後，闔家上下，都稱他先生。那先生拿了銀錢，依舊不管教年羹堯；只是在年府後面買了一方空地，僱了許多工匠，立刻蓋造起一座花園來。樓臺曲折，花木重重，中間又造一座精美的書室；直到殘冬，才把一座花園造成。四周高高的打一重圍牆，獨留著西南方一個缺口。先生便挑選定明年正月十六日，為年羹堯上學的好日子。

到了那日，年遐齡便備辦下酒席，請了許多親友來陪先生吃酒。吃完了酒，年遐齡親自送年羹堯上學去。他向先生作了三個揖，說了種種拜託的話，轉身便走。先生把年遐齡送出了那圍牆的缺口，吩咐工匠即刻把那缺口堵塞起來，只留一個小小窗洞，為遞送茶水之用。那年羹堯住在圍牆裡面，只因花園造得曲折富麗，一天到晚玩著，卻也不覺得氣悶。那先生坐在書房裡終日手不釋卷，也不問年羹堯的功課。

年羹堯也樂得自由自在，在花園中游來玩去；他自從到了花園裡，從不曾踏進書房一步，也從不曾和先生交談一句。他高興起來，便脫下衣褲，跳下池中去遊一回水；有時爬到樹上去捉雀兒。春天放風箏。夏天釣魚，秋天捉蟋蟀，冬天撲雪，一年四季，盡有他消遣的事體。有時玩厭了，便搬些泥土，拔些花草，也是好的。他在花園裡，足玩了一年，好好的一座花園，被他弄得牆坍壁倒，花謝水乾，甚至於那牆角石根，都被他弄得斷碎剝落。只有那先生住的一間書房，卻不曾進去過，便是那先生眼看著年羹堯翻江倒海，他也不哼一聲兒。後來年羹堯實在玩得膩煩了，便進書房去，惡狠狠的對先生喝道：「快替俺開一個門兒，俺要出去了。」先生冷冷的說道：「這園中沒有門的，你倘要出去，須從牆上跳出去。」年羹堯見不給他開門，便擎著小拳頭向先生面門上打去；只見那先生雙眼一瞪，伸手把臂膀接住，年羹堯不覺「啊唷」連聲。先生喝他跪下，他怕痛不得不跪了；先生放了手，他一溜煙逃出房門去，一連幾十天，不敢踏進書房去。

看看又到了秋天，景象蕭索，年羹堯也實在玩不出新鮮花樣來了，便悄悄的走進書房去，只見先生低著頭在那裡看書。他站在書桌邊默默的看了半天。忽然說道：「這樣大一座園子，也被俺玩厭了；他這小小一本書，朝看到夜，夜看到朝，有什麼好玩？」那先生聽了，呵呵笑道：「小孩子，懂得什麼？這書裡面有比園子幾千百倍大的景緻，終生終世也玩不完，可惜你不懂得！」年羹堯聽了，把頸子一歪說道：「俺卻不信，你且說給我聽聽，怎樣的好玩法？」那先生聽了，搖著頭說道：「你先生也不拜，便說給你聽，沒有這樣容易。」那年羹堯聽了，把雙眉一豎，桌子一拍，說道：「拜什麼鳥先生！俺不希罕！」說著，他一甩手出去了。這先生也任他去，不去睬他。

又過了十多天，年羹堯實在忍耐不住了，便走進書房來，納頭便拜。說道：「先生教我罷！」先生這才扶他起來，喚他坐下。第一部便講《水滸全傳》給他聽，把個年羹堯聽得手舞足蹈；接著又講《三國志》、《岳飛傳》，和古往今來英雄的事跡，俠客的傳記。接著又講兵書、史書、經書，以及各種學問的專書；空下來教他下棋、射箭、投壺。後來，十八般武藝也件件精通，又教他行兵布陣的法子和飛簷走壁的技能。足足八年工夫，教成一個文武全才。此時，先生便叫年羹堯自己開啟圍牆出去，拜見父親。那年遐齡八年工夫不見他兒子，如今見他出落得一表人才，學成文武技能，如何不喜，忙去拜謝先生。那先生拱一拱手，告辭去了。任你年遐齡父子再三挽留，也留他不住。他臨走的時候，只吩咐年羹堯記住「急流勇退」四個字。年羹堯如今富貴已極，卻時時感唸他的先生；因此他如今也十分敬重這位王先生。

這位王涵春，雖敵不得年羹堯先生的文武通才，但在年大將軍家裡，卻也十分忠心。便是年大將軍也十分信任他。他除教小公子讀書以外，兼管著年家的家務；年大將軍沒事的時候，也常常找王先生說話去。這王先生是一位仁厚的長者，他見年大將軍殺人太多，心中萬分不忍；只因年大將軍性如烈火，也不好勸得。年家有兩個廚師，一個丫鬟，為王先生送去性命，這是王先生一生一世不忘記的。他在臨睡的時候，總要唸一唸《金剛經》超度他們；這件功課，他到老也不肯間斷。

第一個廚師姓胡，在年大將軍家裡當廚師已有四年了。有一天，年大將軍請客吃酒，有一樣菜名叫黿裙，是年大將軍特意點做的。這時，王涵春坐在第一位，家奴送上一大碗黿裙來。王涵春不知是什麼菜，問時，年大將軍解說，是黿魚背上四邊的肉，稱做『黿裙』。說著，舉起箸來遜客。王涵春夾一塊在嘴裡，年羹堯問他：「調味濃淡如何？」這時因菜太熱，王涵春舌根上被菜燙得開不得口，只皺著眉心，把頭略搖了一搖。年大將軍看了，認做王先生嫌味兒不佳，他便回過頭去，暗暗的向門外的侍衛點了一點頭。停了一會，只見那侍衛手中捧著一個朱漆圓盤，盤上遮著一方紅布，走進屋來，向上一跪，嘴裡高聲說道：「胡廚師做菜失味，如今砍下他的腦袋來了。」說著，把那紅布一揭，只見盤中擱著一顆血跡模糊的人頭；把屋子的客人，嚇得個個轉過臉兒去不敢睜眼。王先生問：「究竟為了什麼事？」年大將軍說：「因見先生皺著眉頭，知道味兒不佳，所以吩咐把他砍了。」那王先生聽了，不覺直跳起來，連說：「罪過！」才把自己因燙嘴才皺眉頭的原因說了出來。那年羹堯聽了，也不說什麼，只是一笑罷了。

胡廚師被殺死以後，接下去的一個錢廚師，也知道從前的胡廚師，因做菜失了味兒砍腦袋的，便特別小心；每天吃什麼菜，先去問王師爺。這樣子做了一年，倒也平安無事。這王先生是杭州人，有一天，他忽想起杭州的豆腐腦，十分有味，第二天便吩咐錢廚師，做一碗豆腐腦。年大將軍和王先生是同桌吃飯的，見了這碗豆腐腦，他便勃然大怒，說：「豆腐腦是最賤的東西，如何可以這麼怠慢先生？」喝一聲：砍下他的腦袋來！嚇得那王先生忙下位來攔住，說明這碗豆腐腦是自己特意要的。年羹堯才罷休，又嘗嘗那豆腐腦的味兒，卻十分可口，便吩咐：以後每天做一碗豆腐腦請先生吃。這王先生天天吃著豆腐腦，也吃厭了，只是不敢說。後來，那錢廚師因家中有事，告假回去，便僱用了一個新廚師。新廚師聽說王師爺要吃豆腐腦，也照樣做了一碗。年羹堯一嘗，那豆腐腦又老，味兒又苦，不覺大怒，喝一聲：「取下腦袋來！」王先生急要攔時，已來不及了。後來，那錢廚師假滿回來，依舊做一碗豆腐腦，那味兒依舊是十分鮮美。王先生詫異得很，暗地裡喚廚師來問時，那錢廚師說：每一碗豆腐腦，用一百個鯽魚腦子和著，才有這個味兒。那王先生聽了，連聲說道：「阿彌陀佛！這新廚師真死得冤枉，叫他如何知道呢？明天快把這碗菜免了罷。」

過了幾天，年羹堯又想出一樣新鮮小菜來，立刻請了許多賓客，那王先生依舊坐了首席。酒過數巡，只聽得年大將軍吩咐上菜：只見每一桌上，上面安著一個大暖鍋，暖鍋裡煎著百沸雞湯魚翅。又每人跟前，安一個五味盆，一個銀錘子，一把銀刀，一柄銀匙。大家看了，都莫名其妙。停了一會，每人跟前擱著一個小木籠，籠裡囚著一隻小猴兒。那猴頭伸出在籠頂外，好似戴枷一般，把猴子的頸子鎖住，使它不能伸縮。年大將軍先動手，舉起錘子，在猴子的頂門上打一下，打成一個窟窿；把銀匙探進窟窿去，挖出猴子的腦髓來，在暖鍋裡略溫一溫便吃。吃到一半，又拿銀刀削去猴子的腦蓋，再挖著吃。當時許多客人，見了年羹堯的吃法，都如法炮製；一時裡猴兒的慘叫聲，刀錘的磕碰聲，客人的讚美聲，諸聲並作。王先生坐在上面，早已嚇怔了，便推說頭痛，溜回房去；那班客人個個吃得舐嘴咂舌，連稱異味。年羹堯也吃得呵呵大笑。這一席酒，直吃到日落西山，殺了一百頭猴子。

年大將軍吃得酒醉飯飽，便踱進書房來看望王先生。這時恰巧有一個丫鬟送茶給王先生。那王先生一面伸手接茶，一面起身招呼年羹堯。兩面一脫手，『眶啷』一聲響，一隻玉杯兒打碎在地，濺得王先生一身的茶水。王先生忙拿手巾低著頭抹乾淨那茶漬；耳中只聽得『颼』一聲響，急抬頭看時，那丫鬟的腦袋已經給年羹堯砍落在地。王先生到這時，忍不住把年羹堯勸說一番。並且說：「從來說的功高震主，大將軍在此地一舉一動，難保沒有皇上的耳目在此，大將軍如今正該多行仁德，固結軍心。」

這王先生正說著，忽然外面送進一角文書來。年大將軍看時，認得是他在京裡的心腹寫來的信。開啟信來一看，早把個氣焰萬丈的年羹堯矮了半截；只聽他嘴裡不住的說道：「休矣！休矣！」那王先生接過信來一看，也不免愁眉雙鎖起來。原來年羹堯在任上的一舉一動，都有偵探暗地裡去報告皇帝知道。接著那都御史上奏章，狠狠的把年羹堯參奏了一本。內而六部九卿，外而巡撫將軍，都紛紛的遞著參折；最厲害的幾條是說他「潛謀不軌」；「草營人命」；「占淫命婦」；「擅殺提督」。年羹堯看了，知道自己性命不保，便連夜整理些細軟把小公子年成，託給王先生帶到南方去，撫養成人，延了年家的一支血脈。這裡王先生才走，那北京的聖旨已經到了。那聖旨上大概說道：

近年來年羹堯妄舉胡期恆為巡撫，妄參金南瑛等員，騷擾南坪寨番民，詞意支飾，含糊具奏；又將青海蒙古饑饉隱匿不報，此等事件，不可列舉。年羹堯從前不至於此，或系自恃己功，故為怠玩或系誅戮過多，致此昏憒。如此之人，安可仍居川陝總督之任？朕觀年羹堯於兵丁尚能操練，著調補浙江杭州將軍。總督印務，著奮威將軍、甘肅提督兼理巡撫事岳鍾琪速赴西安署理。其撫遠大將軍印著貴送來京；奮威大將軍印，如無用處，亦著齎送來京。

岳鍾琪和年羹堯交情很好，得了這個消息，忙趕到西安來；一面接收年羹堯的印信，一面用好話安慰，答應他上奏章代求保全。又撥了一百名親兵，沿路保護著。年羹堯和岳鍾琪揮淚分別，急忙上路，看看到了江蘇的儀徵地方。這地方有水旱兩條道路：從水道南下，便可直達杭州；從旱路北上，也可以直達北京。年羹堯心想：皇上做郡王的時候，俺也曾出過力來；如今俺倘能進京去面求恩典，皇上看在俺擁戴的功勞上，便復了俺的原官，也未可知。想罷，便親自動筆寫奏章；裡面有兩句道：「儀徵水陸分程，臣至此靜候綸音。」這不過想皇上次心轉意，進京面陳的意思，誰知雍正皇帝看了這個奏章，越發觸動了他的忌諱；他疑心年羹堯存心反叛，要帶兵進京來逼宮，便將奏章交給吏部等衙門公閱。從來說的，「牆倒眾人推」；況且年羹堯平日威福自擅，得罪官場的地方很多，那班官員，你也一本，我也一本，眾口一辭，說年羹堯受莫大之恩，狂妄至此，種種不法，罪大惡極，請皇上乾綱獨斷，立將年羹堯革職，並追回從前恩賞對象。接著，又有許多沿路人民，紛紛告年羹堯「沿途騷擾」。這分明是那仇家指使出來的。那雍正皇帝看了，十分震怒，一夜工夫，連下十八道諭旨，把個赫赫有名的川陝總督撫遠大將軍年羹堯，連降了十八級，變做一個看管杭州武林門的城門官兒。

年羹堯到了此時，也是無可奈何，只得孤淒淒的一個人帶了幾名老兵，到杭州做城門官去。凡做城門官的，只有官員們進，照例須衣帽接送；那武林門又系熱鬧的所在，每日進進出出的官兒，不知有多少。卻巧這時做杭州將軍的不是別人，正是從前在年羹堯手下當過中軍官，幾乎被他殺死，後來改罰在橋下當更夫的陸虎臣。那陸虎臣鑽了別人的門路，三年工夫，居然官做到提督。他聽得年羹堯罰落到杭州看城門，便竭力運動去做杭州將軍。這真是冤家路窄，他到任這一天，擺起全副隊伍，整隊進城；合城的文武官員都在城門迎接，獨有那位城門官兒年羹堯，若無其事，自由自在，穿著袍褂，在廊下盤腿兒坐著向日光。待到那陸虎臣走到他跟前，他依舊是不理不睬。

陸虎臣見狀不覺大怒。喊一聲：「年羹堯，認識俺嗎？為何不站起來迎接？」年羹堯聽了，向他微微一笑，說道：「你要我站起來嗎？我卻要你跪下來呢！」陸虎臣哈哈大笑道：「俺堂堂頭品官兒，難道跪你這個城門官兒不成？」年羹堯說道：「雖不要你跪見城門官兒，你見了皇上總該跪下？」陸虎臣點著頭說道：「那個自然。」年羹堯不慌不忙，站起身來說道：「陸虎臣，你看俺坐著的是什麼？」陸虎臣看時，見他身下坐著的是一方康熙皇帝賞賜的舊龍墊；年羹堯又從懷中拿出一方萬歲牌來，擱在龍墊上。喊一聲：「陸虎臣跪！」那陸虎臣不知不覺跪下地去。行過三跪九叩首禮，年羹堯才把萬歲牌捧進屋子去供著。

從此以後，陸虎臣心中越發啣恨。回到衙門去，連夜上奏章參年羹堯，說他有大逆之罪五，欺罔之罪九，僭越之罪十六，狂妄之罪十三，專擅之罪六，貪贓之罪十八，忌刻之罪六，侵蝕之罪十五，殘忍之罪四，共計九十二大罪。按律便該凌遲處死。這本奏章，真是年羹堯的催命符；聖旨下來，姑唸年羹堯平定青海有功，著交步軍統領阿齊圖監賜自裁。年富倚仗父勢，無惡不作，著即正法。年遐齡、年希堯，著褫奪爵位，免議處分。所有年羹堯家產，盡數查抄入宮。這道聖旨下去，年氏全家從此休矣。這雖是年羹堯驕橫獲罪，也是雍正皇帝有意要毀滅功臣的深意。

當時，年羹堯雖死了，卻還有國舅隆科多和大學士張廷玉，將軍鄂爾泰等三人在世。他三人都是參與密謀的，雍正皇帝刻刻在唸，總想一齊除去他們，苦得沒有因由。那時，凡是朝廷外放的大員，皇帝便派一個親信的人，暗地裡去充他的幕友，或是親隨，監察著那大員的舉動，悄悄的報入宮廷。

內中單說一位河東總督田文鏡，他和鄂爾泰、李敏達一班大臣，最是莫逆。他外放的時候，李敏達薦一位鄔師爺給他。田文鏡因為鄔師爺是李敏達薦的，便特別看重他，諸事和他商量。鄔師爺問田文鏡道：「明公願做一個名臣嗎？」那田文鏡當然說願做一個名臣。鄔師爺說道：「東翁既願做一個名臣，我也願做一個名幕。」田文鏡問道：「做名幕怎樣？」鄔師爺道：「願主公給我大權，諸事任我做去，莫來顧問。」文鏡問：「先生要做什麼事？」鄔師爺道：「我打算替主公上一本奏章，那奏章裡面說的話，卻一個字也不許主公知道；這本奏章一上，主公的大功便告成了。」

田文鏡看他說話很有膽量，便答應了他。鄔師爺一夜不眠，寫成一本奏章，請田文鏡拜發。那奏章到了京裡，皇帝一看，見是彈劾國舅隆科多的奏本，說他枉法貪贓，庇護年羹堯，又恃功驕橫，私藏玉牒，謀為不軌，種種不法行為。皇帝看了，正中下懷，便下旨削去隆科多官爵，交順承郡王錫保嚴刑審問。隆科多是擁戴的元勛，他見皇帝翻了臉，如何肯服；當順承郡王審問的時候，他便破口大罵，又把皇帝做郡王的時候如何謀害太子，如何私改遺詔，給他通通說個痛快。那順承郡王見他說的太不像話，便也不敢多問；一面把隆科多打入囚牢，一面具題擬奏。說隆科多種種不法，罪無可恕，擬斬立決。後來佟太妃知道了，親自去替他哥哥求皇上饒命。皇帝也唸他從前的功勞，饒他一死。下諭道：「唸隆科多是先朝的舊臣，免其一死，著於暢春園外築室三間，永遠監禁。妻子家產免與抄沒。這樣一辦，雍正皇帝又了卻一筆心事。那田文鏡從此名氣便大起來，皇上傳諭嘉獎，又賞了他許多珍貴物品；內而延臣，外而督撫，都見了他害怕。因為這件事體，田總督又送了鄔師爺一千兩銀子。

鄔師爺見總督重用他，便飛揚跋扈起來，在外面包攬詞訟，占淫民婦，無所不為。這風聲傳到總督耳朵裡，如何能容得，立刻把鄔師爺辭退了。這鄔師爺走出衙門，也不回家，便在總督衙門口買一座屋子住下，終日遊山玩水，問柳尋花。說也奇怪，這田文鏡自從辭退鄔師爺以後，便另請了一位幕友；每逢奏事，總遭駁回，有時還要傳旨申斥。田文鏡害怕起來，託人依舊去請教這位鄔師爺；那鄔師爺大搭其架子，不肯再來。後來經中間人再三說項，鄔先生說出兩個條件來：第一件，不進衙門，在家裡辦公；第二件，每天須送五十兩紋銀元寶一隻。田總督為保全自己的功名起見，便也沒奈何，一一答應了他。從此以後，鄔師爺住在家裡，每天見桌上擱著一隻元寶，他便辦公；倘然沒有元寶，他便擱筆。直到田文鏡逝世，那皇帝的恩典還是十分隆厚，聖旨下來，賜謚端肅，在開封府城裡建立專祠，入祀豫省賢良祠。後來這位鄔師爺，也不知去向。人家打聽出來，這位鄔師爺原是皇帝派他去監督田總督的。你想這雍正皇帝的手段，可厲害不厲害？

那時有一位福建按察使王士俊，他進京陛見；臨走的時候，大學士張廷玉薦一個親隨給他。這王士俊帶他到任上，便十分重視他，那親隨也十分忠心。光陰似箭，轉眼已是三年；王士俊因有要事要進京去請訓，這親隨便於前三日告辭。王士俊留著他，說：「你家在京裡，我也要進京，俺們一塊兒走，豈不很好？」那親隨笑笑說道：「不瞞大人說，俺本不是什麼親隨，原是皇上打發俺來暗地檢視著大人的；如今大人做了三年按察使，十分清正，俺便先回京去，替大人報告皇上。」那王士俊聽了嚇得連連向這親隨作揖，嘴裡說：「總總要老哥照拂。」這個風聲傳出去，那班外任官員，個個心驚膽顫時時防備衙門裡有人在暗地裡監督他。

鄂爾泰和張廷玉兩人，見隆科多得了罪，明白了皇上的用意，便不覺自危。張廷玉十分乖巧，即上奏章告老回鄉。皇帝假意挽留他，張廷玉一再上本告休，皇帝便准了他的奏。又在崇政殿賜宴餞行。在席上皇帝御筆寫一副「天恩春浩蕩；文治日光華」的對聯，賞張廷玉拿回家去張掛。張廷玉回家以後，皇帝要買服他的心，常常拿內帑的銀錢賞他，一賞便是一萬；十年裡面，賞了六次。張廷玉屢次辭謝，聖旨下來，說汝父清白傳家，汝遵守家訓，屏絕饋遺，朕不忍令汝以家事縈心。張廷玉無法可想，在家裡造了一座「賜金園」，算是感激皇恩的意思。

張廷玉有一位姊姊姚氏，年輕守寡；頗有智謀，她見雍正皇帝毀滅功臣的手段，知道皇上的心是反覆不定的，便回家和張廷玉說明，把廷玉的家財圖書細軟等物，通通搬到她夫家去。果然隔了幾年，不出她所料，皇上聖旨下來，著兩江總督檢視張廷玉家產，收沒入官。後來他兄弟親友怕被張廷玉拖累，便大家捐助十萬塊錢，擱在他家裡，待總督來檢視。後來兩江總督把十萬家產提存在江寧藩庫裡，雖說聖旨下來，發還張廷玉的家產，張廷玉也不敢去具領。要知後來別的功臣如何遭殃，且聽下回分解。

破好事大興文字獄　報親仇硬拆鸞鳳儔

卻說那王涵春帶了年羹堯的小公子，晝夜兼程，在路上已聽得說年羹堯降調杭州將軍；過了幾天，又聽說連下十八道聖旨，年羹堯連降了十八級，做了城門官。到了家裡，又得到年羹堯賜死。和兩公子正法的消息。那小公子也不敢哭泣，不敢上服。王涵春替他改了名姓，姓黃，名存年。王涵春家住在揚州半邊街，原是三間平房，如今忽然改造了高樓大廈，王夫人渾身穿著綾羅，家中奴僕成群，牛羊滿廄。王涵春十分詫異，問他夫人時，原來在三年前，王涵春出門以後，年羹堯已派了工匠來替他改造房屋，又在錢莊裡存了二十萬銀子，專聽王夫人使用。如今王涵春把小公子帶回家來，依舊把房屋銀錢還給小公子；那小公子再三不肯收受，王涵春無法可想，後來還是王夫人想出一個主意來，把自己一個女兒名叫碧雲的，嫁給小公子，又把小公子招贅在家，兒婿兩當。這時又聽得國舅也革了職了，張廷玉也抄了家了；王涵春嘆了一口氣，說到：「飛鳥盡，良弓藏；狡兔死，走狗烹。這就是做功臣的應得的報應！但是也太惡辣了！」

這時，皇帝看看他的對頭人都已死盡，功臣也都滅盡，便可高枕無優了。還有一點放心不下的，便是那太子胤礽的兒子，名叫弘晢的，還帶了妻子在北京城外鄭家莊居住。皇帝怕他有替父親報仇的心思，因此常常派偵探到他家裡去檢視。那胤礽關在牢監裡，被雍正皇帝派人用毒藥謀死，叫這弘晳如何不恨。因此，在家裡不免口出怨言。弘晳的夫人瓜爾佳氏，卻十分賢德，常常勸丈夫言語須要謹慎，倘然傳到皇帝耳朵裡，又是禍殃。

誰知那弘晳怨恨的說話，雍正皇帝早已知道。有一天，忽然來了幾個內監，帶了五六十名兵丁，擁進府來，把弘晳夫妻兩人一齊捉進京去。到得宮中，皇帝在內殿升座，把他夫妻兩人提上來親自審問。那皇帝見了弘晳，不覺無名火冒起了三丈，正要發作，一眼見侄兒媳婦跪在一旁，真是長身玉立，美麗豐潤。皇帝近來跟著喇嘛和尚玩女人，在女人身上很有些閱歷；他知道那長身肥白的女人，玩起來最是受用。問她年紀，今年三十歲，正是情慾旺盛的時候。他這時也來不及審問弘晳的罪案，忙下座來，親自把瓜爾佳氏扶起。他也忘了這是侄兒媳婦，兩人竟手拉手的走進宮去。

第二天聖旨下來，叫弘晳自已回鄭家莊去，又封他做郡王。弘晳想想父親被人謀死，妻子被人霸占了去，還有什麼臉面活在世上，覷沒人的時候，便拿寶劍在自己脖子上一抹，一縷陰魂早跟著他父親去了。

雍正皇帝霸占了侄媳婦以後，朝朝取樂，夜夜尋歡。他高興起來，拉著瓜爾佳氏和貴貴妃到雍和宮看歡喜佛去。這日恰巧國師領著喇嘛在雍和宮中跳佛，把個雍正皇帝看得心花怒放。什麼叫做「跳佛？」原來喇嘛的規矩，每月挑選一個大吉大利的日子，領著許多女徒弟到雍和宮去；先在外室，把上下衣脫得乾淨，走進宮去，捉對兒在佛座下面交戰。那些女徒弟，大半是官家女眷，個個長得妖豔萬分；倘然不是妖豔的女人，也夠不上這跳佛的資格。雍正皇帝看得興起，也脫去衣服，加入團體，和那班女徒弟互相追逐，覺得十分快活。他仗著阿蘇肌丸的力量，便奮勇轉戰，「殺」得那班女徒弟個個討饒；那班喇嘛都跪下來，口稱「萬歲神力，人不可及！」從此以後，雍正皇帝有空便到雍和宮去遊玩，倒也把那誅戮功臣的事體，擱在腦後。

隔了幾天，忽然有一個浙江總督李衛，祕密上了一本奏章，說江西學政查嗣庭，本科文題是「維民所止」四字。該大臣平日逆跡多端，此次出題，「維止」二字是取皇上年號「雍正」二字而去其首；似此咒詛皇上，實屬大逆不道。雍正皇帝看了這奏章，不覺勃然大怒，立刻下諭：查嗣庭著即革職，解交刑部看管；查該大臣向在內庭行走，後授內閣學士，見其語言虛詐，兼有狼顧之相，料其心術不端，因缺員不得已而派往江西。今閱維民所止題目，心懷怨望、譏刺時事之意，不無顯露；想其居心乖張，平日必有記載，著浙江總督李衛就近查抄。

李衛得了這個旨意，便如狼似虎的帶了幾十名兵丁，親自到查家去查抄。那查老太太被嚇得暈過去。查嗣庭的夫人祝氏見了，忙走出院子去喝住那班兵丁，把一家老小救出。李衛查抄了半天，查不出什麼悖逆的著作；後來在他書箱裡搜出一本日記來。李衛把它拿回衙門去，摹仿他的筆跡，加上許多荒唐的說話，送進京去。聖旨下來，查嗣庭叛跡昭著，著即正法；長於查傳隆，一併處斬；家屬充軍至黑龍江。看官，你道這李衛為何和查嗣庭作對，這裡面卻為一個小姐起的。

查嗣庭的小姐倩雲，年紀十七歲，長得十分美貌，卻是十分多情的，查嗣庭在家裡又收養了一個朋友的孤兒名叫徐玉成的，也長得十分清秀，和倩雲小姐非常親愛；他兩人在私地裡已經定下終身了。這件事體，倩雲的母親也知道，看看徐玉成這孩子，還長得不錯，也肯用功讀書，十六歲上已經中了秀才。後來倩雲小姐美貌的名氣，傳說到外面去，人人知道。這時李衛和查嗣庭在京裡做同仁，交情也很好，便託人向查嗣庭求親。這查嗣庭愛女心切，也不忍違拗她，便照實回絕了李家。誰知那李衛見查嗣庭不願把女兒給他，從此含恨在心，處處尋他的錯處；這查嗣庭又是有傲骨的人，如何肯屈服，便也從此疏淡起來。從疏淡而結成冤仇，前幾年查嗣庭也參了李衛一本，只因李衛聖眷正隆，卻不能搖動他；如今反被李衛報了仇。

查嗣庭關在刑部監獄裡，待到正法的聖旨下來，查嗣庭已氣死在監獄裡；皇帝還不肯饒恕他，拿他戮屍示眾。那倩雲小姐跟著母親祝氏，充軍到黑龍江；沿途挨餓受凍，過山渡水，虧得那徐玉成多情，在一旁照料，直送到黑龍江。徐玉成教讀餬口，養活她母女二人。

自從興了文字獄以後，雍正皇帝便常常留心那班讀書人的著作；卻叮囑一班心腹大臣，隨時查察。不多幾天便有陸生梅的文字獄。這陸生梅是禮部的供事人員；他因為迎合諸王求封建的心理，做了十七篇《通鑒論》。他文章裡說，封建制度如何有益，郡縣制度如何有弊。便有討好的人，拿他的文章到順承郡王錫保衙門裡去告密。那順承郡王受了皇帝的託付，正沒有法想；如今得了這《通鑒論》的真實憑據，便鄭重其事的專折入奏，說《通鑒論》盡抗憤不平之語，其論封建之利，更屬狂悖，顯系誹議朝政，罪大惡極。雍正皇帝看了這本奏章，十分動怒。立刻下旨，陸生梅邪說亂政，著即在軍前斬首。

誰知這陸生梅才死，那浙江地方又鬧出兩件文字案來。一件是浙江人汪景祺，做了一部《西征隨筆》，書中誹謗朝廷，稱頌年羹堯的地方很多；後來給地方官查出了，上報朝廷，聖旨下來，汪景祺犯了殺頭之罪，妻子充發黑龍江。另一件是侍講錢名世，他和年羹堯是知交；年羹堯在日，他做了許多稱頌年羹堯的詩，如今被地方官查出了，報進京去。聖旨下來，說他餡媚權貴，革職回籍。雍正皇帝又寫了一方「名教罪人」的匾額，叫錢名世去掛在家裡，是羞辱他的意思。

雍正皇帝這種惡辣的舉動，原想鎮壓人心；誰知朝廷越是凶狠，那人心越是憤怒，人心越是憤怒，朝廷的防備越是嚴密。雍正皇帝在宮中，閒暇的時候，想起還有一個大盜魚殼還沒有除去，終是心頭大患，打聽得他在淮北微山湖一帶出沒，打劫來往客商。便祕密下一道聖旨給兩江總督於清瑞，就近查拿，立即正法。這於清瑞，原是捕盜能手；他得了這聖旨，便私行察訪。他打聽得魚殼原住在微山湖中，他打劫的儘是一班貪官汙吏，奸商劣紳。

這魚殼當初原是康熙皇帝請去保護太子胤礽的，後來太子廢了，雍正皇帝也曾去請他過；他只因感激太子的恩德，不肯幫雍正去謀害太子。便帶了一個女兒，名叫魚娘，住在微山湖裡，專替地方上做些鳴不平的事體。因此那微山湖左近的百姓十分感激他。如今朝廷有聖旨下來，要捉拿魚殼；早有人報信給魚殼。魚殼聽了，毫不驚慌，只把他女兒魚娘去寄在一個朋友名叫虯髯公的家裡。隔了幾天，那兩江總督便親自來見他。魚殼見了這於清瑞，老實不客氣，說雍正皇帝如何殘暴，自己做的事如何俠義。這於清瑞因為他是江湖上有名的俠盜，也不敢得罪他，只和他商量聖旨叫他來捉拿的事。那魚殼一點也不害怕，慷慷慨慨的自己走到江寧提牢裡去監禁起來；過了幾天，江湖上傳說魚殼大盜，已被兩江總督從牢裡提出來正法了。

這個消息傳到魚娘耳朵裡，她哭得死去活來；從此以後，她便立志替父親報仇，天大跟著虯髯公練習武藝，這且不去說他。卻說雍正皇帝殺了魚殼，從此天下沒有他的對頭人了，心中十分快活。誰知隔不多天，那四川總督岳鍾琪，有密摺遞進來，說湖南人曾靜，結黨謀反。雍正皇帝心想我如此嚴厲，卻還有這大膽的什麼曾靜，敢來嘗試，非重重的辦他一辦不可。立時派了滿漢大臣兩員，到四川去會同岳鍾琪從嚴查辦。

話說那曾靜，號蒲澤，原是湖南的一個飽學之士。他見清朝皇帝一味壓迫漢人，心中十分憤恨，常常想集合幾個同志起義，驅逐滿人，恢復中原。有一天，他在家鄉地方一個同志朋友名叫張熙的家裡，借到一本呂晚村著的《時文評選》。裡面說的大半是華夷之別，封建之善；又說君臣的交情如朋友，不善則去之，又說攘夷狄，救中國於被髮左衽，是君子之責。總之，滿紙都是排斥滿人的話。曾靜看了，不禁拍案叫絕。

這呂晚村，名留良，是湖南地方一個有名的文人；他手下學生不少，個個都是有學問的。康熙皇帝打聽得他的名氣，便派人推薦他去應博學鴻詞科。呂晚村心中是恨極滿人的，他如何肯去做官？便剃去頭髮，逃到深山裡做和尚。他兒子呂毅中，也是一個有志氣的人，當下便和他父親的門生嚴鴻達、沈在寬一班人，結了一個黨，把他父親著作，拿出去輾轉傳抄。那張熙也抄得一份藏在家裡；如今恰巧給曾靜走來看見了，問起：「呂毅中在什麼地方？」張熙說：「便在本城。」曾靜便拉了張熙連夜去見呂毅中，呂毅中又邀他去見一班同志：因此兩面集合起來，結成了一個大黨。曾靜自己說，認識四川總督岳鍾琪，此去憑我三寸不爛之舌，說他起義，俺們便在湖南響應。那班同志聽了，連聲說妙。

當時曾靜和張熙一班人，動身到四川去，見了岳鍾琪，便說他是南宋岳飛的子孫，如今滿清皇帝，也便是金兀朮的子孫；現值總督身統大兵，國難家恨，不可不報。岳鍾琪一時裡聽了曾靜的話，心中有幾分感動；他回想到從前年羹堯的死，不覺自己也寒心起來。後來細細的和曾靜談論，知道他是秀才造反，毫無實力的，心中便立刻變計；一面假意和他們立誓結盟，一面悄悄的行文給湖南巡撫，叫他暗地裡把呂毅中一班人看守起來，自己遞一個密摺到京裡。

不多幾天，那皇上派來的兩位大員到了四川，把曾靜、張熙一班人一齊捉住。審問起來，曾靜也不抵賴，一五一十的招認了。那兩位欽差，把這班犯人一起帶到湖南，那湖南巡撫，早把呂毅中一家人和那門生沈在寬、嚴鴻達一班人捉住，一審便服。欽差官據情入奏，皇上聖旨下來，說曾靜、張熙一班人，是被呂留良的邪說誘惑，是個從犯，反把他加恩釋放了。只有那呂毅中大逆不道，把他滿門抄斬。又從墳堆裡把呂留良的屍身掘出來，再碎他的屍。那門生沈、嚴一班人，一律處死。

這一案件，足足殺了一百二十三個人，殺得百姓個個害怕，人人怨憤。呂氏合族人，卻殺得一個不留。在忙亂的時候，卻遺漏了一個呂毅中的小女兒；將來那雍正皇帝的性命，也送在這小女兒手中。這真叫做「天網恢恢，疏而不漏」。這小女兒名叫呂四娘，是呂毅中第四個女兒，也便是呂晚村的嫡親孫女兒。這時年紀只有十四歲，湖南巡撫派兵來捉拿她全家的時候，這呂四娘正在鄰家閒玩，聽說父親母親被官裡捉去了，她一邊哭著，一邊要趕到衙門裡去看望父母。後來還是那鄰家的女兒有計謀，悄悄地把呂四娘寄在呂晚村門口一家姓朱的家裡。

這姓朱的是一家富豪人家，家中養著百數十個莊丁。那班莊丁，田裡空下來，沒有事，便請了一個拳教師在打麥場上教授武藝。便是那姓朱的，也跟著學幾套拳腳。這教師年紀已有六十歲了，長得身材高大，臉上一部大鬍子，臨風飄拂；他舞起劍來，還是十分輕捷。呂四娘住在朱家，常常在屏門後面偷看。雖說她是十四歲的女孩子，心中卻常常想著她父母之仇。只恨自己是一個女子，又毫無氣力，這血海冤仇，如何報法？如今見他家有這個老教師，正合她的心意。

有一天，那姓朱的正在堂屋裡請老師吃酒，許多莊丁陪坐著。忽然屏後飛燕似的轉出一個女孩兒來，走到那老師跟前撲的跪倒。口稱：求老教師收留俺做一個弟子。眾人看時，這女孩兒不是別人，正是那呂四娘。起初這教師不肯答應，說女孩兒家學了本領何用？後來呂四娘再三求懇，臉上掛下淚珠來；那姓朱的看她心志十分堅決，又怕她說出是呂毅中女兒的話來，便也代她求著教師，又認她是自己的妹子。這教師聽說是主人的妹子，也便答應了。從此以後，她也跟著眾人練習拳腳；一來是她報仇心切，二來也是女孩兒的身體輕靈，不多幾天，居然勝過那班男子。那老教師十分歡喜，從此特別盡心，把自己全副的本領傳給呂四娘。不上三年，那揮拳舞劍、飛簷走壁的本領都已學得。教師又傳授她練氣的本領和飛劍的本領。這兩種本領，非少林寺嫡派，不能學得。又過了三年，呂四娘非但件件都能，並且件件都精。她能夠把背吸住牆壁，隨意上下；又能把短劍藏在指縫裡，彈出去取人首級。

少林派這種本領，只有三人掌握著：第一個便是少林僧，第二個是雍正皇帝，第三個是虬髯公。如今教授呂四娘本領的老師，便是虬髯公。他也恨雍正皇帝手段狠毒，殺死了他幾個徒弟；因此在江湖上結識許多好漢，暗地裡和皇家作對。這一天，路過朱家，他和姓朱的，原是親戚，這姓朱的便留他住下，指導武藝。如今他得到了這個得意的女弟子，心中十分快活，便給她取一個名兒，名叫俠娘。又勸她江湖上以義俠為重，將來出去，總以做義俠事體為是。如今你的本領，除那少林僧，可以算得第一人了。

呂四娘雖學了這全副本領，想起自己父母死得苦，心中便萬分悲怨，又因為自己住在客地，有許多心事，也沒有可以訴說的地方。女孩兒到了十八九歲，便有說不出的一腔心事。這時只有那姓朱的兒子，名叫朱蓉鏡的，暗地裡在那裡照顧她。講到這朱蓉鏡，年紀還比呂四娘小兩歲，出落得風流瀟灑，溫柔俊秀；在女孩兒身上，最會用工夫。自從呂四娘到了他家裡，他便處處留神，凡是冷暖飲食，有別人所想不到的地方，他便暗暗地照料著。有時得到了好吃好玩的東西，他總悄悄地去塞在呂四娘睡的枕下。雖說如此，那蓉鏡從來也不敢和四娘說笑的；這四娘雖說豔如桃李，卻冷若冰霜。

四娘雖也知道蓉鏡鍾情於自己，有許多地方，也深得他的好處；只因自己有大事在身，便要竭力掙脫情網，因此她心裡感激到十分，那表面便嚴冷到十分。有時想到傷心的地方，便背著人痛哭一場。可憐一個嬌小女孩兒，只因遭了家禍，父母撇下她一個人冷清清的住在客地裡，她每到夜靜更深，從枕上醒來，想起蓉鏡的多情，又想起自己的苦命，便爬在枕上，嗚嗚咽咽的哭一陣，說也奇怪，每逢呂四娘哭泣的夜裡，第二天蓉鏡見她雙眼紅腫，便悄悄的去買一方新手帕來，塞在她的枕下。後來他兩人到底忍不住，見沒人的時候，也說起話來。那蓉鏡每見一回呂四娘，總勸她保重身體；那呂四娘聽他提起這個話，便拿袖子掩著臉，轉身走去。有一天，是大熱時候，兩人在走廊下遇到了。蓉鏡向四娘臉上細細一看，說道：「姊姊昨晚又哭過來嗎？姊姊諸事看淡些，姊姊爹孃又沒了，我又避著男女的嫌疑，不能安慰姊姊。姊姊倘哭出病來，叫我怎麼樣呢！」四娘起初聽了，不覺羞得粉臉通紅；後來也撐不住那淚珠兒像斷線珍珠似的落下來。四娘急轉過臉去，拔腳便走；回到自己房裡，幽幽切切地哭了一場。心想，那蓉鏡在我身上如此多情，我總不能為了他多情，便丟去我的大事；我倘然再和他厮纏下去，我便要被他誤事了。到那時，我再丟開他，叫他傷心，豈不是反害了他。我不如趁早離開了他罷。想到這裡，心中便立刻打定主意；在這晚月明如水，萬籟無聲的時候，一聳身跳出牆去走了。這是她第一次領略江湖上的滋味。

呂四娘此番出門，身邊一個錢也未帶，無可奈何，把隨身的釵鐶賣出去，僱了兩個拉場子的夥伴，一棒鑼響，挑選那空曠地方，獻出她的好身手來。這樣一個美貌女孩兒，叫那班俗眼如何見過，早已哄動了街坊看美人兒。到收錢的時候，那班人都要討美人兒的好，個個把錢袋兒掏空。四娘得了大利市，便趕別的碼頭去。這樣子一路曉行夜宿，關山跋涉，看看過了一個多月，到了山西太原府地方。

太原府是一座熱鬧城市，來往客商甚多；也有許多富家公子，終日在外面閒遊浪蕩的。見了這孤女賣解，認做她藉此擇婿；看看她面貌，實在長得俊俏。有幾個三腳貓，懂得一兩下拳腳的，便上去要和她比武，滿心想藉此親近芳澤。四娘看他們瘟得厲害，便定下規矩，要和她比武的，便各拿五十兩銀子來做彩錢；誰勝了，便把誰的彩錢拿去。可笑那班沒用傢伙，一上手便給四娘摜倒在地。那班急色兒，見她實在長得動人，便是被她慣一跤，也是甘心的。四娘樂得坐享他們的彩錢，一天到晚，竟有四五百兩銀子可得。後來四娘看這樣招搖得太厲害了，怕遭官府的疑忌，因此她便離了太原，又到山東；一路里仗她的美色，自有一班冤大頭孝敬她盤纏。

有一天，她來到天津，照例設下場於，招人比武。忽然來了一個胖大和尚，手中捧著二百兩銀子，大聲說道：「俺拿這二百兩銀子，和娃娃耍一耍。你倘然贏了俺，那不用說，這二百兩銀子是你的；俺倘然贏了你，俺也不要你的銀子，你從此也不用賣解了，快跟俺回寺做一個和尚媳婦去罷！」四娘聽了，又羞又恨，便拿出師父傳授的金剛拳來對付他，那和尚才一交手，便喝一聲：「住！你是俺的師妹，不用交手了。這二百兩銀子，送給師妹做盤纏罷。恕俺家魯莽了！」說著，拱一拱手，轉身去了。

這四娘得了和尚的二百兩銀子，便也收拾場子，從此不在天津市面上露臉了。悄悄的到了北京城裡，租了一宅院子住下。一個女孩兒單身住家，外人看了十分詫疑。京城地方，遍地都是皇帝派出來的偵探，見她行蹤不明，早已來盤查幾次。四娘知道事體不妙，便去住在一座古廟裡。敗井頹垣，淒風冷月，正在萬分枯寂的時候，忽然見牆頭上人影一晃，跳下一個大漢來。四娘把指甲一彈，飛過一劍去；那大漢一手接住。月光下看時，那大漢不是別人，正是她師父虯髯公。看他一縷銀髯，在月光下飄拂著，哈哈大笑，說道：「真是踏破鐵鞋無覓處。得來全不費工夫！」上去把四娘手臂一把拉住，走出廟去，見廟門外還有一個女孩兒站著。要知這女孩兒是什麼人，且聽下回分解。

破腹挖腦和尚造孽　褰簾入幃親王銷魂

卻說呂四娘悄悄的離開了朱家，別的人且不去說他，便是那朱蓉鏡，第一個要想煞。他不見了呂四娘，終日裡廢寢忘食，如醉如狂。他父親看了不忍，料定呂四娘此去，一定到北京報仇去；便和虯髯公說知，求他到北京去找尋。那蓉鏡哭著嚷著，要一塊兒去；恰巧虯髯公家裡有一個女徒弟名叫魚孃的，也要到北京去，三個人便一路同行，沿路打聽四孃的消息。只聽得一路人沸沸揚揚說，有一個女賣解的，臉兒又長得俊，本領又高強。虯髯公聽在耳中，料定是四娘。待到京裡，卻又聽不得消息。虯髯公料定四娘要做大事，在冷僻地方隱藏起來了。他先找一家客店住下，推說是爺兒三人，每天夜靜更深，虯髯公帶了魚娘，便跳上屋子，出去找尋四娘。如今居然被他們找到了，一同回到客店裡。

虯髯公先介紹四娘見過魚娘，四娘見魚娘面貌和自己不相上下，便十分親熱起來。問魚娘進京來幹什麼事？魚娘便把父親魚殼，如何給於清瑞捉去殺死，如今進京來，是要替父報仇。兩人走了一條道路，越發親熱起來。只有那朱蓉鏡，見了四娘，好似小孩子見了乳母似的，一把拉住她袖子不放；又再三勸四娘莫去冒險，徒然送了自己性命。那四娘如何肯聽？但是迴心一想，蓉鏡待她的一番恩情，恐怕世間找不出第二個男子了；我此番倘能成了大事，女孩子終是要嫁人的，到那時不嫁給他，卻又嫁給誰去？她想到這裡，心中有了主意。四娘在江湖上閱歷了一番。那女孩兒嬌怯怯的態度，都已收去，便老老實實的對蓉鏡說道：「我這個身體，總是你的了。但是，現在我還要向你借我自己的身體一用，待我報了大仇以後，任憑你叫我怎樣便怎樣。現在卻萬萬不能遵命。」這幾句話，說得蓉鏡心中又憂又喜，卻也說不出什麼話來。從此由虬髯公做主，在西便門外租了一間屋子住著，假裝是兒媳姑娘一家人，卻也沒有人去疑心他們。他們便天天出去打聽皇帝的蹤跡。那雍正皇帝得了偵探的報告，知道京城裡現在到了許多刺客，在暗地計算他；便也著著防備，處處留神；一面祕密吩咐步軍衙門嚴密查拿。這時快到了祭天日子，欽天監便擇定吉時，請皇上祭天，雍正皇帝因外面風兒很緊，怕得出去；迴心又想，倘然老躲在宮裡，一來給那班刺客見笑，二來那百姓見皇帝不出宮來，便要謠言蜂起。因此硬一硬頭皮，傳旨擺駕祭天。一面調集宮中侍衛，護駕出宮；那街道上自有那步軍統領，九門提督帶領全部人馬沿途照料。那軍士們掮著雪亮的刀槍，一路上站得水洩不通。沿路搭著五色漫天帳，直到天壇面前。停了一會，那一對一對鑾儀到了壇上；滿朝文武大員，一字兒在兩旁站著班。

雍正皇帝從鑾輿中下來，侍衛們簇擁著走上壇去。上面設著祭品，雍正皇帝行過禮，正要轉身，忽聽得那天幔上「豁」一聲響，皇帝急把手指一彈，只見一道白光，向天幔上飛去，落下一個狐狸頭來，皇帝才覺放心。那左右侍衛，齊呼「萬歲！」這時鄂爾泰站在皇帝身後，皇帝笑著對鄂爾泰說道：「朕聽說有一班亡命之徒，欲謀刺朕；京城裡面刺客很多，朕今天小試手段，叫他們知道朕的本領也不弱，他們也不用來自投羅網了。」說著，冷笑一聲；把個鄂爾泰嚇得諾諾連聲，不敢多說一句話。

雍正皇帝回到宮裡，心中總是鬱鬱不樂；想起從前在少林寺學本領的時候，有一個鐵布衫和尚，本領在同輩中要算第一，他也能指頭放劍。如今把他留在外面，終不是好事體；也許為仇家所指使來謀刺朕躬，這卻不可不防。當時便把鄂爾泰傳進宮來，和他商量。

鄂爾泰說道：「臣聞得這和尚在江南橫行不法，便沒有仇家指使，也須趕快去殺死他，為人民除去大害。」雍正皇帝說道：「從前那些好漢，如今都不在了，且叫什麼人去幹這件事？」鄂爾泰思索了一會，忽然想起當年岳鍾琪將軍曾說起有一個大巖和尚，如今在揚州天寧寺；不如下一道密禮給江蘇撫臺，便請大巖去除了鐵布衫和尚。當下便把這意思奏明，皇上稱善。鄂爾泰退出宮來，如法炮製去。

話說這鐵布衫和尚在四川峨嵋山上，霸占一座大寺院；派他手下的徒弟，下山去偷人頭，他每天要吃三個人腦子。峨嵋山下一般男女，常常在半夜裡失去他的腦袋，弄得人人驚慌，個個害怕，大家逃避，村坊都空了。後來這和尚忽然異想天開，愛吃孕婦肚子裡的小孩；又派他的徒弟，在深夜裡，闖進人家的內室，見有懷孕的女人，先姦汙了，再取她的胎兒。那班徒弟，個個都淫惡萬分，誰敢去攔阻他。

這時，白泰官閒住在家裡，他聽說四川峨嵋山的景緻好玩，便動身到四川來遊玩。偶然到一座村坊裡，時已更深，他們走江湖的人愛走夜路；他走過一座矮屋簷前，只見裡面窗紙上射出淡淡的燈光來，忽見一個人兒影兒一閃，卻是一個光頭。白泰官心中疑惑，這和尚深夜入人家，非奸即盜；他便站住腳聽時，只聽得裡面有女人低低的求哭的聲音。說道：「師父饒了我罷！我痛死了！」白泰官心下越發動了疑，便施展他的手段，輕輕的撬開了外屋子的門，趲進內室去。一看，只見一個年輕女子，被剝得一絲不掛，躺在床上，喉嚨裡呻吟著。一個和尚，爬在床沿下，兩手不住的在那裡拓那女人的肚子。

白泰官看了，不禁大怒！一聳身搶上前去，一把揪住和尚的衣領，提下地來一摔，那和尚站腳不住，倒下地去。白泰官便提著缽兒似的拳頭，向那和尚面門上不住的打去；那和尚滿臉的淌著血，嘴裡不住的討著饒。那時便有許多人走進房來，一面把白泰官勸住，一面喝問那和尚。那和尚說道：「這原不干我的事，是俺師父硬逼著我來取這娘娘的胎兒。」白泰官問：「你師父是什麼人？」那和尚說：「鐵布衫和尚。」

白泰官在江湖上，也聽得鐵布衫的名氣。便說：「好一個淫惡和尚！待我見見他去。」說時，天色已明；這人家拿出餑餑稀飯來，請白泰官吃。白泰官肚子吃飽了，押著這和尚，叫了一個鄉下人領路；走到日落，才走到峨嵋山腳下。見前面也有一個和尚，坐在大樹下納涼；白泰官認是他們一路的，喝一聲：「賊禿，休走！」搶步上前便交起手來，打了二十回合。兩人手腳愈打愈緊，打到緊要關頭，那和尚忽然跳出圈子，問道：「你敢是鐵布衫和尚的門徒？」白泰官說：「俺是來捉拿這賊禿的。你敢是這賊禿的徒弟？」這大巖和尚也說：「俺是來捉拿鐵布衫和尚的。」

白泰官心想，打來打去，原來打的是自家人。忙問道：「好漢奉誰的命來的？」那和尚把胸脯一拍，大拇指一伸，說道：「俺奉江蘇撫臺大人之命。敢問好漢奉誰的命？」白泰官便把在村坊裡遇到這和尚拓取胎兒的事，一一說了。大巖和尚氣憤起來，罵道：「烏賊禿！你敗俺佛門的規矩？」說著，颼的一聲，拔出腰刀來，結果了這個和尚的性命；轉過身去，向樹林裡一招手，便跳出十五六個大漢來。大巖和尚帶著他們，走上山去，看看到了山門口，大巖和尚便和白泰官商量分兩路殺進去；白泰官把上風，他一聳身跳上瓦去。這裡大巖和尚先把眾人藏過，自己一人先上去開啟山門，問鐵布衫和尚。那守山門的，見是和尚，便也不疑心，領著他走進內院去，留他在知客室暫坐；自己進去通報。這裡大巖和尚招招手幾，一班大漢都跟了進來；大巖和尚悄悄的跟在那和尚身後，曲曲折折，走過幾個院子，到了一個所在。庭心裡放著一張竹榻，一個胖大和尚，上身赤膊，赤著腳躺在竹榻上；一個女人，滿臉抹著脂粉，坐在和尚的身後，在那裡替和尚搔背。和尚伸手到背後去，撫著那女人的脖子。另一個女人。正送過一碗涼茶去；見把門的和尚進來了，她便站住通報導：「師父，有人來了。」

那胖大和尚聽了，忙坐起來看時，只見那把門和尚的身後也跟著一個和尚。便指著問道：「他是什麼人？」大巖和尚給他一個措手不及，搶步上前，擒住他一條腿。這鐵布衫和尚，到底是本領高強，忙拿出看家的本領來，飛過鴛鴦腿去；大巖和尚見擒住他的左腿，他又把右腿飛過來，知是少林派的內家功，忙放了手。鐵布衫和尚在地上站住，伸手在竹榻上拿起一件布衫來，打過去。說也奇怪，這件布衫拿在他手裡，迎著風打來打去，好似一桿鐵棒一般。因此外人取他的綽號叫「鐵布衫」。這時門外候著的許多大漢，一擁進來，個個拿出兵器來圍住了這和尚攻打。那和尚指東打東，指西打西，打了半天，休想近得他的身。但是這和尚被他們團團圍住了，一時裡也不得脫身。他正想聳身上屋時，只聽得屋簷上一聲大吼，跳下一個人來，一刀劈在鐵布衫和尚的頂門上，那個腦袋頓時好似西瓜對破開，直劈到脖子上。和尚死了。那村坊上人，聽說和尚死了，個個快意；大家把和尚的屍首割成幾十塊，拿回家去熬油點燈。

白泰官見打了抱不平，也不和大巖和尚招呼，一聳身上屋去了。

四川總督岳鍾琪，忙把大巖和尚接進衙門去，在精室裡供養起來，不多幾天，北京密旨到來，賞大巖和尚白銀一萬兩。嶽大將軍又派了材官，護送他回南方。下幾十道札子，給沿途的地方官，叫他們舟車迎送，隨地照料。大巖和尚回到揚州，便大興土木，造倉聖殿，殿旁造一座吳園，園裡建一座華嚴堂。那些工程材料，都是地方上各紳董捐助的。大巖和尚天天在華嚴堂裡會客吃酒。

這時，揚州地方，有三個地痞，仗著自己力大，專一敲詐百姓。一個是魏五，善騎馬，又能懂得馬的話。幾年前，有個狼山總兵到揚州來閱兵，那營裡的馬，忽然齊聲嘶叫起來。魏五聽得了，對人說道：「這個總兵官三個月後要死了。」後來那總兵官回去，果然隔了三個月死去。一個是張歆源，善舞雙刀，舞成一團；任你幾十個人，近不得他身。一個是薛三，能夠拉五十石的硬弓；這時揚州人稱他們「魏馬張刀薛硬弓」。自從大巖和尚來了以後，這三個人不服氣，常常到天寧寺去尋事，都被大巖和尚打敗出來。這三個人沒有面目住在揚州，便悄悄避到別的地方去了。

有一天，大巖和尚正從方丈室裡送客出來；才走到階下，忽然見一個鐵香爐劈空飛來，大巖眼快，忙伸手接住。看時，原來是薛三來報仇的。誰知那薛三因用力過分，嘴裡嘔出一口血來，踉踉蹌蹌的逃回家去，連嘔了幾口血，便死了。接著，那張三拿著雙刀，到華嚴堂去找大巖和尚；兩人交起手來，被大巖斬去了一條臂膀。剩下的一個魏五，他知道明攻不能得勝，打聽得大巖和尚身上長癬疥的，每天起身用熱水洗澡。魏五便邀了七八個同黨，趁大巖在浴池裡洗澡的時候，打門進去，個個拿出兵器來攻打。大巖和尚赤手空拳，又是渾身赤條條的，如何敵得住，雖也打死了兩個人，後來到底被魏五斬去一條腿，死在浴池裡。

大巖和尚死的消息報到京裡，雍正皇帝十分可惜；但他想這種有本領的人留在世上，終是心腹之患。如今那班好漢都收拾完了，剩下幾個沒本領的人，也不去怕他。從此雍正皇帝依舊是尋歡作樂，不去防備了。

呂四娘住在京城裡，天天出去打探，找不到下手的機會，心中十分焦躁。朱蓉鏡和虯髯公勸她耐心等待。這時滿京城沸沸揚揚傳說，寶親王要大婚了。這寶親王是什麼人？便是鈕鑽祿皇后從陳世倌家裡換來的兒子，取名弘曆。只因他出落得一表人材，性情溫和，語言伶俐；在他弟兄輩中，有誰趕得上他那種清秀白淨？雍正皇帝又因他是皇后的嫡子，便也特別歡喜他。

這時打聽得湖北將軍常明，有一個女兒，出落得端莊美麗。那常明的夫人郭爾額氏和皇后鈕鑽祿氏，是幼時的鄰居，十分要好。後來郭爾額氏鈷了丈夫，生了一個女兒，她母女兩人，常常被皇后宣召進宮去遊玩。那皇后也很愛她女兒，時時賞賜首飾手帕許多東西；後來常明帶了家眷到湖北做將軍去，皇后也常常記唸他們。有時和皇上提起，皇上說：「你既愛他家的女兒，俺們何妨指婚給弘曆，做了你的媳婦，豈不可以常常見面？」一句話提醒了鈕鑽祿氏。看看寶親王也到了大婚之年，便催著皇帝下聖旨，指婚湖北將軍常明的女兒富察氏為福晉。一面把常明內調進京，做軍機大臣；一面派親信大臣鄂爾泰和史貽直兩人做大媒，到常明家裡去行聘。到了吉期，雍正皇帝便把從前聖祖賞他的圓明園，轉賞給了寶親王，做他們新夫婦的洞房。這一天，滿園燈彩，笙簫聒耳，把富察氏迎進園來，交拜成禮。寶親王見富察氏長得嫵媚秀美，便一刻也不捨得離開她，皇后鈕鈷祿氏，見了這一對佳兒佳婦，心中也十分快樂。

誰知天氏下的事體，大都樂極生悲。雍正皇帝自從寶親王大婚以後，身體便覺不快；這也是他平日好色太過，積下的病根。他每日非有兩個妃子輪流侍寢不可。起初還仗著喇嘛的阿蘇肌丸，勉強支援，後來漸漸有點不濟了。那班妃嬪，為固寵起見，還夜夜纏著皇上；後來看皇帝實在動不得了。皇后鈕鈷祿氏便把那班妃子趕開，親自守著皇上，侍奉湯藥。御醫輪流住在宮裡，請脈處方。

看看皇帝病勢略略清健好轉，忽然宮裡一班太監們吵嚷起來，說：在長春宮、鐘粹宮一帶常常聽得有人在瓦上走動的聲音，又有門窗開闔的聲音；接著那翌坤宮、水和官一帶的太監侍衛們，也吵嚷起來，說：每夜見屋頂上有兩道白光飛來飛去；又有咸安宮的宮女，被人殺死在廊下。頓時把一座皇宮鬧得人心惶亂，雞犬不寧。皇后也曾派侍衛們四處搜尋，又是毫無蹤跡。後來愈鬧愈厲害了，所有延禧宮、承乾宮、景陽宮、景仁宮、咸福宮、永壽宮、啟祥宮、儲秀宮的一班宮女太監們，每當夜靜更深的時候就驚擾起來，不是說見屋上有人行走便是說屋內有白光來去。雍正皇帝害病在床，聽了這種消息，知道必有緣故，只是不便說出。

這時史貽直當勇健軍統領，是皇上最親信的；那勇健軍，又是由各省將軍舉薦奇才異能的好漢編練成功的，一共有四千人員。如今宮廷不安，雍正皇帝便把史貽直傳進宮來吩咐他帶領全隊勇健軍，在宮中值宿。這宮廷裡面憑空裡添了四千人馬，便覺得安靜起來，白光不見了，響動也沒有了。那雍正皇帝的病體，也一天一天有起色了。後來皇后直待皇帝起了床，行動如常，才回宮去。

雍正皇帝一病幾個月，在病勢沉重的時候，寶親王帶了他的福晉，也天天進宮來問候；如今皇帝病好了，就想起他一雙小夫妻來，便推說養病，自己也搬進圓明園去住著。那班得寵的妃嬪，也帶進園去伺候。富察氏面貌又長得俊，又能孝順公公；雍正皇帝十分歡喜，已暗暗的把寶親王的名字寫在遺詔上了。

講到那座圓明園，周圍有四十里路大小；園裡有極大的池沼，有茂密的森林，有小山，有高塔，有四時常生的花草，有終年不敗的風景。寶親王和富察氏兩人，終日遊玩也遊玩不盡。起初他夫妻兩人新婚燕爾，似漆如膠，專挑選湖山幽靜、花草深密的地方調笑作樂；便是那班伺候他的宮女太監們，他也嫌他們站在跟前礙眼，攆他們出去。後來他兩人也玩夠了，便覺得枯寂起來；雖一般也有妃嬪侍女，如何趕得上富察氏的姿色，一個也不在寶親王眼裡。寶親王心中常常想：如此名園，不可無美人作伴；俺那福晉也可算得美的了，但她一個人枯寂無伴，也覺無味。從此他存心要去尋訪一個美人來給富察氏作伴。

幾個乖巧的太監，看出親王的心事，便悄悄的引導他出園去闖私娃子。那南池子一帶有盡多的私娼，寶親王嘗著了這個味兒，如何肯舍？天天推說在涵德書屋讀書，卻天天在私門子裡和窯姐兒溫被頭。但他玩私娃子，只能在白天，因為父皇住在園中，要早晚請安去。那班窯姐兒，竟有幾個長得俊的；寶親王要把她們娶進園去，她們都不肯。只偶爾帶一兩個姑娘進園去遊玩，在安樂窩裡吃酒行樂，只瞞著富察氏和父皇兩個人，什麼風流事都幹出來。有一天，寶親王從安樂窩裡出來，時候尚早，他已有三分酒意，悄悄的走進富察氏臥房去。院子裡靜悄悄的，兩個侍女在房外打盹；寶親王也不去喚醒她，踅進房裡，只見羅帳低垂，寶親王認是富察氏一個人午睡未醒，心想去賞識美人兒的睡態。便躡著靴腳兒，掩近床前去；再一看，只見四隻繡花幫兒的高底鞋子，伸出在羅帳外面。寶親工知道是有兩個女人睡著，他心中十分詫異。走上前去，輕輕把帳門兒揭開一看，一個是他的福晉富察氏，另一個卻不認識是誰家的眷屬。只見她兩人互摟著腰兒，臉貼著臉，沉沉的睡著。再看那女人時，不覺把寶親王的魂靈兒吸出了腔子，飄飄蕩蕩的不知怎麼是好。原來那女人長得真俊呢！鵝蛋式的臉兒，長著兩道彎彎的眉兒；豐潤的鼻子，兩面粉腮上兩點酒渦兒，露出滿臉笑容來。那一點珠唇，血也似的紅潤。最動人的是那一段白玉似的脖子上，襯著一片烏雲似的鬢角；鬢邊插一朵大紅的菊花，真是嬌滴滴越顯紅白。她春蔥也似的纖手，鬆鬆的捏著一方粉紅手帕；寶親王看夠多時，不覺情不自待，輕輕的伸手把那方手帕從那女人手中抽出，送在鼻子邊一嗅，奇香撲鼻。寶親王不覺心中一蕩，他一面把那手帕揣在自己懷裡，一面湊近鼻子去在那段粉也似的脖子上，輕輕一嗅，急閃身在床背後躲著。

那女人被寶親王這一嗅驚醒過來，低低的喚了一聲：「妹妹！」那富察氏也被她喚醒了，便笑說道：「怎麼俺兩人說著話兒便睡熟了呢！」那女人說道：「妹妹屋裡敢有野貓來著？我正好睡著，只覺得一隻貓兒跳上床來，在俺脖子上嗅著。待俺驚醒過來，那野貓已跳下床去了。」這幾聲說話，真是隔葉黃鸝，嬌脆動人；寶親王聽了，忍不住了，忙從床背後跳出來，笑說道：「對不起！那野貓便是俺！」說著，連連的向那女人作下揖去，慌得那女人還禮不迭。寶親王轉過臉來，對富察氏說道：「那時俺把這位太太錯認是你，正要湊近耳邊去喚你起來，細細一看，才認出來；一時自己臊了，便急急躲到床背後去。誰知這位太太說話也厲害，竟罵俺是野貓。俺原也是該罵的，只是俺很佩服老天爺，你也算是俊的了，怎麼又生出這位太太來，比你長得還俊！這位太太敢不是人，竟是天仙嗎？」

看官，從來天下的女人，一般的性情是你若當面讚她長得俊，她沒有不歡喜的。這時這女人被寶親王捧上天去，她心中如何不樂；只見她羞得粉腮兒十分紅潤，低著脖子坐在床沿上，只是兩手兒弄著那圍巾的排須，說不出話來。富察氏聽了寶親王的話，把小嘴兒一噘，笑說道：「你看俺這位王爺，真是不曾見過世面的饞嘴貓兒！怪不得俺嫂子要罵你是野貓。你可要放尊重些，這位便是俺的嫂子；俺姑嫂倆在家裡過得很好的，如今把我弄進園來，生生的把俺倆分散了。如今嫂子在家裡，想得我苦，悄悄的瞧我來，又吃你撞來；你既說她是天仙，快過去拜見天仙；拜過了，快出去！」那寶親王巴不得富察氏一句話，忙搶上前去行禮；嘴裡也喚嫂子。又問嫂子貴姓？那女人站起身來，一手摸著鬢，笑吟吟的說道：「俺母家姓董額氏，俺丈夫名傅恆。」寶親王拍著手，笑說道：「俺這傅恆哥哥幾世修到嫂子這樣天仙似的美人兒？」一句話，說得董額氏粉腮兒又紅暈起來。富察氏兄嫂子害羞，忙把寶親王推出房去。這裡董額氏也告辭出園去了。

寶親王自從見了董額氏以後，時時把她的名兒提在嘴裡。他從此私娃子也不玩了，終日痴痴的想著董額氏那副美麗的容貌。要知寶親王將來和董額氏鬧出什麼風流案件來，且聽下回分解。

弓鞋到處天子被刺　手帕傳來郎君入彀

卻說寶親王自從那日無意中領略了董額氏的香澤以後，時時把這美人兒擱在心裡，眼前常常現出那副嬌羞嫵媚的面貌來，鼻管裡常常好似有董額氏脖子上的粉花香味留著。因此他把眼前的一班庸脂俗粉丟在腦後，常常慫恿著自己福晉去把她舅嫂子接近園來。從來女人愛和自己孃家人親近，如今得了王爺的允許，她姑嫂兩人常常見面。那董額氏也乖覺，見寶親王來，她便立刻迴避，把個寶親王弄得心癢難搔。看看那董額氏一舉一動，飄飄欲仙，越看越愛，恨不得把她一口吞下肚去，只是可惜沒有下手的機會。後來富察氏也看出丈夫的心事來了，索興把董額氏藏在密室裡，姑嫂兩人談著心，不給寶親王見面。

寶親王許久不見董額氏了，心中好似熱鍋上的螞蟻，在屋子裡坐立不安，廢寢忘餐起來。寶親王有一個心腹太監，名叫小富子，卻長得十分伶俐；見王爺有心事，便悄悄的獻計，如此如此，一定可叫王爺了卻心願。寶親王聽了他的計策，連稱：「好孩子！快照辦去。」那小富子奉了王爺的命令，先在園內竹林清響館裡預備下床帳鏡臺，一面打發兩個小太監和兩個侍女，押著一輛車兒，到常明家裡去，把舅太太接了來。這董額氏見富察氏的貼身侍女前來迎接，也是常有的事，心中毫不疑惑，便略略梳妝，坐上車，向圓明園來。照例車子到了藻園門外停住，便有八個小太監出來，抬著車子，進園去，曲曲折折，走了許多路。這時盛夏天氣，在外面赤日當空，十分悶熱；一進園來，樹蔭深密，清風吹拂，頓覺胸襟清爽起來。

董額氏坐在車子裡，一路貪看景色，不覺到了一個清涼的所在。車子停下，兩個侍女上來，把董額氏扶下地來。抬頭一看，只見四面竹林，圍著一座小院子，耳中只聽得風吹竹葉，那竹梢上掛著金鈴兒，一陣一陣叮鈴的聲音。走進院子去，小小一座客室，上面掛著一方匾額，寫著「竹林清響館」五個字；四壁掛著字畫，滿屋子都是紫竹幾椅，十分清雅。侍女引導著，走進側室去。只見珠簾牙塌，紗帳水簟。鏡臺上放著梳具脂粉，黑漆的桌子上，琉璃盆中，放著各色水果；窗前書桌上，一個水晶缸，養著幾尾金魚。窗外面一叢翠竹映在窗紙上，成一片綠色，連屋子裡人的衣襟上也綠了。董額氏看了，不由得讚了一聲：「好一個清涼所在！」見兩個侍女跟在她後面，不住的打扇；一個侍女，送上涼茶來。董額氏便問：怎麼不見你家福晉？一個侍女回道：「福晉在荷靜軒洗澡。吩咐表舅太太在屋裡略坐一坐。」董額氏便也不說話。停了一會，兩個年紀略大的侍女，捧著衣巾盆鏡等物進來。說道：請舅太太也洗個澡兒。」董額氏天性怕熱，在家裡又常洗澡慣的；聽得請她洗澡，她也歡喜。侍女們忙服侍她卸妝脫衣，披上浴衣，趿著睡鞋，兩個侍女領著到後面一間密室裡洗澡去。待她洗畢出來，自有侍女替她重行梳妝，再勻脂粉；便有一個人，伸過手來，替她在鬢邊插上一朵蘭花。董額氏在鏡中望去，見站在她身後替她戴花的，不是什麼侍女，竟是那寶親王。董額氏這一羞。直羞得她低著脖子，靠在妝臺上，抬不起頭來；溜過眼去看寶親王時，只見他直挺挺的跪在地上，嘴裡不住的「天仙」「美人」的喚著。又說：「俺自從見了嫂子以後，頓覺得俺這人活在世上毫無趣味；那天嫂子脖子上偷偷的嗅了一下，這香味直留到現在。可憐把我想得飯也不想吃，覺也不想睡。天下的女人，也不在俺眼中。求嫂子可憐俺，看俺近來的形容消瘦，便知道俺想得嫂子苦；嫂子倘再不救俺，眼見得俺這條命保不住了。」說著，這寶親王真的嗚嗚咽咽的哭起來，哭得十分淒楚。他一邊哭著，一邊拿出手帕來抹眼淚。

董額氏認識這手帕是自己的。

停了一會，又聽寶親王說道：「嫂子放心，今天的事，俺俱已安排停當。這裡在園的極西面，離著福晉的屋子又遠，那班侍女內監們，都是俺的心腹。嫂子倘然順了俺，絕不使外邊人知道；嫂子倘然不順我，聲張起來，一來嫂子和俺的臉面從此丟了，二來便是聲張，這地方十分冷僻，也沒人聽得，把俺們好好的交情，反鬧翻了。嫂子倘然依從了俺，俺便到死也忘不了嫂子的恩德；嫂子倘然不依從了俺，俺橫豎是個死，便死在嫂子跟前，也做個風流鬼。」

寶親王說到這裡，從腰裡颼的拔出一柄寶劍來，向脖子抹去。任你是鐵石心腸的女人，見人在她跟前尋死，她心腸便不由得軟下來。況且天下美人，大都是風流性格，見寶親王又是一表人材，又明知道他將來要繼承大位做皇帝的，又動了幾分羨慕的心腸。如今聽他一聲聲喚著好嫂子，又見他要自刎，便又動了幾分憐惜的心腸。她自己看看浴罷出來，只外面披著一件薄紗的浴衣，玉雪也似的肌膚，映在紗衫外面，早已被寶親王看一個飽。看看自己的衣服，一齊脫在床上，眼見被寶親王攔住了，不能拿來。便是拿來，當著寶親王的面，也不能穿。董額氏想到這種種地方，不覺嘆了一口氣；轉過身來，奪去寶親王手中的寶劍，伸著一個手指，在他額上一戳。說道：「你真是我前世的冤家！」寶親王趁此機會，便過去把董額氏順手一拖，一個半推半就，一個輕憐輕愛，成就了好事。

事過以後，寶親王親自服侍她穿戴。兩人一時捨不得走開，又調笑了一會，直到傍晚，才送她出房。那董額氏臨去的時候，轉過秋波來，向寶親王溜了一眼，低低的罵了一聲：「鬼靈精！」上車去了。寶親王心中十分得意。從此以後，他倆人一遇機會，便偷偷的在園中冷僻的地方尋歡作樂。看看天氣漸冷，寶親王便和董額氏在露香齋一間密室裡私會。正快樂的時候，只聽得隔院碧桐書院裡，發一聲喊，頓時人聲大亂起來。寶親王忙丟下董額氏，趕到隔院去。一走進院子，只見大小太監慌慌張張的說道：「皇上腦袋不見了！」

這座碧桐書院，正是雍正皇帝平日辦公的地方。雍正皇帝因住在宮裡，十分拘束，又常常記念著寶親王，便移到園中來住宿。在大宮門後面，依舊設立宗人府、內閣、吏部、禮部、兵部、都察院、理藩院、翰林院、詹事府、國子監、鑾儀衛、東四旗各衙門的直廬。又在大宮門西面，設立戶部、刑部、工部、欽天監、內務府、光祿寺、通政司、大理寺、鴻臚寺、太常寺、太僕寺、御書處、上駟院、武備院、西四旗各衙門的直廬。每天在正大光明殿坐朝，已有一年，十分安靜。不料到忽然出了這件大亂子。

皇帝每到秋天，總在碧桐書院批閱奏章。院子裡和書案前，都有太監和宮女伺候著。這一天伺候到黃昏月上的時候，內監們點上宮燈，皇帝在燈下翻閱奏章，忽然院子裡梧桐樹上，飛過兩道白光來，飛進屋子去，盤旋一會便不見了。那班宮女太監，眼見有兩道白光，頓覺昏迷過去，開不得口，待到醒來，見皇帝已倒在地下，急上去扶時，脖子上的腦袋已不知到什麼地方去了。內監們發一聲喊，那班侍衛大臣們，都一齊跑進來，見了這個情形，個個嚇得兩條腿發顫。沒了主意。

停了一會，一班妃嬪和寶親王，都從人叢裡搶進來，圍著雍正皇帝的屍首，嚎啕大哭。後來還是寶親王有主意，吩咐內監，快請鄂爾泰和史貽直兩人來商議大事。那太監們走出園來，跳上馬，分頭趕去。鄂爾泰這時已經安睡，忽然外面大門打得震天價響，家僕去開著門，一個太監飛也似的搶步進來，滿頭淌著汗，氣喘吁吁的說道：「快請大人！快請大人！皇上腦袋丟了！」這句話傳到鄂爾泰耳朵裡，慌得他從床上直跳起來，連爬帶跌的出去，也不及備馬，便騎了太監騎來的馬，沒命的跑到圓明園。跳下馬，搶進園去，那史貽直已先到了。這時，別的且不去管它，找皇帝的腦袋要緊。大家拿著燈火，四處找尋。後來還是惠妃在屍首的褲襠裡找到了。那惠妃捧著雍正皇帝的腦袋，嗚嗚咽咽的哭得十分淒涼。

你知道這惠妃是什麼人？便是那弘哲的妻子，胤礽的兒媳，雍正皇帝嫡親的侄兒媳婦。被雍正皇帝硬取進宮來，待她十分有恩情，封她做惠妃。惠妃這時，早已忘了她的故夫。見雍正皇帝死得悽慘，便哭得十分悲哀。

當時，鄂爾泰忙把皇上的頭裝在脖子上，吩咐宮人給屍體淋浴穿戴起來；一面和史貽直兩人，趕到正大光明殿裡，從匾額後面取出那金盒來，開啟盒來，抓出遺詔來一讀，見上面寫著「皇四子弘曆即皇帝位」。便去拉了寶親王，帶著五百名勇健軍，趕進京城，到了太和殿，打起鐘鼓來，滿朝文武，齊集朝房。鄂爾泰滿面淌著淚，訴說皇上被刺時的情形。眾大臣圍著他靜聽。正聽到傷心的時候，忽然一個內監指著鄂爾泰說道：「鄂中堂，你還穿著短衣呢。停一會怎麼上朝？」一句話提醒了他。才想著出來得匆忙，不及穿外衣，便立刻打發人到家中去拿朝衣朝帽穿戴齊全。

正要上朝去，忽然史貽直想起一件事，對眾大臣說道：「皇上被人割了腦袋，說出去太不好聽，況且這件事俺們做臣子的，都有罪的。也得關起城門來，大大搜一下，一面行文各省，文武衙門捉拿凶手。這一聲張，若人人傳說著豈不是笑話？如今依下官的思想，不如把這件事隱過了。一來保住先皇的面子，二來也省了多少騷擾，俺們須把遺詔改成害急病的口氣，才得妥當。」當時鄂爾泰也連說不錯，立刻動筆，在朝房改好了。文官由鄂爾泰率領，武官由史貽直率領，走上太和殿。那班親王貝勒、貝子和六部九卿文武百官，一齊跪倒。由鄂爾泰走上殿會，宣讀遺詔道：

朕攖急病，自知不起；皇四子弘曆，深肖朕躬，著繼朕即皇帝位。欽此。

當時寶親王也一同跪在階下。鄂爾泰讀過遺詔，便有一隊侍衛、宮女、太監們，各個手裡捧著儀仗，下來把他迎上殿去，換了龍袍，戴上大帽，簇擁他上了寶座。階下眾大臣齊呼「萬歲」！爬下地去行過禮。新皇帝便下旨，改年號為乾隆元年，大赦天下；一面為大行皇帝發喪，一面卻暗暗的下密旨給史貽直叫他查拿凶手，祕密處死。這史貽直奉了密旨，四處派下偵探搜查行刺皇帝的凶手。那凶手見大仇已報，早已遠颺在深山僻靜地方逍遙自在去了，叫這史貽直到什麼地方去捉他？

如今，又要說說呂四娘這邊的事了。呂四娘跟著虯髯公住在京城裡，和魚娘做著伴，還有一個朱蓉鏡，因捨不得丟下呂四娘，便離鄉背井，也跟著呂四娘到京裡來，一塊兒住著。四娘感唸蓉鏡的恩情，答應他待大仇報後，把終身許給他。從此以後，蓉鏡便特別和四娘親熱，兩人真是同坐同行，百般恩愛。便是魚娘，蓉鏡也用十分好心看待她。凡是魚娘有什麼事呼喚他，他便立刻做去。因此魚娘也和蓉鏡好。他們三人常常坐在一間屋子裡，有說有笑，在外人望去，好似虯髯公一子一女一媳一家人，卻沒有人去疑心他。

虬髯公也因住在京城裡，閒著無事，叫旁人顯眼，便把自己家裡的古董搬些出來，開一爿古董鋪子。他鋪子裡常常有大臣太監們進出，虬髯公在他們嘴裡，打聽得宮裡的道路。四娘和魚娘兩人，便在夜靜更深的時候，跳進宮牆去。在月光下看去，見殿角森森，宮瓦鱗鱗，映著冷靜的月光。一陣風來，夾著殿角的銅鈴聲。也不知道何處是皇帝的寢宮，她兩人既到了裡面，如何肯罷休？仗著她飛簷走壁的本領，東闖西闖。那宮裡的侍衛太監們，只見兩條白光，飛來飛去，那侍衛待要上去捉拿，那白光來去又很快，如何捉得住她。那時咸安宮有一個宮女，正在廊下走著，一道白光衝來，那宮女的腦袋便不見了。因此宮內的人，便吵嚷起來。虬髯公怕四娘和魚娘在宮裡亂闖，壞了大事，便勸她再耐守幾時，打聽得皇帝確實住宿的地方，再動手也不遲。因此四娘和魚娘暫時斂跡，那宮中也便安靜了許多。

這時，雍正皇帝已遷居在圓明園內。那圓明園卻不比得宮裡，地方又曠野，侍衛又稀少，有幾處庭院，竟有終年不見人跡的。四娘和魚娘兩人，帶了乾糧，去躲在園中的冷僻去處，打聽皇帝的消息。有時也聽得那班宮女太監們嘴裡露出一兩句話來，知道皇帝每天在碧桐書院辦公。到更深夜靜的時候，她兩人又悄悄的出來打探路徑。後來他們把園中出入的門路看得十分熟了，便動起手來，動手便成功。她們隨身帶著悶香，所以皇帝被殺的時候，那班左右侍衛，都一時昏迷過去。四娘割下皇帝的頭來，意欲帶他回去，在她祖父、父親墳前祭祀。魚娘說：這反叫人看出痕跡來，不如不拿去的好。魚娘便把雍正皇帝的頭拿來塞在屍首的褲襠裡，兩人相視一笑，便一縱身出了圓明園。

虬髯公早已安排停當，悄悄的把古董鋪子收了，僱了一隻小船，泊在城外十里堡地方候著。連候了三天，只見四娘和魚娘兩人手拉著手兒笑嘻嘻的走來，跳上船頭，吩咐立刻開船。待到鄂爾泰進園去慌成一片的時候，四孃的船已和箭一般的搖過了楊村，向南去了。說也奇怪，這呂四娘不曾報得父仇以前，便終日愁眉淚眼，淡裝素服，不施脂粉，不苟言笑，如今她見大仇已報，忽然滿臉堆下笑來，穿著鮮豔的衣裙，濃施脂粉，終日有說有笑，滿屋子只聽得她的笑聲。朱蓉鏡看了，有說不出的歡喜。兩人一路同起同坐，十分親愛。到了湖南地界，虬髯公送蓉鏡回家。蓉鏡的父親見兒子回來，好似得了寶貝一般。當下蓉鏡便和父親說知，要娶四娘做妻子，虬髯公自願替他倆做媒。當下便擇了吉期，給兩人成親。四娘做了新娘，便一改從前嚴冷的態度，頓覺嫵媚嬌豔起來。魚娘伴著她在新房裡，終日逗著她玩笑。蓉鏡終日跟住四娘，寸步不離，每日做些調脂弄粉畫眉拾釵的事體。

光陰很快，不覺又過了一個月。虬髯公要告辭回去，朱家父子再三留他，不肯住下。四娘說：「俺夫妻多仗師傅，才有今日；如今師傅要去，俺夫妻須直送他到四川。」蓉鏡也說不錯。這時猶有魚娘捨不得四娘，又想起父親被仇家害死，自己欲歸無家，心中十分淒涼，便止不住掉下眼淚來。四娘再三勸說，虬髯公也把魚娘認做自己的女兒，答應永遠不丟開她。當時依舊四個人一齊上路，沿著長江上去。一路山光水色，叫人看了忘卻憂愁不少。看看走進了四川地界，那一路山勢雄峻，他四人個個騎著馬，從旱道走去；走出了劍閣，前面便是五老山。

四人立刻在山頂上，忽然見一個老頭兒一個少年，也騎著馬從山坡上走來。魚娘眼快，認識那老人便是她父親魚殼，忙拍馬迎上前去。父女兩人，抱頭痛哭。這時四娘夫婦兩人，和虬髯公都跟了上來。問起情由，原來從前被於清瑞捉住殺死的，原是一個地痞，冒著魚殼的名字，在地方上橫行不法；後來被官廳捉去正了法，這真的魚殼，反得逍遙自在。只是常常想唸女兒，也曾到虬髯公家裡去訪尋過，又因虬髯公帶著魚娘到京裡去了，如今得在此相會，真是喜出望外。說起多虧虬髯公平日管教女兒，魚殼連連拜謝。又說起大仇已報，大家更覺得十分快意。

五個人說得熱鬧，獨把那少年放在一邊。還是魚殼介紹他們見面，說：「這位少年姓鄧名禹九，是四川地方一個大財主，專好結識天下英雄好漢、豪商大賈，如今魚殼也被他留在家中，朝夕講論武藝，盤桓山水，十分投機。當下鄧禹九便邀大家到他東莊裡去。這東莊，便在那五老峰下面，蓋著兩百多間房居，養著五六百莊客，都是懂得點武藝的。這鄧禹九，堂上還有老母，自己年紀三十八歲，還未娶得妻房，他立志要娶一個才貌雙全的女子，到今日還沒有他中意的人兒。

當日，鄧禹九擺上筵席，請他們父女、夫妻、師徒吃酒。吃酒中間，說起魚孃的武藝，虬髯公便吩咐魚娘，當筵舞一回劍給大眾下酒。魚娘聽了，便下來卸去外衣，把住鴛鴦劍，走到當地舞動起來。起初，只見劍光髯影，一閃一閃的轉動，後來那劍光越轉得密了，只見一團白光，著地滾來滾去。坐在席上的人，只覺冷風淒淒，寒光逼人。鄧禹九看了，忍不住喝了一聲好。只見一道白光，直射庭心，那魚娘收住劍，笑吟吟的走進屋子來，屋裡眾人，個個擎著酒杯，對魚娘說一聲：「辛苦！」一齊吃乾了一杯酒。這一席酒，吃得賓主盡歡，直到夜深才散。

這夜，各自回房安歇。獨有鄧禹九伴著虬髯公睡一房。兩人在房裡說起魚孃的武藝，那鄧禹九看看屋子裡沒有人，便連連向虬髯公作揖，求他做媒，和魚殼說去，要娶魚娘做妻子。那虬髯公一口擔承，拍著胸脯說：「這件親事，包在老漢身上。」第二天，虬髯公真的找魚殼替他女兒說媒去。那魚殼也很願意，只怕父女多年不見，人大心大，不知魚娘心下如何？虬髯公便把四娘喚來，把鄧禹儿求婚的意思對她說了，又託她去探問魚孃的意思。四娘走到房裡，先把丈夫打發開，拉著魚孃的手，兩人肩並肩兒的坐在床沿上，低低的告訴她鄧禹九求婚和魚穀心中願意的話，問她願意不願意。

魚娘起初聽了這話，羞得她只是低著頭，不做聲兒。後來四娘催得緊了，魚娘不覺掉下眼淚來。四娘忙問時，魚娘說道：「和姊姊廝混熟了，只是舍不下姊姊，我情願老不嫁人，跟著姊姊一輩子，豈不很好？」四娘聽了，笑推著她說道：「小妮子，說孩子話呢！你姊姊已嫁了丈夫了，來去總得聽丈夫的意思，如何由得俺們做主呢？妹妹既捨不得我，我帶著你姐夫常來看望你便了。」那魚娘只是搖著頭不肯，又說：「那姓鄧的倘然有心，叫他去了家鄉，跟著姊姊一塊兒到湖南去住著。」四娘聽了，拍著魚孃的肩頭，笑說道：「妹妹說笑話了。叫人撇下這莊田家產，跟俺到湖南喝西北風去麼？」那魚娘一歪脖子說道：「不相干，不去，俺便不嫁！」

四娘正在為難的當兒，忽然蓉鏡從床後跳出來，拍手笑道：「姊姊捨不得妹妹，妹妹捨不得姊姊，便是俺也捨不得妹妹！如今俺把湖南的家去搬來，在五老峰下住著，給你們姊妹早晚見面，妹妹總可以嫁了。」那魚娘聽了，白了蓉鏡一眼，說道：「俺嫁不嫁與你什麼相干？你們串通一氣，要逼俺嫁，俺偏不嫁；看你們怎麼樣？」接著，四娘又說了許多好話，又答應把家搬來，陪她一塊兒住。魚娘這時心裡雖然肯了，嘴裡卻是不做聲，低著脖子，手裡只是弄著一方紅綢帕兒。蓉鏡暗暗地向四娘呶一呶嘴，又指指魚孃的手帕；四娘會意，劈手去把魚娘那方手帕奪來，急遞給蓉鏡，說道：「快把這手帕拿出去，對師傅說，俺妹妹已答應了，拿這方手帕為憑，叫師傅快去說媒去。」那蓉鏡接過手帕來，轉身飛也似的跑去。鄧禹九見魚娘答應了，真是喜出望外，準備選定吉日行禮。那魚娘見事已如此，便也無話可說。只託四娘出來，說定三個條件。第一件，父親住在鄧家，要鄧禹九養老歸山。第二件，師傅虯髯公，也要鄧禹九供養在家，不可怠慢。第三件，姊妹四娘，姐夫蓉鏡，也要留他住在一塊兒。那鄧禹九聽了，件件答應。一面打掃房屋，安排魚殼和虯髯公兩位老人的住處；一面在隔院建造房屋，安頓朱蓉鏡夫妻兩人。那蓉鏡又趕回家去，把父親接上山來，一塊兒住著；到了魚孃的喜期，那江湖上一班英雄好漢，都趕來賀喜，那院中擺下一百二十桌喜酒，客人們吃得河枯酒乾，盡歡而散。要知後事如何，且聽下回分解。

寶親王私通舅嫂　乾隆帝愛寵香妃

卻說雍正皇帝被四娘魚娘二人刺死之後，寶親王便安然登上了大寶。這乾隆帝第一個不能忘懷的，便是他舅嫂董額氏。他又怕他舅子傅恆從中作梗，便先下一道聖旨，把傅恆升任為禮部尚書。這傅恆原是一個小京官，忽見皇上驟加恩寵，把他感激得肝腦塗地，任皇上叫做什麼，他都願意。乾隆皇帝見傅恆一面已打通了，便假說皇后想唸嫂嫂為名，常常把董額氏接進宮去。

董額氏每一次進宮來，必先到一間密室裡，和皇帝相會。那乾隆帝一見了董額氏，早已魂飛魄散，骨軟筋酥，皇帝也不像做皇帝了。那董額氏也實實長得美，每逢她掩唇一笑，回眸一睞，乾隆皇帝便不覺對著她，「天仙」，「天仙」的喚不住口。那董額氏又故意賣弄，那卸衣脫履，送茶搥腿的事體，都叫皇帝做去，皇帝也十分高興做。董額氏常常脫去鞋子，把一雙腳擱在皇帝的膝蓋上，叫皇帝搥腿，那皇帝對董額氏屈著一膝，蹲在地上，一面替她搥腿，一面嘴裡嫂子長嫂子短的說笑著。他們玩夠多時，重行梳妝一番，再進坤寧宮去見皇后。那皇后富察氏，見了嫂子，也十分親熱，有時留她住在宮裡，姑嫂兩人同床睡著，說說笑笑。那富察氏還睡在鼓裡，不知她嫂子和皇帝早已結下了深厚的私情，反時時把嫂子傳進宮來，敘家人之禮。

董額氏自從和皇帝有了私情以後，自己看自己十分尊貴，回家去便不肯和他丈夫同房，那傅恒在家裡，常常被他夫人驅逐出來，和他侍姬一塊兒睡去。傅恒有四個侍姬，相貌都趕不上董額氏，如今董額氏十分冷淡他，傅恒也沒法，只得和侍姬胡纏去。董額氏和皇帝暗地裡來去，看看已有兩年光陰了。這年春天，董額氏忽然有身孕了。這件事，第一個瞞不過丈夫；兩年裡邊，不曾和丈夫同房，忽然肚子裡有了孩兒，便難免要受丈夫的責問。她心中十分害怕，後來她悄悄的和皇帝商量了一條計策。這一天，從宮裡回家來，忽然在自己房裡擺下酒菜，把傅恒請進房來，陪他吃酒，那傅恒許久不見妻子的面了，如今看看妻子的面貌，越發標緻了；再加上今夜董額氏看待他特別殷勤，早把個傅恒弄得神魂顛倒，他兩人一邊吃著酒，一邊調笑著，酒罷以後，董額氏便把丈夫留在房裡，那傅恒真是受寵若驚，這一夜的恩典，真是鞠躬盡瘁，治髓論肌。隔了幾天，董額氏對丈夫說道：「肚子裡已有孕了。」傅恒聽了，歡喜得什麼似的。傅恒這時雖已生了三個兒子，但都是他侍妾生的，董額氏卻不曾生過一個，如今聽說董額氏有了身孕，怎麼不叫他快活死？

到了時候，董額氏臨盆，果然生下一個男孩兒來，但是傅恒暗暗的一算，這個孩子在肚子裡只有八個月便出世了，忙悄悄的問他妻子去。那董額氏見丈夫倒也十分精細，便哄著他，說自己身體單薄，養不住胎兒，所以八個月便漏下來了。這孩子先天不足，須要好好調養他。傅恒聽了妻子的話，便也信以為真，從此著意調養這個小孩。但是這小兒子養下地來，便已十分雄壯，哭聲也極其宏亮。到了滿月以後，董額氏抱他進宮去朝見皇帝，求皇帝賞他一個名字。那乾隆皇帝看這孩子長得和自己一般，相貌魁梧，心中很是歡喜，想把他留在宮中，又怕傅恒面子上太過不去，便賜他一個名兒叫福康安，是望他長大起來有福康健平安的意思。皇帝、皇后賞了許多珍寶玩物。又怕外面的乳母不潔淨，這時富察氏正生下一個皇子來，便從皇子的四十個乳孃裡面，選了二十個，到傅恆家裡去乳著福康安；又推說皇后愛這個孩子，每月朔望，須把這孩子抱進宮去見一個面。

福康安到了五六歲上，皇帝便把他召進宮去，跟著皇子一塊兒在上書房上學。這時董顎氏姿色略減，乾隆皇帝在宮中，已別有寵愛，他兩人的交情，也略略疏淡了些。但是傅恆的官階，總不住的往上升，一會兒升到文華殿大學士。傅恆的三個兒子，最小的也有十四歲了，皇帝下旨，一齊選做駙馬，把三個公主下嫁給他。獨有福康安，不得尚主。但乾隆皇帝看待福康安恩情十分隆重，十二歲時，便封他做貝子，又把自己的御林軍交給福康安統帶，暗地裡選了許多名將武士去保護他。那班武將知道皇帝的意思，每遇出兵，總讓福康安得頭功；每遇交戰，自己故意敗下來，讓福康安搶上去，又在暗地裡幫著他打。待到打得勝仗，功勞全歸福康安一個人。因此福康安每出兵，總打勝仗；每打勝仗回來，皇帝必召他進宮去，賜宴賜物。福康安家裡御賜的東西，堆滿了屋子。

後來，回部大小和卓木舉兵謀反，乾隆皇帝要顯福康安的本領，下旨命他統領大兵，會合伊犁將軍兆惠出師回部。那兆惠臨行請訓的時候，乾隆皇帝悄悄的囑咐他照看福康安。又說：朕久聽得大卓木有一個妃子，名叫香妃，不但面貌長得美麗，而且體有異香，將軍此去，須特別留意探訪香妃的下落。兆惠聽了皇上的話，心下已十分明白。便諾諾連聲，告退出宮。和福康安合兵在一起，浩浩蕩蕩殺奔回部去了。

福康安這時的年紀只有十八歲，打扮得風流俊俏，每天騎著馬，帶一隊衛兵，在大營四周深山茂林中圍獵取樂。他雖受得皇命，官做到督師，卻把營盤紮在山陜邊界地方，並不出去打仗。自有一班名士，每日陪伴他下棋飲酒，談笑消閒。那將軍兆惠，卻帶領十萬大兵，從烏什地方打進喀什噶爾去；都統富德，又由和闐打進葉爾羌。和卓木兄弟兩人連吃敗仗，丟了這兩座城池，越過蔥嶺逃去。兆惠派一支先鋒兵，追殺傅羅尼都，直追到阿楚爾山，殺死敵軍人馬數萬。兆惠看看得勝，便催動人馬，長驅直入，殺到呂達克山地界的伊西渾河邊。大小卓木兄弟兩人，逃過河去，後來被巴達克山地方的酋長擒住，割下頭來，獻與兆惠將軍。那兆惠將軍不敢居功，忙把兩個人頭，裝在匣子裡，派人連夜送到督師福康安營裡。

福康安得兆惠將軍的戰報，便專折入奏。聖旨下來，封福康安為靖安伯，准用親王儀仗，又把回部總名改做新疆，分設伊犁、塔爾巴哈臺、烏魯木齊、喀什噶爾四鎮，升兆惠為新疆將軍，兼辦事大臣；富德升任參贊大臣，又令福康安刻日班師回京。這時兆惠心中唸唸不忘的，便是那個香妃。那大卓木自從被巴達克山酋長殺死以後，這香妃便不知下落，看看福康安班師的日期很近了。兆惠便多打發手下人，四處打聽香妃的下落，總打聽不到。他想：此若不把香妃送進京去，皇帝定要惱恨，前程怕要不保。後來還是富德說：「那大卓木既被巴達克酋長殺死，那香妃也一定落在巴達克地方，俺們不如向巴達克酋長去要回來。」富德這句話，果然不錯，被他猜著。

那巴達克酋長，也見香妃長得美貌，所以把大卓木殺了，原意要享這豔福。誰知香妃見丈夫被巴達克酋長殺了，心中十分憤恨，任那酋長如何硬逼軟騙，她總不肯失節，你若逼得她厲害些，她便痛哭覓死。那酋長見一塊肥羊肉上不得嘴，正在進退兩難，忽然兆惠將軍打發人來要這香妃，說她是罪人的妻奴，須要把她解進京去，獻俘朝廷。那酋長聽了，看看這香妃不肯從他，樂得做一個現成人情。只說：

「這香妃是回部地方第一個美人，得來很不容易；香花供養，儲存顏色，更不容易。如今天朝須拿和闐白璧十對來交換。」

兆惠為要討好皇上，只得把十對上好的和闐白璧送去。酋長得了白璧便把香妃送來。兆惠親自穿戴衣冠，迎進將軍衙門去。看香妃時，果然長得雪膚花貌，嬌豔動人。兆惠安慰了一番，說：此去皇上十分寵愛，享不盡的榮華，受不盡的富貴；他日得寵，休忘了我這遠臣推薦之功。那香妃聽了，只是憨笑，也不說話。兆惠又問她：此去萬里京華，可有什麼要攜帶的奴婢器物！早早吩咐我，都可以照辦。香妃聽了，便說：「別的沒有什麼，只有舊時兩個心腹丫鬟，舍她不下，求貴將軍許她一塊兒跟進京去。」

兆惠聽了，便打發人到大卓木的宮裡去，把兩個丫鬟傳喚出來；又吩咐她們，凡是香妃平日裝飾服用的東西，一齊帶進京去。新疆到北京，沿途造著客館，館裡面錦衾繡帷，鋪設十分華麗；又怕香妃在路上冒了風霜，減卻了顏色，便造了一輛薄輪寢車，四面用錦帳遮蔽。香妃睡在車子裡，一路走去，十分安適；到了一個客館裡，除她兩個貼身丫鬟伺候外，又派了二十名使女，二十名差官，在館內奔走供應。館外面自有福康安的兵隊駐紮保護。那香妃每日要洗澡，福康安備了羊乳牛酪，奇花異香，供香妃洗用。據服侍香妃的使女傳說出來，香妃天天用羊乳牛酪擦洗，她皮膚十分白嫩，每洗過澡，用各種異香薰過，又用香茶漱口；因此香妃每說一句話，每坐一坐，那香味終日不散。講到她的面貌，端莊美麗，叫人見了又敬又愛；不用說是男子，便是女子見了她這白淨的肌膚，嫵媚的容顏，也要神魂顛倒。

一路往來，福康安因為她是天子的禁臠，便也不敢和她親近，倒是香妃常常把福康安喚進客館去，笑談雜作。最動人的，便是她回眸一笑，齒白唇紅，真令人心醉。看她終日嬉笑，也好似忘了國仇家恨。福康安少年倜儻，也算得是一個風流健將了，但是見了這香妃，也不覺得低頭斂息，退避三舍。

在路上走了半年，看看到了京師。乾隆皇帝第一個掛心的是福康安。第二個掛心的是香妃。如今兩個人都到了跟前，叫他如何不喜？他一面暗暗的吩咐內監，把香妃安置在西內；一面御殿受俘，福康安出殿朝拜，便把出師新疆得勝回朝的情形，一一奏聞。乾隆皇帝看這少年將軍，立功絕域，說不出的滿心歡喜；又因他是自己的私生子，便特別寵愛，恨不得把他拉在懷裡，撫慰一番。只因礙著君臣的禮節，便著實稱讚了一番。接著又獻上俘虜來，那回部的君臣和他們的眷屬，一齊被福康安押解進京，送上殿來；個個都匍匐在地，不敢抬頭。皇帝翻閱獻俘名冊，見頭兩名便是回部酋長霍集占夫妻兩人；皇帝便命把他夫妻傳上殿去，跪在龍案下面。吩咐他抬起頭來。那霍集占見了皇帝，不住的碰頭求饒；又看那酋婦，雲鬢蓬鬆，玉容憔悴。雖說風塵勞頓，卻也嫵媚動人。乾隆皇帝看了，心中詫異，怎麼回部地方專出美人；我看這酋婦，也可算得美人兒的了，不知那香妃又怎麼的美呢？皇帝這時，忽然想起了香妃，便潦潦草草的受過俘，吩咐把霍集占夫婦，打入刑部牢獄；其餘都押赴刑場正法。可憐一聲旨下，不知送去了多少性命。這裡霍集占夫婦兩人，只得孤孤淒淒的去享受鐵窗風味。

乾隆皇帝一面吩咐在懋勤殿大開慶功筵宴，一面急急走進西內看香妃去。那香妃自從進了皇宮。見宮殿巍峨，人物富麗，便也十分快活，她終日和那妃嬪宮女遊玩著；只因她性情和順，舉動嬌憨，便大家和她好。有時和那宮女替換穿著衣服，有時和宮女們去一床兒睡。不多幾天，那宮中的妃嬪，個個和她十分親熱。到了第八天上，忽然傳說天子臨幸西內，那班宮女七手八腳的把她打扮起來，叫她出房去迎接聖駕。那香妃抵死不肯，也只得罷了。

一會兒，皇帝走進房來。香妃低著脖子坐在床前，動也不動；左右宮女，連連喚她接駕，她只是低頭弄著帶兒，好似不曾聽得一般。皇帝急急擺手，叫宮女不要驚動美人；自己走上前去，在香妃身上前後細細觀看，只見她長眉侵鬢，玉頰籠羞；那一點珠唇，紅得和櫻桃一般，十分鮮豔。看她後面。粉頸琢玉，低鬢垂雲，柳腰一搦，香肩雙斜；再看她兩手，玲瓏纖潔，幾疑是白玉雕成的。

乾隆皇帝靜靜的賞鑒了一回，覺得她神光高潔，秀美天成，反把他那邪淫的唸頭壓了下去，只覺得一陣陣暖香，送入鼻管來，把個皇帝愛得他手尖兒也不敢去觸她一觸，只是連連的吹著氣，說道：「好一個美人！好一個天仙！天地靈秀之氣，都被你一人占盡了！只恨朕無福，不能早與美人想見，今日想見，卻叫朕拿什麼來博你的歡心呢？」說著，又嘆了幾口氣，便走出房去。叮囑宮女：「須小心侍候。美人離鄉萬里，也難怪她心中悲苦。你們須竭力勸慰，美人要什麼，須立刻傳總管太監辦到。誰敢怠慢美人，叫朕知道了，立刻砍他的腦袋！誰能叫美人歡喜，也重重有賞。美人沿途辛苦了，朕如今且去，讓她多休息幾天；你們須靜靜的侍候，不可驚動了美人。」

那班宮女太監們，聽了皇帝的吩咐，只得諾諾連聲。皇帝這樣的溫柔有禮貌，他們卻第一次看見。侍皇帝走了，大家不覺在暗地裡好笑。說也奇怪，那位香妃見了皇帝，便板著面孔，不言不笑；皇帝去了，卻依舊嬉笑顏開，和宮女們玩耍去了。這西內建得一座好大的園林，香妃生長在蠻荒地方，卻不曾見過這大內的景色，她帶著自己兩個侍女和一班宮女，有時在西池蕩槳，有時在瑤島登高，有時在花港垂釣，有時在小苑射鹿。正遊玩得高興，忽然說：皇帝領賞香妃對象。那宮女催香妃快謝恩領賞去，那香妃把粉頸兒一歪，逃在摘星樓上躲避去了。那送對象的太監，見香妃嬌憨可掬，便也無可如何，只得把實在情形復旨去了。

又隔了幾天，乾隆皇帝實在想得香妃厲害，下朝回宮，悄悄的走到西內去。走進宮門，只聽得內屋裡一片香妃的歡笑聲。那內監們見皇帝來了，正要喝威；皇帝忙搖著手，叫他不要聲張，自己躡著腳，走進屋去。只見香妃袒著酥胸，散著雲鬢，兩個宮女正服侍她梳頭；三四個侍女坐在地下，香妃赤著一雙白足，踏在侍女懷裡，面前幾個大盤，盤裡都是皇帝最近賞她的珠寶脆粉；她拿著一樣一樣的賞給侍女。那班侍女一邊笑著，一邊謝賞。香妃把賞剩的東西，隨手亂拋，惹得那班侍女，滿屋子搶著，一時嘻嘻嘩嘩，一片嬌聲，如似樹林中的鶯燕一般。

乾隆皇帝在簾外看了半天，忍不住哈哈大笑，掀著簾子進來。屋子裡的宮女，見天子駕到，忙各個爬在地上接駕。獨有香妃好似不曾看見一般，自己對鏡理妝。皇帝也不去驚動她，靜悄悄的坐在鏡臺一邊看她梳頭；梳成了頭，穿衣著襪，一任皇帝怔怔的看著，香妃只是噘著嘴，垂著眼，一睬也不睬。乾隆皇帝細細問宮女：香妃飲食起居，可有什麼不適？每天做什麼事體消遣？又問她住在宮中，可快樂麼？那宮女一一回奏。皇帝看著香妃，嘆了一口氣，說道：「天上神仙，可望而不可即！朕和這美人怎的這般無緣？」隨即把兩個年長的宮女，傳喚到跟前來，悄悄的吩咐她，叫她覷香妃喜歡的時候，勸香妃趁早依順了皇帝，好處還多著呢。那宮女口稱領旨，送皇帝出宮。宮女回進屋子來，便把皇帝諭旨對香妃勸說一番。那香妃卻嬉笑自若，好似不聽得一般。第二天，皇帝又賞香妃許多珍寶衣飾，香妃拿來，依舊分賞給她的侍婢。從此以後，皇帝天天有東西賞給香妃，香妃有時拿來給太監宮女們，有時便隨手棄擲，毫不愛惜。

又隔了不久的一天，乾隆皇帝酒醉了，想起香妃，便命太監扶著，走到西內去。一走進宮門，內監們「唵唵」的喊了幾聲，宮女知道聖駕又到，忙催香妃出去接駕。香妃抵死不肯。宮女們沒法，只得出來，把皇帝接進內室去。香妃見皇帝來了，依舊氣憤憤的低著脖子坐著。皇帝連喚幾聲「香妃」，又喚「美人兒」，她都不理。皇帝哈哈大笑道：「美人兒害羞也！」說著，把衣袖向門外一揮，那宮女太監們一齊退出門外去，屋子裡只留下了香妃和乾隆皇帝兩人。皇帝到了這時候，實在忍耐不住了，便走過去，捏住香妃的手腕，只說得一句：「好白嫩的臂兒！」只見香妃颼的拔出一柄尖刀來，向臂上割去。皇帝手快，連忙奪住她的尖刀，那雪也似的臂上，已割了一個裂口，淌出鮮紅的血來。皇上的酒也嚇醒了，忙拿袍袖去替她遮掩；一面喚宮女進來，替她包紮傷口。乾隆皇帝見香妃性情節烈，便也不敢威逼她，只吩咐宮女，隨時規勸她。

香妃自從割臂以後，終日哭著嚷著要回家鄉去。皇帝可憐她異地孤淒，便吩咐內務府在香妃住的樓外空地上，連日連夜趕造回部的街市，和回回營，回回教堂。又弄了許多回族人，在街市上做買賣，跑來跑去，和回部的風俗一絲不差。又命宮女，每日領著香妃在樓上看望。那香妃見了回部街市，知道皇帝怕她想唸家鄉，為她大興土木，造成許多回部的房屋，她心中雖感唸皇帝待她的一番深意，但她見了回部街市，思鄉的唸頭越發厲害了，常常倚在樓視窗，對著那窗外風景淌眼淚。有時皇帝親自到她宮中來，打疊起千萬溫柔，用好話勸她。無奈她一聽得皇帝提起回部，那眼淚便好似斷了線的珍珠一般，撲簌簌的溼透了衣襟。皇帝看了她這可憐樣子，便也不忍去逼她，只來坐一會，看望一回便去了。

那些宮女也經常暗地裡勸著香妃，說：「皇帝的威權很大，妃子終是拗不過去的，將來惱了皇帝的性子，說不定要恃強來奸汙你，也許綁出宮去殺了。到那時妃子一般總是一個死，一般守不住貞節，還不如趁早依順了皇帝，多享幾年快樂；皇帝也是一個多情種子，那個妃得了寵，保不定和唐明皇寵楊貴妃一般，留下千古韻事，也不負上天生妃子這一副美麗容顏了。」任你宮女說得天花亂墜，那香妃聽了，總當做耳邊風一般；勸得多了，那香妃便從這袖子裡拿出一柄尖刀來，向脖子上抹去，嚇得那宮女魂不附體，忙上去奪下來。那香妃冷笑數聲，說道：「你奪去何用？我身邊藏著這樣的尖刀四五十柄呢！你們不逼我便罷，你們倘然逼得我過狠了，俺便自己結果我自己的性命。不然，那皇帝倘然逼我，俺有尖刀在此，叫他和我一塊死！」宮女聽了香妃一番話，深怕將來闖出大禍來，便悄悄的去通報皇后。

皇后富察氏得了這個消息，心中又氣又害怕。她夫妻之間，因為董額氏的事體，叫皇后知道了，便禁止董額氏進宮，皇帝恨極了皇后，從此也不進皇后的宮，兩口子鬧翻了。皇后知道自己不能勸諫皇上，便把這事體偷偷的去告訴了皇太后。皇太后鈕鈷祿氏，生平十分疼愛皇帝的，又知道皇帝有些任性，當面一定勸他不轉，須得想一個釜底抽薪的法子，去斷了皇帝這條心。她婆媳兩人商量了半天，商量不出什麼好法子來。後來還是坤寧宮裡一個老太監，名叫餘壽的，想出一條計策來，如此如此，對皇太后說了。皇太后連說：「不錯。」當下叮囑宮中上下人，嚴守祕密，暫時不動聲色。

乾隆皇帝又去看望過香妃幾趟，那香妃總是冷如冰霜，任你溫情軟意，她總是個不理不睬。乾隆皇帝看了這樣，暗地裡自己傷心，心想我貴為天子，卻不能享受這一段豔福，真是人生在世，各有姻緣。

但眼看著這樣一個美人兒，叫朕如何放手得？要用強威逼呢，心中卻又不忍。他日思夜想，心中十分鬱悶，任你千嬌百媚的妃嬪，在他眼前；山珍海味，供在桌上，他總是食不知味，寢不安席。從來說的，憂能傷人，乾隆皇帝慢慢的積憂成病。皇太后見他容顏一天消瘦一天，心中好似刀割，她知道要救皇帝的性命，這計策萬不能不用了。

看看冬至節近，禮部奏請皇上祭天。這是每年的大禮，照例在祭天的前三日，皇上齋戒沐浴，住宿在齋宮裡。到祭天的這一天，文武百官，五更時候起來，先到圜丘去迎接聖駕。那皇上祭過了天，心中唸唸不忘香妃，心想我四五天不見她，不知她容顏怎麼樣了！一進宮門，便趕到西內去一看，見屋內靜悄悄的，不但不見香妃，連那班宮女也不知到什麼地方去了。再看看室內，衣服拋棄滿地。忙傳管宮太監時，那太監跪稱：香妃和一班宮女，都被太后宣召去了。乾隆皇帝聽了，忙把靴底亂頓，嘴裡連說：「糟糕！糟糕！」一轉身，忙向乾寧宮趕去。要知香妃下落，且聽下回分解。

獄中回婦深夜被寵　宮裡天子靜晝竊聽

卻說皇太后見乾隆皇帝為了想唸香妃，弄出一身病痛來，她心中十分不忍，只因沒有機會，不好下手把香妃弄死。她和宮中太監，早已預備下計策。這一天，趁皇帝住宿在齋宮裡，便派一個總管太監，到西內去，把香妃和服侍香妃的宮女太監們，一齊傳喚了來。先盤問宮女：香妃如何進宮？皇上如何看待她？香妃進宮時，帶了多少奴婢器物？皇上又賞過她多少珍寶衣物？皇上和香妃見過幾回面？見面的時候皇上說些什麼？香妃說些什麼？香妃平日在宮裡做些什麼事？說些什麼話？皇上可曾親近過香妃的身體？香妃可有感激皇帝的話？或是惱恨皇帝的話？細細的問過一番，那宮女也一一照實的奏明了太后。

太后吩咐宮女站過一邊，又把香妃傳進宮來。那香妃一走進屋子，滿屋子的人見了她的容顏，都吃了一驚。皇太后回過頭去對富察皇后笑著，說道：「長得妖精似的，怪不得俺們皇帝被她迷住了！」那香妃見了皇太后和皇后，也不下跪，只低著頭站在一傍。皇太后第一個開口問道：「你到俺們宮中來，皇上用萬分恩情看待你，你知道感激麼？」那香妃聽了，冷冷的道：「俺不知道感激皇上，俺只知道痛恨皇上！」皇后說道：「你為什麼要痛恨皇上？」那香妃說道：「俺夫妻好好的在回部，皇上為什麼要派兵來奪俺土地，殺俺酋長？殺俺酋長也罷了，為什麼要弄俺進京來？弄俺進京來，照俘虜定罪，一刀殺了，也便罷了，為什麼獨不殺俺，又把俺弄進宮來？把俺弄進宮來也罷了，那皇上為什麼要時時來調戲俺？」香妃說到這裡，不覺氣憤填膺，只見她柳眉倒豎，杏眼圓睜，粉腮上顯出兩朵紅雲來，那容貌越發美麗了。

皇太后聽她說到皇上調戲一句話，不覺微微一笑。說道：「依你現在的意思，打算怎麼樣？」那香妃說道：「太后若肯開恩，放俺回家鄉，待俺召集丈夫的舊部，殺進京來，報了俺丈夫的仇恨。」太后聽了，忙搖著手道：「這是做不到的，你休妄想。」香妃接著說道：「不然仍舊放俺回宮去，待有機會刺死了皇帝，也出了俺胸中的怨氣。」皇后聽了，忍不住惱恨起來，喝道：「賤婢！皇上什麼虧待了你？你卻要下這樣的毒手？」太后忙攔住皇后道：「俺們且聽她再說些什麼。」那香妃又說道：「再不啊，只求太后開恩，賞俺一個全屍，保全俺的貞節罷。」她說著，淌下淚珠來，撲的跪下地去，連連磕著頭求著。太后看了，心下也有些不忍，便點著頭，說道：「看這孩子可憐，俺們便依了她的心願罷。」皇后也說：「太后說的是。」太后一面吩咐把香妃扶起，一面傳進管事太監來，命他把香妃帶出去，吩咐侍衛，拉出去在月華門西廂房裡勒死，賜她一個全屍罷。那香妃聽了太后的諭旨，忙爬下地去，磕了三個頭，謝過恩，轉身跟著太監出去了。那兩傍站著的宮女內監們，個個忍不住掉下淚來。第二天，等到皇帝回宮，得到這個消息，趕快搶到坤寧宮去救時，已經來不及了。

太后見了皇帝，便拉著他的手，把好話勸說一番。又說：「那回回女子，存心狠毒，倘然不勒死她，早晚便要闖出大禍來。到那時，叫我如何對得住你的列祖列宗呢？如今那回回女子也死了，你也可以丟開手了。你看，你自己這幾天為了她消瘦得不成樣兒了。我的好孩子！快回宮去養息養息罷。」

皇帝被太后說了幾句，倒也不好說什麼，只得退出宮來，悄悄的拉著一個太監，問他：「香妃的屍首停在什麼地方？」那太監悄悄的把皇帝領到月華宮西廂房裡，皇帝一見了香妃的屍體，忙搶過去抱住了，只說得一句：「朕害了你也！」那眼淚和潮水一般的湧了出來，香妃的衣襟上被溼了一大塊，慌得那太監跪下來，再三求皇上回宮。那皇上哭夠多時，又仔細端詳了一會香妃的臉面，又親手替她捺上了眼皮，說道：「香妃香妃！我和你真是別離生死兩悠悠！」乾隆皇帝還怔怔的站在屍身旁邊不肯走；經不得那太監一再催請，便從屍首上勒下一個戒指來，縮在袖子裡。走出屋子來，把月華門管事的太監傳喚過來，吩咐他：用上好棺木收殮，須挑選那風景山勝的地方埋葬下。那太監連稱：「遵旨！」悄悄的和內務府商量，買了一口上好的棺木，把香妃生前的衣服，替她穿戴了，偷偷的抬出宮去，在南下窪陶然亭東北角上堆了一個大塚。塚前豎一方石碑，上面刻著「香塚」兩個大字。碑的陰面，又刻著一首詞兒道：

浩浩愁，茫茫劫；短歌終，明月缺。鬱鬱佳城，中有碧血。碧亦有時盡，血亦有時滅；一縷香魂無斷絕。是耶非耶，化為蝴蝶！

這首詞兒。是乾隆皇帝託一位翰林院編修做的，刻在碑陰，表明他終古遺恨的意思。這座香塚，直到如今，還巍然獨存；凡遊陶然亭的，見了這座孤墳，人人都要替當年的香妃灑幾點熱淚。這都是閒話，如今且不去說她。

且說乾隆皇帝，自從香妃死了以後，心中十分煩悶；看看那香妃留下來的戒指，物在人亡，由不得他要掉下淚來。他住在宮中，任你那班妃嬪宮女，如何哄著他玩，他總是難開笑口；幸得福康安常常進宮來，乾隆皇帝見了他，任你有萬千擔愁恨，也便丟開了。福康安陪著皇帝在宮裡，有時下一盤棋，有時吃一杯酒，說說笑笑，倒也消遣了歲月。看看過了殘冬，已到新春；乾隆皇帝慢慢的把憂愁忘了，有一天，睡到半夜，忽然又想起香妃來了。因想起香妃，猛記得還有去年那個回酋霍集占夫妻兩人，到如今還關在刑部監獄裡。那霍集占的妻子，卻也長得俊俏動人，那時只因一心在香妃身上，便把她忘了。如今我何不把那女子喚進宮來玩耍一番，也解了我心中之悶。當時乾隆皇帝立刻吩咐管事太監，到刑部大牢裡，把霍集占的妻子，須在五更以前，提進宮來。

太監奉了聖旨，也不知皇上是什麼意思，便飛馬趕到刑部大堂裡，一疊連聲催提人。這時已夜靜更深，所有值堂的侍郎、郎中，早已回家去了。那值夜的提牢司員，正在好睡；忽聽得外面一疊連聲的嚷著：「接旨！」把那司員嚇得跳下床來，披著衣服，趿著鞋子，一面發顫，一面說道：「吾輩官小職微，向來夠不上接旨的身分，這便如何是好？」那太監大聲說道：「沒有旁的事，你只把牢門開了，把那回回女人，交給俺帶去便完了。」那司員聽了，越發嚇得他把雙手亂搖，說道：「堂官不在衙門裡，在這半夜三更，開放牢門，倘有疏忽，叫俺這芝麻綠豆似的小官，如何擔當得起？」那太監急了，連連跺著腳，說道：「好大膽的司員！有聖旨到來，你還敢抗不奉旨。俺問你，有幾個腦袋？」那司員越聽越害怕，嚇得也哭了。後來方得一個提牢小吏，想出一個主意來，說道：「俺們不開牢門，又擔不起抗旨的罪；在這半夜三更，開了牢門，卻又擔不起這風火。此時沒有別法，只得請公公暫等一等，俺們把滿尚書請來接旨，得他一句話，俺們便沒事了。」

太監到了此時，也沒有法想，只叫他們快去把滿尚書請來。這司員答應了一聲，飛馬跑去，開啟了滿尚書的門，把這情形說了。滿尚書聽了，一時也摸不到頭腦，只得慌慌張張跟著司員到衙門裡來，接了聖旨，驗看了朱印，並無錯誤。立刻開啟牢門，把那回回女子從睡夢中提出來，當堂驗過，交給內監。那內監早已把車輛備好，悄悄的送進宮去。

皇帝這時正擁著被窩等著。那回回女子，在大牢裡昏天黑地的關了大半年，自問總是一死的了，忽然在這半夜三更，把她提進宮去，她也糊塗了。宮女推她跪在皇帝榻前，嚇得她低著脖子，跪在地下，只是索索的發顫。皇帝喚她抬起頭來，雖說她蓬首垢面，卻也俊俏嫵媚。皇帝命宮女：「傳敬事房太監來！」那太監專伺候皇帝房事的，得了聖旨，便來把回婦拉進浴室去，替她上下洗擦；宮女替她梳妝一番，赤條條的扶她盤腿兒坐在一方黃緞褥上，幾個太監把褥子的四角一提，送進皇帝的臥室去。皇帝看時，見她容光煥發，妖豔冶蕩，也不在香妃之下，便把她扶上榻去臨幸了。

第二天皇帝坐朝，那刑部滿尚書出班來，正要奏請把那回酋犯妻發還，乾隆皇帝知道他的意思。不待他開口，便先說道：「霍集占大逆不道，屢抗皇師。朕原意將他夫妻正法，只因罪大惡極，朕昨夜已經拿他的女人糟蹋了！」言畢，哈哈大笑。一時文武官員見皇帝語無倫次，都十分詫異，大家面面相覷，殿角鐘鼓聲響，皇帝已退朝了。

那霍集占的妻子十分妖冶的；乾隆皇帝上了手，便夜夜舍她不得，把她留在景仁宮裡，朝朝取樂，並封她為回妃。第二年，便生下一回皇子，皇帝越發寵愛她。回妃說自己生長回部，不慣清室的起居。乾隆皇帝便要內務府在皇城海內造一座寶月樓，樓上造一座妝臺，高矗在半天裡。樓大九間，四壁都嵌著大鏡，屋子裡床帳帷幕，都從回部辦來，壁上滿畫著回部的風景。這寶月樓緊靠皇城，城外周圍二里地方，造著回回營。回妃每天倚在樓頭盼望。有時回憶起了家鄉之唸，不覺淌下眼淚來，皇帝極意勸慰，拿了許多珍寶博她的歡心，回妃回嗔作喜，便和皇帝在密室裡淫樂一回。那密室建造得十分精巧，壁上用金銀珍寶嵌成精細的花紋；滿地鋪著厚軟的地毯；室中除一衣架外，一無所有。北向壁上嵌一面大銅鏡，高一丈五尺；寬六尺；人走在室中，一舉一動，都對映出來。皇帝和回妃，天天在室中調笑取樂。

第三年上，回妃又生了一個皇子。皇帝便把回妃改做旗女裝束，去拜見太后。太后認做皇帝新選的妃子，又因她生了皇子，便也十分寵愛她，過了幾天，適值皇太后萬壽，皇帝為博太后的歡心，命內務府傳集京城裡的伶人，在大內戲臺上演劇；皇帝親自扮做老萊子，掛上胡，演班衣。皇太后十分歡喜，命宮女拿了許多糖果，撒上戲臺去，說：賞老萊子！那皇帝便在臺上謝賞，引得皇太后呵呵大笑。那班陪坐看戲的文武大員，都一齊跪下來，喚皇太后、皇上萬壽無疆。

皇帝看了這情形，心中忽然想起聖祖在日，奉慈聖太后六巡江浙，萬民歡悅；如今朕登極十五年，天下太平，皇太后春秋正盛，正可以及時行樂。看看左右，沒有人可以商量的，便想起高恪敏公，正從南方回京來，便在西書房召見恪敏。恪敏是一個先朝老臣，當下便竭力勸止，說：「皇上為萬民所仰望，只宜雍客坐守，不宜輕言出京。」

乾隆皇帝聽了他的說話，一時裡打不定主意，心想和太后商量去。便也不帶侍衛，悄悄的向慈寧宮走去。走過月華門，正要向隆宗門走去；只聽得門裡有竊竊私議的聲音。皇帝便站住了腳，隔著一座穹窿偷聽時，認得一個是自己逢格氏保母的聲音，一個不知什麼人，對說著話。那人問道：「如今公主還在陳家嗎？」逢格氏保母說道：「那陳閣老被俺們換了他的兒子來，只怕鬧出事來，告老回家，如今快四十年了，彼此消息也不通，不知那公主嫁給誰了？」那人又問道：「照你這樣說來，陳家的小姐，卻是俺皇太后的嫡親公主；當今的皇上，又是陳家的嫡親兒子嗎？」那保母道：「怎麼不是。」那人說道：「這種大事，可不是鬧著玩的呢！你確實不曾弄錯嗎？」

保母認真地答道：「千真萬確！當年是俺親手換出去的，那主意也還是俺替皇太后想出來的；只因俺皇太后做了正宮，多年不育，又深怕別的皇子得了大位，恰巧這時皇太后有了身孕，那陳閣老太太也有了身孕，陳太太和俺皇太后先時原是十分要好的，皇太后常常召她進宮來遊玩，打聽得她的肚子，和俺皇太后肚裡是同月的，皇太后便和俺商量：養下孩兒，倘是皇子，那不必說；倘是公主，也須瞞著先皇，假說是皇子。一面打聽陳家消息，倘陳家生下男孩子來，便哄著陳太太把那男孩抱進宮來，暗地裡把公主換出去。後來果然陳家生了一個男孩子，俺皇太后生了一個公主，到兩家滿了月，太后哄著陳太太，把她兒子交乳母抱進宮來。俺們一面把乳母留在宮門口廂房裡，拿她弄醉了；皇太后悄悄的喚俺去，把陳家孩子換下來，又把公主換出去。公主臉上罩著一方龍袱，那乳母醉眼矇矓，也便抱著公主出宮去了。」

那人聽保母說到這地方，便說道：這樣說來，俺們的當今皇上，卻真正是陳家的種子了？那保母說道：「怎的不真。可嘆俺當時白辛苦了一場，到如今，皇太后和皇上眼裡看我，好似沒事人兒一大堆罷了！」

乾隆皇帝偷聽了這許多話，心中十分詫異，急忙轉身回御書房，一面打發人悄悄的把那保母喚來，當面盤問。那保母見皇上問她，嚇得她爬在地下，連連磕頭，說：「皇上寬懷大量，莫計較小人的話。奴才罪該萬死！只求皇上饒奴才一條狗命！」乾隆皇帝便用好言安慰她，命她起來說話，又盤問她當時把自己換進宮來的情形。保母見皇上臉色十分和順，便大膽把當時的情形，細細的說了。又說道：「奴才雖然該死，卻不敢欺瞞皇上。」皇帝聽了她的說話，知道這情形是真的，不覺嘆了一口氣，怔怔的半天不說話。那保母站在一傍，又不敢說話，也不敢退出。半晌，只見皇帝把桌子一拍，說道：「俺決意看他們去。」又叮囑保母：「從此以後，莫把這話告訴別人，回房去罷。」那保母回到房裡，不久就被太監勒死了，悄悄的把她埋葬在院子的牆角裡。當乾隆皇帝和保母說話的時候，在御書房裡面的一間古董房裡，早把左右侍衛和太監們打發開了，所以他們一番話，卻絕沒有第三個人聽得；但是皇帝聽了這個消息以後，便處處留心，覺得自己的面貌口音，和先皇是截然不同的，便心中越發疑惑。

第二天，乾隆到了慈寧宮去請安，見了皇太后，便問道：「俺的面貌，何以與先皇的面貌截然不同？」皇太后聽了這話，臉上陡的變了顏色，說不出話來。乾隆皇帝看了，心中越發雪亮；從此便打定主意，要到陳閣老家去，探望他的父母。但是皇帝深居簡出，不能輕言巡遊；如今要到江南去，須假託一事故，才可免得臣下諫阻。忽然想起皇太后萬壽的日子快到了，不妨說是承歡母后，奉遊江南，況且先皇奉慈聖太后六巡江浙，已有先例。這時工部又報稱海塘工竣，更可以借閱海塘為名，悄悄的到海寧探望陳閣老去。主意一定，便進宮去見太后，說奉母出巡江南，承歡膝下。那太后聽了起初推託說：此去又得勞動百姓，不如免了罷。後來皇帝再三慫恿著，太后心想，從前慈聖太后也曾享過這個福，皇上有這一片孝心，俺也可以享得，便也答應了。

第二天，皇帝坐朝，把奉母南巡查閱海塘的意思說了。當時雖有裘日修、陳大受幾個大臣出班諫阻。無奈乾隆皇帝南遊之心已定，便也不去聽他。一會下旨，定於乾隆十六年四月南巡，一面命大學士劉統勛代理朝政，史貽直總攬軍務。這個聖旨一下，把那班沿途的官員忙得走投無路。內中第一個自告奮勇的，要算揚州的鹽商。那商人平日恃勢壟斷，得的不下數千萬。內中要算江、汪、馬、黃四姓最是豪富，真是揮金如土，日食萬錢的。兩江總督知道他們有錢，便叫他們承辦皇差。

有一個江鶴亭，是個首商，他家中有一座水竹園，十分清幽，養著一班小戲子，天天在園中演唱歌舞。如今聽得皇上南巡，他便把花園修改得十分華麗。那班戲子裡邊，有一個唱小旦的名叫惠風，長得玉膚花貌，又能妙舞清歌，江鶴亭又親自教授她許多新曲，預備供奉皇上的。同時，另有一個大鹽商汪如龍，他打聽得江家的事體，便也預備接駕。他家卻有一班女戲子，個個長得仙姿國色，煙視媚行。內中也有一個頂尖兒的，名叫雪如，荳蔻年華，洛神風韻，全個揚州地方，誰不知道汪家有這個尤物。便是江如龍自己，也萬分憐惜；雖說美玉當前，也不忍加以狂暴。所以雪如到十八歲年紀，還是一塊無瑕美玉，未經採摘。此番聽說皇上南遊，那汪紳士便和總督說知，願以家伎全部供皇上娛樂。

到了兩宮動身那日，車馬如雲，帆檣相接，一路上花迎劍佩，露拂旂旗。看看到了清江，那兩岸的官紳，手版腳靴，匍匐在船頭上接駕。皇帝傳總督進艙問話，此地何處可奉太后駐蹕？總督奏稱，有江紳的水竹園，聊堪駐足。皇帝便吩咐移駕水竹園。一霎時水竹園中，人頭簇擁，車馬雜沓；園內竹歌鐺鎝，園外兵戟森嚴。那江鶴亭上下奔走，照料一切。皇帝奉著太后，御宴觀劇，席間見惠風軟舞清唱，十分嘆賞，直到日影西移，才登車回舟。那江紳士送皇帝上船以後，因惠風獻技，深得皇帝的歡心，意想明天總可以得到皇帝的賞賜，心中十分欣慰，便是那地方上的大小官員，都替他預先道賀。

第二天一早，兩江總督帶著文武官員，到御舟上叩問聖安，那江鶴亭也夾在裡面。誰知才到得埠頭，只見太監們向他們搖手，悄悄地說：「皇上正在舟中聽歌，莫擾了皇上的清興。」嚇得那班官員躡手躡腳的不敢說一句。那兩江總督求太監放他們到船頭上去伺候，那太監也不肯。大家沒法，只得一字兒站在岸上伺候。那汪紳士坐在船頭上，和一班太監們說笑自如，江紳士看了，十分詫異；又看看那船上，四面黃幔低垂，那一陣陣的清歌細樂，傳上岸來，叫人聽了，不覺神往。那江紳士心中十分詫異，他想揚州歌舞，在全國中要算第一，而我家的集慶班，在揚州地方，又算是最上乘了。如今什麼地方來了這班清歌妙舞？竟叫聖上為他顛倒至此。心中實在有些氣憤不過，便拉著一個太監，悄悄的問時，不知那太監肯說不肯說，且聽下回分解。

唸父母乾隆下江南　爭聲色雪如登龍舟

卻說乾隆皇帝，到了揚州。第一天聽江紳士家集慶班的歌舞，十分讚歎；在江紳士和那兩江總督的心中，意謂聖上一快活，總少不了一二百萬的賞賜，因此大家替江紳士高興。誰想到了第二天，大家到埠頭去伺候，那太監把許多官員一齊擋駕在岸上，不予通報。只見御舟上繡幕沉沉，笙歌細細，江紳士急打聽是誰家戲班在裡面獻技。那太監不肯說，總督去打聽，他也不肯說。

這班官員，從辰時直站到午時，站得腰痠腿軟，那御舟上的歌聲才息，接著一陣嬌軟的笑聲。兩江總督求內監替他上船通報，那內監開口，便要一萬；後來再三懇請，才算讓到六千塊錢。那太監得了銀錢，才告訴他在船上歌唱的是汪紳士家的四喜班，那領班姑娘雪如，長得翩若驚鴻，嬌如遊龍，聖上已看中了，如今歌舞才罷，已傳命雪姑娘侍宴。各位大人如要朝見，不如暫退，俟皇上宴罷，再替你們奏報不遲。那班官員聽了，也無可奈何，只得暫時退回接駕廳中，匆匆用過了午飯，再到埠頭去候旨。那太監替他們奏報，忽然傳出一道聖旨來，獨傳汪紳士進艙去朝見。

那汪紳士早在船頭伺候，聽得一聲傳喚，忙整一整衣帽，彎著腰，低著頭，戰戰兢兢的走進艙去。半晌，又見他笑嘻嘻、喜洋洋的踱出艙來。停了一會，聖旨下來，賞汪如龍二品頂戴，白銀八十萬兩，准他在御前當差。那汪如龍接了聖旨，走上岸來，自有許多官員，前去趨奉他。汪如龍臉上，不覺有了驕傲神色，見了那江鶴亭，越發是瞧他不起。江鶴亭和他去攀談，他愛理不理；江鶴亭滿面羞慚。那汪如龍只向總督拱了一拱手，上轎去了。這裡看汪紳士去過以後，內監才傳出聖旨來，說：著諸官紳退出御門，皇上午倦欲眠，毋庸伺候。裡面只拿出一萬兩銀子來，賞江紳士。那江紳士空盼望了一場，只盼望到這一點銀子，單是謝太監們也不夠，只得垂頭喪氣的回去。他暗地裡打聽，原來那四喜班是汪如龍家的，皇上生長深宮，聽見的都是北地胭脂，如何見過這江南嬌娃。況且這雪如，是揚州地方第一美人，嬌喉宛轉，玉肌溫柔，一度承恩，落紅滿茵。皇帝見她還是一個處女，便特別的寵愛起來，一連三天，不傳見臣民，把那班官紳，弄得徬徨莫定。到船邊悄悄的問時，那太監總說：「聖上和新進的美人在船中歌舞取樂。」

到直第四天，才召見兩江總監。這時皇上十分歡樂，當面褒獎那總督，說他裝置周到，存心忠實，便賞他內帑十萬兩。那總督急忙磕頭謝恩。

第二天，龍舟起錨，沿途過鎮江、南京，供應十分繁盛。這時皇帝有雪如陪侍在身邊，早夜取樂，便也無心遊玩。只是那江紳士吃了這個大虧以後，心中唸唸不忘。他回得家去，和那惠風晝夜計議，總要想法撿回這個面子來，才不愧為揚州的首富。那惠風也因為自己遭了這場沒趣，急欲挽回盛名來。便日夜思量，甚至廢寢忘餐。連想了幾天，忽然被她想出一個妙法來了。這法子，名叫水戲臺。是把戲臺造在船上，戲臺上鋪得十分華麗，這戲臺照樣造成兩只，又編了許多《王母宴》、《封神榜》、《金山寺》等熱鬧的戲文，花了十萬銀錢，買通了總管太監。這時御舟已到了金山腳下，在半夜時分，江紳士悄悄督率著伕役，把這座水戲臺駛近御舟，兩邊用鐵鏈和御舟緊緊扣定。到了第二天，皇帝和雪如睡在榻上，忽然聽得細樂悠揚。皇帝問時，那總管太監奏稱：「有揚州紳士，獻一班童伶，在艙外演唱。」皇帝命把窗幃揭起，只見船身左右造著兩座華麗的戲臺。左面臺上，正演著群仙舞，一群嬌嫩的孩兒，個個打扮得嬌花弱柳似的，一邊唱著，一邊舞著，那歌聲裊裊動人，舞態宛轉欲絕，合著笙簫悠揚，真好似在廣寒宮裡看天女的歌舞一般。左面才罷，右面又起。只見繡幕初啟，接著一個散花天女，唱著舞著出來，歌喉嬌脆，容光嬌媚。皇帝說道：「這般美貌，正合天仙的身分。」問是誰家的女兒？那總管太監早得了江紳士的好處，便奏說：「是揚州紳士江鶴亭家的集慶班。這扮天仙的，是領班的，名叫惠風。」皇帝聽了，點頭嘆賞。說道：「也難為她一片忠心！這孩子也怪可憐的。」皇帝睡在榻上，懷中撫著那雪如，一邊吃酒，一邊看戲。那戲臺上演過歌唱的戲以後，便大鑼大鼓的演起《天門陣》來，接著又演《法門寺》。第二天，依舊是兩面戲臺，輪流演著熱鬧的戲文。

這樣一天一天的演著，皇帝如何見過這有趣熱鬧的戲文，早把皇帝看出了神。夜裡又演《目連救母》、《觀音遊地府》的燈火戲，忽而神出鬼沒，忽而煙火漫天。皇帝看到高興的時候，便去後面船上把太后請來。那太后看了，也十分讚歎。這樣不知過了幾天，忽然太監報稱，已到蘇州。那蘇州巡撫帶領合境官紳，在外面接駕。那皇帝聽了，十分詫異。說御舟並不曾搖動，如何已到了蘇州？到這時候，總管太監才稱：「這都是江鶴亭的一片巧妙心思，只怕皇上沿路寂寞，便造這兩座水戲臺，練這班小戲子，孝敬皇上。」乾隆皇帝聽了，說：「難得江鶴亭一片忠心。」傳旨也賞他個二品銜，又賞銀八十萬兩。那江鶴亭得了賞賜便走上御舟去謝恩。皇上當面獎勵了幾句，又吩咐那惠風，每演完戲，許她進船來伺候。從此皇帝聲有惠風，色有雪如，心下十分快樂。那江鶴亭得了賞賜回去，故意穿了二品的頂戴，去拜見汪如龍。那汪紳士見他得了好處，心中十分嫉妒。看他那副驕傲的神氣，心中又十分氣憤。從此以後，江、汪兩家便暗暗結下冤仇。那汪紳士日夜想法，總要壓倒那姓江的。

話說乾隆皇帝從蘇州到了杭州，便把那水戲場搬到西湖中央，賞眾官員們看戲。又見西湖景色優勝，便坐著輕暖小轎，奉著太后，天天遊玩去。在乾隆皇帝未到杭州的時候，省城裡那班官紳，早已忙亂著籌備接駕的事體。起初大家會議的時候，心想挑選一班絕色的船孃，在西湖採蓮蕩槳，以悅聖心；後來打聽到揚州有一個雪如，國色天香，被她拔了頭籌；如今杭州再用這條老法子，未免落他人之窠臼，給揚州人見笑，又辱沒省城地方的場面。倘然蓋造園林，匆促之間，絕不能成偉大的工程，況且西湖有天然的圖畫，這人造的園林，也絕不能勝過天然風景。大家正想不出法子的時候，忽然就中有一個韓紳士說道：「如今我有一個妙法了。俺西湖上淨慈寺、海湖寺、昭慶寺、廣化寺、風林寺、清漣寺，上至靈隱、天竺，盡多名山古剎、高僧大佛，當今皇上，天生聰慧，自幼便喜經典禪機。那五臺山清涼寺，聖駕時時去巡幸，寺中設有寶座，皇上常命眾僧高坐參禪，寺中方丈，法名慧安，原是世祖剃度時伺候過的，後經聖祖封為智慧正覺佛。皇上和他最好，拜他做師父。這種情形，都是俺託京中官員從親近內監那裡打聽得來的。那揚州蘇州的官紳，還不知道呢。如今俺們正可以趁此機會，搜尋天下高僧，安插在西湖上各大叢林裡；待皇上駕到，備廟中高搭綵棚，大大做法事。另築講臺，請各高僧上臺講法。皇上見了，一定歡喜，又可以見得我們省中官紳的清高。」

當時，浙江巡撫聽了，便問他：「老兄如何知道皇上必定歡喜？」那姓韓的說道：「皇上從揚州、蘇州一路行來，享受的儘是聲色繁華，忽然見這清靜佛地，好似服了一劑清涼散。皇上又是佛根的，如何不喜？」一席話，說得在座諸人，個個稱妙。那巡撫又說：「俺們要求聖心愉悅，非得去請五臺山法師來主持各寺不可。」當下由巡撫修了一封密書，派人晝夜趲程，趕到五臺山去請名僧。

這時清涼寺主持僧慧安，已告老退休，由大徒弟曼如當家。那曼如雖說參禪聰明，卻是一個貪財好色之徒。見杭州巡撫派人來請高僧，知道這是發財的好機會，便冷笑著對那人說道：「你們杭州人也知道急時抱佛腳嗎？如今俺山中正要修造銅殿鐵塔，最少也得一百萬銀元，才得造成，師兄弟都下山四處募化去了，誰有空兒去踏江南的齷齪地方！」那人見曼如口氣決絕，杭州接駕的日子一天近似一天，心中焦急得不得了。便再三和曼如商量，師兄弟既不出山，便求大和尚派幾位兄弟去，也是好的。那曼如只是搖頭不應。那人急得沒法，便答應捐二十萬兩銀子，修造鐵塔；後來慢慢加到四十萬塊錢，那曼如才答應下來。立刻在耳房裡喚出四個和尚來，吩咐他們跟著來人到杭州說法去。那班杭州官紳，聽說請到五臺山高僧，便興高采烈，預備清潔禪堂，莊嚴的講座。這四個和尚到杭州的時候，合城官紳都前去迎接。誰知見面之下，談論起來，卻是一竅不通，舉動惡俗，不覺大失所望。只因他們是五臺山來的，便也照常敬重他們。那知這四個和尚，住在寺裡，漸漸的不守清規起來；起初還不過是偷葷吃素，那寺院後門外，常常見許多雞毛鴨骨。後來索興偷起女人來。

蘇杭女人本來是信佛的多。這時聽說杭州地方設廣大道場，那蘇杭一帶的名媛閨秀，趁駕未到以前，都搶著到西湖上來朝見名山，瞻禮佛像。那和尚便在寺中造著密室，見有略平頭整臉的婦女，便拉過藏在密室裡；不上一個月工夫，被他騙去的婦女，已有三十六個。那鄰舍人家和遠路香客，見走失自己的妻女，便吵嚷起來，四處找尋。那和尚僱著工匠，天天在廟裡建造深房曲室，沒日沒夜和那班婦女在裡面宣淫作樂，又擅自把廟中產業押的押，賣的賣，他仗著是皇上師弟兄的勢力，有誰敢攔阻他？便是走失了那班婦女，也明知道是這幾個和尚鬧的鬼；雖有那班婦女的父兄丈夫告到官裡來，也只好裝聾作啞，不去理他。那和尚膽子越來越大，後來索興連官家眷屬，也被拐騙去了。

這時塘棲地方有一個紳士姓楊，曾經做關外總兵，養病在家。

他有一位姨太太名叫琳娘，原是窯姐兒出身，只因她面貌長得十分標緻，這楊總兵十分寵愛她。琳娘一向信佛，聽說杭州地方迎接高僧，建設道場，便和總兵說知，要到杭州燒香去。總兵官也依她，親自陪她到杭州來。誰知只到了三天，那琳娘便不見了；四處找尋，毫無影蹤。這總兵急了，告到將軍衙門裡；那將軍派了幾個親兵，幫他找尋。後來這總兵偶然從琳娘貼身丫頭口風裡聽出來，才知道他的姨太太，是被五臺山來的和尚騙去的。他原是一個武夫，聽了這個話，如何忍得，便產時帶了自己的跟隨，打進廟去。果然在地窯裡找到了。這地窯打扮得錦帳繡帷，鋪著長枕大被；點著不夜天燈。那琳娘和別家十多個婦女，都關在窯子裡。總兵急找那和尚時已逃得無影無蹤，氣得那總兵咆哮如雷，帶著琳娘，要趕上蘇州去叩上告。慌得那杭州一班官紳一齊來勸阻，又由大家湊了十萬銀錢，算是遮羞錢，送他回鄉去，那走失的三十六個婦女，一時都找得，由地方備了船隻，個個送他們回家去。

這一場大鬧，把個莊嚴的佛場，打得七零八落。看看接駕的日期，一天近似一天，那道場必須重新修建，且不去說他；最為難的，在這短促日期，到什麼地方去請名僧來主持講壇？後來還是那韓紳士想出一個救急的法子來，說：「杭州是文人薈萃之區，深通佛典的讀書人，一定不少，我們何妨把他們請來，暫時剃度，分主講壇。」韓紳士這個主意一出，那一班寒士略通佛典的，都來應募。韓紳士自己也懂些大乘小乘的法門，便一個個當面試過；挑選幾個文理通順，聰明有口才的，便給他們剃度了，分住各山寺院。和他們約定，倘能奏對稱旨的，便永遠做和尚，送他二萬兩銀錢；沒有接過駕的，待皇上次鑾以後，任聽回俗，另送他四千兩銀錢酬勞。

內中有一個姓程的，一個姓方的，一個姓餘的，一個姓顧的，四個人都是深通佛典，辯才無礙。韓紳士給他們都改了名字，姓程的改名法磬，住持昭慶寺；姓方的改名惠林，住持淨慈寺；姓餘的改名拾得，住持天竺寺；姓顧的改名寶相，住持靈隱寺。內中要演算法磬最是機警，便在昭慶寺前建設大法場，設七七四十九日水陸道場，夜間請法磬大師登壇說法。那法場在平地上搭蓋百丈綵棚，四面掛滿了旗幡寶蓋，莊嚴佛像；做起道場來，鐃鼓殷地，梵吹振天，燭光徹宵，火城列炬，香菸繚繞，燻聞數里。善男信女，憧憧往來；「南無」之聲，響徹雲霄。

講壇上更是莊嚴，彩結樓閣，高矗半天；蓮座上端坐著法磬大師，合掌閉目，金光滿面。臺上燈燭輝煌，香菸氤氳；老僧入定，望去好似金裝佛像。臺下甬道兩旁，站立著五千僧人，整齊肅靜；地上鋪著尺許厚的花毯，人在上面走著，寂靜無嘩。那四方來瞻禮的男女，萬頭擁擠，如海潮生；走進門來，個個都合掌低頭，屏息侍立。大門外用金底黃字繡成「奉旨建設道場」六個大字，兩邊豎起下馬牌，上寫「文武官員軍民人等至此下馬下車」字樣。那和尚打坐一日，到夜裡說起法來，真是聲如洪鐘，舌粲蓮花，說得個個點頭，人人皈依。

說到第十四日上，聖駕已到。接駕官紳，把各寺住持的名單進呈御覽。皇帝見設廣大道場，心中第一個歡喜，那皇太后是信佛的，說起當初聖祖在日，如何與佛有緣。這杭州西湖，又是一個佛地，最宜優禮僧人，廣闡佛法，那乾隆皇帝便奉著太后，親臨道場。皇帝吩咐在場的都是佛門弟子，一列平等；許人民瞻禮聖顏，不用迴避。

法磬和尚高座講臺，見御駕降臨，他也若無其事，自在說法。那皇帝和皇太后帶了全城官員，便在壇下恭聽。直到講完了，那法磬才下臺來，恭接御駕。皇帝笑問道：「和尚從何處來？」法磬答道：「從來處來。」皇帝這時手中正拿著一柄摺扇，猛向法磬頭上打了一下；而在兩傍侍從的官員，見此大驚失色，意謂天子震怒。看看皇帝臉上，卻笑容滿面。大家正在詫異的時候，忽聽得法磬喉中大喊一聲，哄哄的響著，好似打磬子一般，那聲音漸長漸遠。

皇帝聽了，大笑道：「和尚錯了！他磬等不得你磬，你磬乃不應比我磬；什麼道理？」法磬大聲答道：「磬亦知守法，非法不敢出聲。」皇帝說道：「和尚又錯了！你聲非聲，你法亦非法；那沒你磬也非磬，有什麼敢不敢！又有什麼守不守？又為什麼要出聲？你要出聲便聲，更何容得你守？」法磬也笑著答道：「和尚沒有扇子，所以和尚是磬；和尚是磬，不是磬聲，所以和尚是法。如今是和尚錯了，扇子來了，磬聲若出，和尚圓寂，和尚還是守的法。」皇帝聽了，把扇子拋給法磬說道：「朕便把扇子給你。」那法磬接了皇帝的扇子，便連連打著光頭，一邊打著，一邊嘴裡便哄哄的響著，輕重快慢，跟著扇子，好似在那般打磬子一般。

皇帝看了，又忍不住笑起來。向著他道：「和尚自己有了扇子，便不守法，這是和尚的錯呢，還是扇子的錯？」法磬說道：「不是和尚錯，也不是扇子錯，是法磬錯，是給扇子與法磬的錯。」皇帝莊容道：「原是扇子錯，卻不料累了和尚，還不如撇去扇子的乾淨。」說著，便伸手去奪法磬手中的扇子，摔在地下。那法磬不慌不忙，拾起扇子來，說道：「罪過！罪過！扇子不錯，原來是法磬錯了。」皇帝略略思索一回，說道：「罷罷！和尚便留著這柄扇子，傳給世人，叫他們不要再錯了。」法磬合掌閉目，唸著佛號道：「西天自在光明大善覺悟圓滿佛；南無聰明智慧無牽無礙佛！」皇帝也合掌答禮道：「什麼佛，什麼佛，竟是乾矢橛！」說著，便轉身到各殿隨喜去。遊畢，走出門來，法磬帶領五千僧人男女信徒，恭送御駕。皇帝走出了大門，回過頭來，笑著對法磬說道：「破工夫明日早些來。」法磬躬身答道：「和尚是沒有吞針的。」皇帝說道：「管他則甚？你破工夫明日早些來。」法磬又把扇子在自己頭上打一下，卻不作聲。皇帝笑問他：「為什麼這磬子不響了？」法磬說道：「竟是乾矢橛，什麼佛，什麼佛！」皇帝聽了，又不禁大笑。便吩咐法磬坐轎，也跟著到淨慈寺去。

淨慈寺住持僧人惠林，早在寺門口接駕。皇帝進寺去，瞻禮佛像以後，便帶著兩個和尚，上吳山去。站在最高峰上，見錢塘江中來往船隻甚多。乾隆皇帝忽然問惠林道：「和尚看江中有多少船隻往來？」惠林略一思索，便答道：「只有兩只。」皇帝一時解不過來，惠林替他解道：「這兩只船，一隻爭名，一隻奪利。」皇帝又問道：「和尚怎麼也見得名利？」惠林道：「和尚不見得名利，所以見得這兩只船中人是名利；倘然兩船中人見得是名利，所以不見得兩船以外是見得兩船中人是名利。」皇帝聽了，點著頭說道：「法磬便是惠林，惠林便是法磬！」

第二天，皇帝又帶著法磬、惠林到天竺寺去。那天竺寺住持僧，名叫拾得。這時八月天氣，雖還熱，天竺寺院子裡木樨花都開得甚是熱鬧。皇帝劈頭問道：「聞木樨香否？」拾得答道：「此是香，此不是木樨；此是木樨，此不是香。木樨與香，原是兩橛的。」乾隆帝笑道：「和尚又錯了！此是木樨，即是香；此是香，即是木樨。香與木樨，原是一鼻孔出氣的。」拾得合十說道：「那沒還他是無有木樨，無有香。並何有聞？並何有問聞木樨香著？」乾隆皇帝聽了，又點頭稱妙。這天竺地方，原是三面環山的，層巒疊嶂，隨處有茂林清泉；乾隆皇帝一時捨不得離開，天天帶著幾個高僧，覓勝尋幽，參禪悟道。他這時另有山林之樂，便把那雪如惠風聲色脂粉都丟在腦後了。

乾隆在天竺山上玩了幾天，便下山來，到靈隱寺去。一進山門，便見危峰撲人，高樹障日，便讚歎道：「好一個清奇的所在！」靈隱寺原有一個高僧，名叫法華，年紀已八十八歲，另在一間密室裡告老靜養，皇帝也頗知道他是道德高深的和尚。這時，靈隱寺的住持僧名叫寶相，在寺門外接駕。乾隆定要見法華，寶相奏稱：「法華初次滅度，皇上讓他去罷！」皇帝生氣，說道：「朕要法華，他敢滅度，此是何法？」寶相道：「此不是法，此是初次滅度，皇上定要見他，他便滅度了，便不是初次，此是色相的滅度。」皇帝道：「你言色相，你是什麼色相？你敢是寶相？你便敢是法華的寶相？」寶相回奏道：「和尚是無色，色即是空，空即是色；和尚是無相，無我相，無人相，無眾生相，無壽者相。」皇帝聽到這裡，拿一個指兒一豎，說道：「和尚敢是有寶？」寶相接著說道：「和尚是乾矢橛，和尚是金剛不壞身，所以和尚是寶。」皇帝說道：「法華不是金剛不壞身，所以滅度，便不是寶。」寶相指著山門口的飛來峰答道：「說它也不是寶，人皆不信，他卻不是滅度，它卻是飛來，所以稱它是寶。」皇帝便問道：「他是否寶相？」答道：「是飛處飛來，也不是寶相；不是飛處飛來，也是寶相。」皇帝聽了，點頭道：「法華便是寶相，寶相便是法華！」寶相便陪著御駕，進大雄寶殿去瞻禮佛像；又到羅漢堂去遊玩，見塑著五百尊羅漢，個個都現著金身寶相。乾隆帝嘆道：「這才是金剛不壞身呢！」這句話，被隨扈的太監聽得了，知道皇帝的意思，便悄悄的去告訴了浙江撫臺；那撫臺便連夜傳集工匠，在羅漢堂中間塑一個皇上的金身。要知後事如何，且聽下回分解。

卻說乾隆皇帝見浙江撫臺替他塑了一個金身，在靈隱寺的羅漢堂裡，心中十分得意。笑說道：「朕從此也是龍華會上人了！」這時，大學士梁詩正隨從左右；這梁詩正是一代的詩人，皇帝帶他在身傍，隨時叫他捉刀。乾隆帝見杭州山水明秀，寺院崇宏，便喚梁詩正做詩，裡面有兩句：「有山有古寺，無寺無名僧。」乾隆帝看了，說道：「好一個無寺無名僧！朕家自有佛法，自有名僧；今朕足跡所到，便當布此真理。」

管事太監聽了這個話，又悄悄的告訴浙江巡撫；那巡撫又偷偷的問太監道：「皇家有什麼佛法？有什麼名僧？」那太監笑笑說道：「大人不聽得俺宮中有雍和宮喇嘛僧嗎？」那巡撫聽了，恍然大悟，知道皇帝也要在西湖上造一座雍和宮，供養幾個喇嘛，便暗地裡託人進京去探問，知道皇上和國師無遮，十分有交情，便把無遮請來，請他主持一切。那無遮到了杭州，先見過皇上，說明要在靈隱寺左近建造喇嘛廟，開一個無遮大會。皇帝十分歡喜，便吩咐內務府發銀十萬，又示意浙江官紳捐銀，共得到五十多萬兩銀子。無遮便籌劃一切，動工建造。這時聖駕巡幸到海寧去了，先由浙江文武官員陪奉巡視海寧石塘，並看江潮。看過了潮，乾隆帝把一班文武官員都留在城外，自己帶著幾個侍衛和太監進城，到陳閣老家裡去了。

這陳閣老，便是陳世信；他自從兒子被鈕鈷祿妃換去以後，便告終養，帶著家眷回海寧去。後因雍正皇帝和他情分很厚，再三下聖旨喚他進京去做官，他實在推卻不過，又怕推卻太過了，要起皇帝的疑心，便只得進京應召。雍正皇帝十分敬重他，他一家人，陳說、陳元龍父子叔侄都做了頭品大員，位極人臣。陳世倌做到首相，封文勤公，直到乾隆年間，告老還家，皇帝賞銀五千兩，在家食祿。乾隆帝又制御詩賜他，詩裡面有兩句道：「老臣歸告能無惜，皇祖朝臣有幾人。」到這時，乾隆帝下江南，陳世倌已死。乾隆帝自從知道自己是陳閣老的兒子以後，便特別優禮陳家，凡是墳上的碑碣隧道，命一律參用王禮；陳家子孫，怕觸犯忌諱，求別的御史一再奏請，始許他墓道中用王禮，外面碑碣仍用閣老常禮。乾隆帝又吩咐查明陳氏後代子孫有若干人，通通賞給大小官銜，進京去供職。

這時，乾隆帝御駕忽然親臨陳家，陳家的子孫，一個也不在家中。一聲聽說天子駕到，嚇得家中一班婦女孩童，慌了手腳。後來還是陳老太太有主意，把族長去請了來。那族長雖也做過幾任知縣，但這接駕的事體，他一生也沒有經歷過；再加年紀已有八十歲了，耳聾眼花，嚇得他渾身索索的抖，只怕有得罪的地方。誰知乾隆帝見了那族長，卻和顏悅色，問他：「陳家有多少家產？陳老太太還康健嗎？」那族長謹慎小心的回對了幾句。乾隆帝便吩咐他領路，到閣老墓前去，那族長領著聖駕。走到墓堂；皇帝回過頭來一看，見身後還有幾十個王公內監跟著。看看走到碑亭前，皇帝吩咐大家在亭中站著，只帶著兩個太監直走到墳前；先在墳圈前後視察一周，忽然吩咐兩個太監，把黃幕遮起來。外面的王公太監們，被黃幕遮住了，看不見皇帝在裡面做什麼；只有那兩個扶著黃幕的太監看得清清楚楚。後來回京去，內中有一個太監露出口風來，說皇上在黃幕裡面，實在是對陳閣老的墳墓在那裡行跪拜禮。聽的人十分詫異，知道這件事關係重大，便從此不敢告訴第三個人知道。

皇帝行過禮出來，立刻下一道上諭，頒發庫銀二十萬兩，給陳老太太為養膳之費；又添買祭田十頃，添種墳樹四百株。在墓道前蓋造御祭碑亭三座，亭上蓋著黃琉璃瓦；亭外面有皇帝親手種的皮鬆兩株，古柏兩株，吩咐地方官另立專祠，兼管著陳墓春秋兩季祭掃的事體。諸事停當以後，皇帝還在陳墓前後徘徊不忍去。後來經王公大臣們一再催請，才退出來。走過中門，回過頭來，吩咐陳家族長，把這中門封閉了，以後非有天子臨幸，此門不得再開。那族長喏喏連聲。

皇帝回到行宮，只見案上擱著京中兵部的奏報。開啟來看，那奏報上說閩浙總督報稱臺灣逆賊林爽文舉兵反叛，圍嘉義，除派兵兜剿外，盼望京中救兵甚急。乾隆帝見了這奏章，便立刻下旨回京。到了京中，自有許多官員接駕。第一個蒙召見的便是福康安。這時福康安已賞嘉勇巴圖魯，賜御用鞍轡，又畫像在紫光閣上，十分榮耀。第二日，聖旨下來，授福康安為鎮遠將軍，會同京中各武將，帶領勇健軍。奔赴臺灣，剿滅賊寇。這個聖旨一下，那班武將，都要討福康安的好，人人奮勇，個個爭先，一陣斬殺，殺得那林爽文大敗奔逃，逃到臺東深山中，終被福康安手下的牙將，活捉過來，獻上大營。福康安凱旋到北京，把林爽文獻上朝廷。乾隆帝心中特別歡喜，聖旨下來，封一等嘉義公，賜寶石頂，四團龍服，金黃帶，紫韁金黃辮珊瑚朝珠；命於臺灣郡城及嘉義縣，各建嘉義公生祠；再畫像在紫光閣，皇帝親制像贊。

在這個時候，福康安忽然死了夫人，京中文武官員，都去弔孝。福康安夫妻恩情很厚，那夫人又長得十分美貌，如今斷了弦，叫他如何不悲傷。乾隆帝也特意下詔勸慰他，又賞治喪費三萬兩，特派大臣御祭。這種恩典，沒有第二個人比得上了。但是福康安心中，總是唸唸不忘他夫人。恰巧乾隆帝的六公主，已到了下嫁的年紀，便有大學士阿文成出來做媒，替福康安求婚，一面又由乾隆帝的岳母進宮去求富察氏後。不料乾隆帝一口回絕不准，那富察後也對她母親笑笑說道：「這件事體，是萬萬使不得的。」福康安的母親董額氏，也不願她的兒子去做駙馬。這時福康安兩個哥哥做駙馬的，乾隆帝卻不十分寵愛他們；如今這福康安是乾隆帝極寵愛的，卻不肯招他做駙馬，這裡面的深意，卻只有皇帝皇后和董額氏三個知道。後來那傅恆的母親，實在求得厲害，皇后便答應把六公主下嫁給福康安的兄弟，卻把和碩親王的格格指婚給福康安。

這時福康安年紀只有二十六歲，當時奉旨完婚以後，接著又有廓爾喀賊匪侵犯後藏，聖旨下來，仍叫福康安親統六路兵馬，會同大學士阿文成，前去征剿。說也奇怪，那賊匪一聽得嘉義公的名氣，便嚇得他魂膽飄搖，連打敗仗，不到一個月，便平服下來。接著又是甲爾古拉集寨酋長反叛，皇上便命福康安統領得勝兵馬，轉戰前去。那酋長聽說福康安人馬趕到，便嚇得跪在帳前求降。得勝文書送到京中，聖旨下來，許他班師；福康安官升大學士，加封忠銳嘉勇公。兵馬走在路上，乾隆帝又賞他御製誌喜詩，親筆寫在扇子上。又賞御用佩囊六枚，又加賞一等輕車都尉，照王公親軍校例，賞他僕從六品藍翎頂戴。

皇帝這樣看重福康安，那沿路的地方官，誰不趨奉他！兩湖總督濮六年，為了討福康安和好，便和他幕友商量；沿長江一帶，都紮著燈彩，吹打迎送。湖南巡撫又到杭州去借得水戲臺來，跟著福康安的坐船，日夜演戲。那福康安在船中，吃酒看戲，十分快樂。船到洞庭湖中，那湖裡原有一種洞庭艇子，四面湘簾明窗，收拾得十分清潔。艇子頭尾上掛著五色琉璃燈，兩邊遮著繡帷；船梢頭都用船孃搖櫓，打扮得十分妖豔，一共有百十隻艇子，那船孃齊聲唱著皇上的誌喜詩，歌聲十分嬌脆，福康安座船在中央，那許多洞庭艇子都圍繞著大船，慢慢的蕩著槳，緩緩的唱著歌。福康安看了，讚歎道：「她們真好似洛水神仙！」便吩咐艇子靠近大船，福康安跳過艇子去，見裡面明窗几淨，便吩咐設席，請過幾個幕友來，陪他吃酒。

席散以後，福康安偶然踱到後艙來閒望，只見船尾一個女孩兒，赤著一雙白足，身上披一件腥紅斗篷。豐容盛鬋，桃腮櫻唇，十分俊俏。手中搖著櫓，那一搦柳腰臨風擺動，真是小巧輕盈，把個福康安看怔了。忽聽得那女孩兒輕展珠喉，唱起曲子來，裊裊動人，微風起處，掀開了斗篷的下幅，露出紅裳綠襖來。那女孩兒回過頭來，見了福康安，不禁眼波一溜，嫣然一笑，露出十分蕩意。福康安不禁心旌搖盪，拍著手說道：「江南地方，有這樣的妙人，俺在京中如何見得過？」忙回進艙來，吩咐侍從把那船梢上的女孩兒喚來。那侍從去喚時，這女孩兒說道：「青天白日，羞答答的，叫人怎生見去？」福康安聽了，笑了一笑，說道：「吩咐她晚上來見俺罷。」

到了昏夜，只見那女孩兒打扮得異樣風流，走進艙來，笑吟吟拜下地去。福康安在燈下看時，見她容光煥發，和日間又是不同，忙把她扶起來，拉在懷裡，問她名字。那女孩兒說名喚寶珍。福康安從此寵愛寶珍，一路南下，俱是寶珍伺候。看看到了揚州地方，福康安替寶珍買一座別墅，給她住下；所有沿路官員的供獻，和皇帝的賞賜，約有五六十萬銀錢，福康安通通交給寶珍，自己帶兵凱旋進京去。乾隆帝見了他，自然有一番獎勵稱讚；傳旨下去，賞戴三眼花翎，晉封貝子銜，仍帶四字佳號照宗室貝子例給護衛。

這一天，福康安進宮去謝恩，由內監領他直走進古董房；只見皇上身傍有一個年輕大員，手中拿著一個古瓶，和皇帝說笑著。那舉動十分輕佻，皇帝非但不生氣，反拉著他的手，笑嘻嘻地說道：「你歡喜這瓶嗎？便賞給你拿回家去罷。」那大員謝也不謝，便拿著瓶去了。福康安在一傍看了，心中十分狐疑，問又不好問得，退出宮來，悄悄的去問劉統勛。劉統勛說道：「這便是皇上最近識拔的總管儀仗大臣和珅的便是。」福康安在京外時，也聽說皇上十分寵信和珅，但他也不曾見過和珅是怎麼樣的人，如今見他舉動輕佻，心中便厭惡他，暗暗的叮囑劉相國，須要好好的防著他。

列位，你知道和珅是什麼人？何以乾隆帝忽然寵信他到這地步？說起來，這裡面也有一段豔史。原來當初乾隆做太子的時候，只因雍正皇帝和鈕鈷祿後十分寵愛，常常把他留在宮裡。乾隆皇帝這時候還是寶親王，到底少年心性，見宮中十分好玩，便東溜西逛，什麼把戲都玩出來。雍正皇帝有十六個妃嬪，內中最得寵的有四人：一是舒穆祿氏，一是伊爾根覺羅氏，一是馬佳氏，一是陳佳氏，那馬佳民和陳佳氏，原是漢女冒充旗人入宮的；雍正皇帝因她兩人長得比別人特別白淨細膩，便特別寵愛。太子這時年紀已有十七歲，男女之愛正濃厚的時候，便終日和那班妃嬪宮女調笑無忌。那妃嬪也因他是皇帝和皇后寵愛的太子，誰敢不依順他？再則，因那太子也長得英俊風流，那班宮女也愛和他逗笑。內中只有一個馬佳氏，她自己仗著美貌，脾氣也冷僻，不肯和太子胡纏；這太子偏看中了她。時時覷她不防備的時候，便闖進宮去，摟著馬佳氏，或是要吃她嘴上的胭脂。弄得那馬佳氏惱了，他才放手。這種事體，也不只一次了。

這一天，合該有事。馬佳氏在宮中閒著無事，見自己的雲髻，有些鬆散下來，便喚宮女替她重理梳妝。青絲委地，正在梳理的時候，這寶親王忽然悄悄的走進屋子來。宮女見了，正要聲張。那寶親王站在馬佳氏身後，忙搖著手，叫不要聲張。一定要躡手躡腳的走上去，從馬佳氏身後伸過手去，掩住馬佳氏的兩眼。那馬佳氏猛不防有人來調戲她，顫著聲兒問：「是誰？」寶親王忍著笑不做聲，那宮女也掩著嘴暗笑。馬佳氏認做是歹人，她這時手中正握著一柄牙梳，猛力向身後打去；只聽得「哎喲」一聲，不偏不倚的打在寶親王的眉心裡，那血便直淌出來。寶親王忙放了手，捧著臉，轉身逃出宮去。

這裡馬佳氏知道是打壞了太子，心中又害怕，又羞憤，暗地裡哭了一場。誰知大禍來了；因為恰巧第二天是初一日，宮中規矩，皇子皇女都要進宮去朝拜父皇母后。寶親王眉心裡受了傷，給鈕鈷祿後看見了，十分心痛。便把寶親王拉近身來，細細的一看，知是被人打破的。便十分詫異，連連追問：「和誰打過架來？」那寶親王見問，又是心慌，又是羞愧；便期期艾艾的說不出話來。鈕鈷祿後看了，越發起了疑心，便大聲喝問。寶親王被母后逼問不過，一時也無可推託，便說：曾和馬佳妃玩兒，妃子失手打傷的。

這馬佳氏性情冷僻，又因皇帝寵愛她，鈕鈷祿後也因此厭惡她；如今聽了這個話，便十分動怒，一口咬定說馬佳妃調戲她兒子，立刻傳命，把馬佳妃喚來，一頓棍子亂打。喝著太監，拉出月華門去勒死。寶親王見母后生了氣，又不敢勸，又不敢走；站在一傍，眼看著太監把馬佳妃橫拖豎拽的拉出宮去，他心中好似刺著十八把鋼刀一般的痛。好不容易伺候母后進去了，他一轉身急急趕到月華門去看時，那妃子粉頸上，被繩子勒住，只剩得一絲氣息。寶親王哭著：「我害了你也！」忙把自己指頭咬破，滴一點血在妃子頸上，說道：「今生我無法救你了，但願和你來生有緣；認取頸子上的紅痣，我便拿我的性命報答你，也是願意的。」這一句話說完，妃子掛下兩點眼淚來死了。寶親王又花了一千塊錢，買通了宮女，把馬佳氏的襯衣脫下來，拿去天天伴著他睡；直到寶親王登了皇位，才把這件事體漸漸的忘記了。

後來乾隆皇帝在太廟中拈香回宮，那班御前侍衛和鑾儀人員都散去了。忽然宮裡太監傳話出來，皇上又要出宮去，探望協辦大學士陳大受的病。慌得那班鑾儀衛的人員，七手八腳的把御用儀仗拿來伺候。不知怎麼，一時裡把那頂黃蓋不知丟到什麼地方去了。那皇上卻已踱出宮來，升了鑾輿；那儀仗人員越發心慌了，東奔西跑的找那頂黃蓋，兀是找它不到。

乾隆帝坐在鑾輿中，十分惱怒。頓著腳說道：「這是什麼人做的事體？如此荒唐！」這時有一個抬龍輿的官學生聽了，忙跪下來，回奏道：「這事，典守者不得辭其責。」乾隆帝看他年紀很輕，命他抬起頭來；一看，不覺把個皇帝看怔了。只聽得乾隆帝嘴裡只說得一個「咦」字。要知後事如何，且聽下回分解。

證前盟和珅弄權　結深歡高宗宿娼

卻說乾隆帝當時見了那抬轎的少年，不覺心裡一動，心想：這人十分面善，在什麼地方見過的？朕和他從前是十分親熱的，怎麼一時想不起來了？他怎麼又替朕抬著鑾輿呢？乾隆帝這樣怔怔的想著，那班伺候的內監，看見皇上這副神氣，也十分詫異；只得靜悄悄的看著。忽然看見皇帝走下鑾輿來，吩咐把儀仗收了，不出宮去了，一面自己踱進宮去；一面傳旨把那抬轎的少年傳進宮來。

那少年也莫名其妙，他從來也不曾進宮去過；今見天子傳喚他，嚇得他渾身打戰，走進宮去。內監領他走進御書房，跪在地下，一動也不敢動。皇帝在屋子裡踱來踱去，吩咐內監一齊退出，便開口問：「你叫什麼名字？」那人磕著頭，說：「名叫和珅。」又問他：「多大年紀？」回奏說：「二十四歲。」又問他：「什麼出身？」回奏說：「是滿洲官學生。」這時乾隆帝忽然想起來了，原來這和珅的面貌，和從前勒死在月華門下的馬佳妃，一模一樣，絲毫不差。屈著指兒算一算，那馬佳妃死後到現在，恰恰二十四年。乾隆帝想起以前馬佳氏一番情形，不覺心中一酸；自己在椅子上坐下，喚和珅近身來，又喚他把衣領解開來。乾隆帝看時，見他頸子上果然有一點鮮紅的血痣。乾隆帝忍不住把和珅一抱，抱在懷裡；掉下眼淚來。說道：「你怎麼投了一個男身呢？」

和珅認做皇上發瘋了，慌得他動也不敢動，一任皇帝哭著說著。但他原是十分伶俐的，聽皇上說起從前和馬佳氏的一番情義，便裝痴撒嬌的說道：「陛下害得我好苦！」說著，也掉下眼淚來。皇帝舉起龍袖，替他拭淚。兩人唧唧噥噥的在御書房裡說了半天話。乾隆帝又送了他許多貴重的衣服古董；另外又賞他五萬兩銀子。

第二天，聖旨下來，特拔他做掌管儀仗的內務大臣。從此，乾隆帝把個和珅百般寵愛起來；那和珅也常常進宮去伺候皇帝，有時在御書房裡同榻而眠，和珅放出許多嬌媚的樣兒來迷住皇帝，那乾隆帝真的拿他當馬佳妃子一般看待。外面許多大臣，知道和珅得了寵，便又搶著去趨奉他。有的送錢鈔，有的送房產；有的送美人，有的送古董珠寶。這和珅原是小人得志，不知道什麼禮法的，他仗著皇帝的寵愛，盡力的做那貪贓枉法的事。不到幾年，和珅家裡居然宅第連雲，家財千萬，奴婢成群，美人滿室。不用說別的，便是和珅的家奴，也有許多官員去孝敬他，只叫那家奴在他主人前說一句話，便可以升官發財。那乾隆帝心中只有一個和珅，別人的話，他都不信；只有和珅說的話，他句句相信。有時遇到皇帝動怒的時候，只叫和珅進來說一句話，立刻轉怒為喜。皇帝常常喚和珅，稱他我的人。那四方進貢來的寶物，皇帝吩咐和珅自己挑選，把十成裡的三四成，都賞給他。按到實在，和珅已和皇帝對分了貢物；因為那進貢的東西，先要經過和珅的手，他早已挑選好的東西拿到自己家裡去藏起來，卻把挑選剩的送給皇帝，皇帝又分給他。因此和珅家裡珍寶，越積越多，有許多還勝過大內的。

有一天，正是十五日，皇子皇女都進宮來朝見；皇后留他們在宮中遊玩。七阿哥和誠親王兩人，在長春宮中遊玩；那七阿哥一不小心，打碎了陳設在宮中的一隻碧玉盤。那玉盤直徑有一尺寬，顏色翠綠，是乾隆皇帝最心愛的，如今七阿哥見打破了，嚇得他只守著那玉盤哭泣，恰巧和珅從院子裡走來，誠親王年紀大些，知道這件事只有和珅能幫忙，他倆忙給和珅磕頭。和珅起初不肯管閒事，後來看七阿哥真急了，誠親王又許他回家去對父母說知，情願孝敬他一萬塊錢，求他想一個法子，和珅才答應。到了第二天，那誠親王的父親，真的送過一萬塊錢去；和珅便在家中拿了一隻碧玉盤，悄悄的依舊去安放在長春宮裡。那碧玉盤卻比宮中舊時的要大一倍，這原是進貢來的，和珅卻抱大的留在家裡去用了。

和珅不獨要偷皇帝的寶物，他平日到大臣家去，見了珍貴的東西，便也老實不客氣的向那主人要了去；那大臣雖也心愛，見和珅向他要，他也沒有法想，只得送給他。因此各大臣相約都把珍寶收藏起來，不給他看見。有一次早朝時候，和珅先到朝房去，見大臣孫士毅封文靖公的，也先在房裡了，那孫士毅閒著無事，從懷裡掏出一隻鼻煙壺來把玩著，和珅湊過身去看時，見那鼻煙壺是用一顆雞蛋般大的珍珠雕刻成功的。和珅看了歡喜，伸手向他要；那孫士毅急了，說：「這是此番俺出征越南得來的，昨天已奏明皇上，今天須把他孝敬皇上，萬萬不能再送給大人了。」和珅看他急得厲害便笑著說道：「俺和大人說著玩的，誰要你的來？」

隔不到三天，孫士毅又在朝房裡遇到了和珅，和珅便從懷裡掏出一個鼻煙壺來給孫士毅看，說道：「俺也得了一個。」孫士毅看時和他孝敬皇上的那個一模一樣的。便問他：「從什麼地方得來的？」和珅說道：「俺向皇上去要來的。」和珅這種肆無忌憚的事體，看在那班御史的眼裡，實在有些忍不住；便今天一本，明天一本，大家雪片也似的奏參和珅。無奈乾隆帝認定和珅是馬佳氏的替身，總是放縱他。常對和珅說道：「俺們是一家人，有福同享；朕的錢，便是你的，你多要些，也不礙事。」非但不降他的官，還飛也似的升他的官；不多幾年，直升到大學士，拜他做首相，那劉文正公反做了一個協辦大學士，但劉文正是一個正直的人，見和珅鬧得太不像話了，常常當面責備；他兩人又常常揪到皇帝眼前去，辯論曲直。乾隆帝看劉文正是正直的老臣，自己不肯責備和珅，便借劉文正監督著和珅，叫和珅不敢十分放肆。因此每見劉文正來奏告和珅如何貪贓，如何枉法，便用好言安慰他。

這一年，平安準噶爾回部，凱旋受俘，立碑太學；乾隆帝硬把這個功勞，加在和珅身上，說他有贊畫之功，封他公爵。和珅受賀的時候，家中擺下七天的戲酒。第一天請皇上臨幸。乾隆帝在傍晚時候擺駕出宮，沿途燈火照徹天地，直到相府門口，好似一條火龍。那和珅府中越發熱鬧；燈燭輝煌，遠望去好似一座火城。上面搭著五色漫天帳，地下鋪著幾寸厚的棉毯，從大門口直到內堂。馬腳踏在上面，好似踏在草地上，肅靜無聲。和珅親自在門口接駕；禮部尚書，做招待官，九門提督，在鼓臺上打鼓，那吹鼓亭中吹打的，都是三品以上的大員。一會兒，皇上坐席開宴；戲劇開場，皇帝親自點了一出堯舜禪讓的故事，使兩傍伺候的大臣都十分詫異，那皇帝和和珅有說有笑，和珅竭力勸酒，皇上不覺吃醉了酒，大臣們都退出在外面。和珅把家妓喚出來歌舞著，勸皇上吃酒，皇帝十分快樂，和那班家妓調笑著，不覺酩酊大醉。和珅命內中最美的一個家妓，扶著皇帝進裡屋去睡下；那家妓便被皇帝臨幸了。皇帝醒來，已是三更時候。他拖著那家妓洗盞再酌，吃到高興的時候，皇帝把自己的御服脫下，把扮戲穿的龍袍穿在身上，笑著問妓女道：「朕似漢家天子否？」那和珅這時也吃醉了酒，把皇帝脫下的御服，穿在身上。笑問皇帝道：「臣可似陛下否？」君臣調笑一陣，不覺東方已白。乾隆帝此時見和珅襯衣領子上繡著金龍，問他什麼意思？和珅回奏說道：「這頸子曾經陛下御手撫摩過，因此用繡龍的領子護著。」乾隆帝伸手摸著和珅的頸子，說道：「卿真能善體朕意。」

君臣二人說說笑笑延挨到天光了，那第二天的賀客，都已到了門口；打聽得皇上尚未回宮，嚇得他們一齊退出。獨有劉統勛直闖進裡屋去，請皇上回宮。乾隆帝見劉文正來了，心中卻有幾分忌憚，只得擺駕回宮去。後來和珅暗暗的把自己的一個妹子送進宮去，說：「見臣妹如見臣。」乾隆帝也把他妹了十分寵愛起來。從此和珅不但引導皇上在宮內淫樂，且慢慢的引著皇帝出禁城來，暗地裡逛私娼去。

這時京城裡有一個鼎鼎大名的私娼，名叫三姑娘。一般達官貴人，都在她妝閣裡進出；便是和珅，也是一位入幕之賓。因此京城裡有一班官員，要鑽營門路的，都來求三姑娘；這三姑娘頤指氣使，氣焰萬丈。她門口常常有二三品的大員伺候了一天進不得門的。如今和珅又把個天子引到三姑娘房裡去，那三姑娘越發不把這班官員放在眼裡，天天哄著那皇帝。講到這三姑娘的姿色，綺年玉貌，再加上一段旖旎的風韻，任你宮中第一等美人，也趕她不上。不用說別的，便是床第上的工夫，也叫這位皇帝拜倒在石榴裙下。從此皇帝時刻捨不得三姑娘，天天溜出宮來尋歡買笑去。

那時候有一位頤親王的公子，打聽得三姑娘的名氣，便化了上萬的金錢，只圖得和三姑娘見一面兒，想和她一親肌膚。那公子整整的化了二十萬銀錢但還沒放在三姑娘眼裡。此事被他父親知道了，不禁勃然大怒，立刻趕到步軍統領和九門提督兩衙門去，一陣咆哮，逼著他派出差役去，向三姑娘要銀錢來，立刻把三姑娘驅逐出境。那統領和提督，聽說有這樣放肆的窯姐兒，便也十分震怒；立刻派出差役，趕到三姑娘那裡；那班人奉著上官的命令，如狼似虎，見人便捉，見物便毀。院子裡的鴇母龜兒，一齊被他們捆綁起來。

看看打進後院去，忽然迎出一個老漢來，伸手攔住。那班差役如何肯依，一擁上去，要推開這老漢。誰知那老漢兩條臂兒和鐵棒相似，任你三五十人的氣力，休想推得他動，那班人沒法，正要向老漢肋下鑽進去，早被老漢伸著一個指頭，在他們肩窩裡一點；那班差役，個個都目瞪口呆的直挺挺的站在地上，好似拿釘子釘住一般。後面的差役，看這個情形不妙，一轉身逃回衙門去。

這時做步軍統領的，是富察氏的叔父，得了這個消息，氣得他三屍神咆哮，七竅內生煙，便立刻親自帶了一隊親兵，趕到三姑娘院子裡去。這時已是黃昏人靜，院子裡靜悄悄的不見一個人出來。那位統領直闖進後院去，只見文窗繡幕，裡面隱隱射出燈火來。裡面一陣調笑的聲音，夾著三姑娘的絃索歌唱的聲音。統領站在院子裡，喝一聲：「抓！」那班親兵，正要搶進房去，忽見那三姑娘穿著一件銀紅小襖兒，款步出來；後面跟著一個俏丫鬟，手中捧著風燈罩兒，照在三姑娘粉臉上，越顯得她唇紅齒白，俊俏動人。只聽得她嚦嚦鶯聲似的說道：「禁聲些！裡面貴人正要睡呢。你們倘若驚動了貴人，俺問你們有幾個腦袋？」那統領聽了，愈加生氣，喝一聲：「打進去！休聽這賤人的花言巧語。」

正在緊急的時候，忽然房裡面走出一個小丫頭來，手裡拿著一張紙條兒，直送到在統領手裡，那統領看了嚇了一跳，頓時矮了一截。原來那張紙條上寫著：「汝且去，明日朕當有旨。欽此。」下面還蓋著一顆鮮紅的「皇帝之璽」印鑒。統領到了此時，一句話也不敢說，悄悄的帶著原來的親兵，退回衙門去；一面另派了一大隊守衛兵，暗暗的在三姑娘的屋子四周保護著。第二天，統領朝見皇帝，正要奏諫皇上不可微行；誰知他不曾開得口，那乾隆帝早已對他笑著說道：「卿辦事甚勤。但也不必過於認真，殺了風景。」那統領聽了，嚇得他連連磕頭。

乾隆帝嘴裡雖這般說，心中卻疑惑是皇后指使這統領來的，因此十分厭惡皇后。那富察後夫妻恩情很厚的，又生性爽直，為皇帝好色、多寵妃嬪的事體，常常暗地裡勸諫他。清宮裡有背祖訓的規矩，富察後只怕皇帝荒淫無度，打聽得皇帝睡在妃子房裡，到五更還不起身，便打發太監頭頂著祖訓，直到皇帝的臥房門外跪下，嘴裡滔滔不絕的背著祖訓，一遍背完，又是一遍。那皇帝一聽得太監背祖訓，便要立刻披衣下床，跪聽祖訓。那皇帝倘然不下床，那太監便背誦不休，直到皇帝起身為度。富察後常常拿這個法子去治著皇帝，皇帝因此心中越發厭惡皇后。

有一天，皇帝從三姑娘那裡回宮來，給富察後知道了，便拔下簪子，披散了頭髮，再三苦諫。乾隆帝看了，冷冷的說道：「皇后竟打通內外，壓制朕躬嗎？只是朕非李唐諸兒柔懦無能的可比，皇后不必枉費心血罷。」說著轉身走出宮去了。從此乾隆帝天天在三姑娘院子裡尋樂，回宮去總要聽富察後嘰咕幾聲。乾隆皇帝覺得宮中的箝制，不復可忍，便又打算恭奉太后慈駕南巡去，藉此可以物色美人，快遂平生之願。主意已定，便下詔巡幸江南。他此番卻把大權交給和珅，又叫劉統勛在一傍監督著。自己奉著皇太后動身出京去。

滿朝文武百官，都齊集在午門外送行，獨有和珅直送出京城。乾隆帝看和珅滿面愁容，認是他捨不得離開皇上，便對他說道：「朕原打算和你一塊兒到江南遊玩去，如今國事沒有人照料，只得偏勞你了；待朕回京時候，再和你吃酒尋樂。你也不可憂愁。」和珅回奏道：「皇上有旨意，臣敢不奉命；只因家中近日死了一個愛妾，心中萬分淒楚，因此，不覺憂形於色，還求皇上寬恕。」皇帝聽了，哈哈笑道：「莫傷心！江南盡多佳麗，朕此去，便當替你物色一個美人來，解你的憂愁。」和珅聽了，忙跪下地來謝恩。

乾隆皇帝離了京城，母子兩人坐了大號龍船兩只，又跟著一百號官船，沿著運河下駛，過了天津，入了山東界。那沿途地方官的供應接送，十分忙碌，這且不去說他。單說那揚州地方的鹽商，仗著有千萬的家財，都要在皇帝跟前討好，他們從前也曾辦過接駕。如今聽說乾隆皇帝又要南巡，便個個興高采烈的準備接駕，炫奇鬥富，各窮心計。就中單表那江鶴亭和汪如龍兩人，從前因承辦接駕，結下冤仇；如今他兩人豈肯錯過機會，便用盡心計，想出奇妙的玩意兒來，討皇帝的好。因此這一番揚州紳士的接駕，又要算汪、江兩人第一精妙。

你道那汪如龍是拿什麼來接駕？原來汪如龍自從第一次接駕以後，便暗暗地預備第二次接駕的事體。那雪如自從得了皇帝寵幸以後，汪如龍便把她安頓在藻水園裡；她的兩肩，因為得乾隆皇帝的手扶搭過，便在小襖的兩肩上，繡著兩條小龍。從此汪紳士喚她雪娘娘，十分敬重她；另外買了二十幾個女孩子，在園中請雪如教授歌舞。那雪如便挑選皇帝愛聽的曲兒教給她們，又教她們新樣兒的舞姿。汪紳士又請了許多名士，編了幾齣新曲文，教她們練習。練習純熟了，恰巧得了乾隆帝南巡的消息；汪紳士便趕上一程，在清江浦地方接駕。

清江浦是出山東界第一個碼頭；皇上御舟從濟南兗州一帶行來，忽看了這奇異的玩意兒，容易叫聖心快活。那汪紳士帶了工匠人等，早在江邊忙碌了許多日子，待得御舟一到，那兩岸接駕的官紳排列跪著好似長蛇陣，乾隆帝在御舟中望去，只見遠山含黛，近樹列屏。停了一會，御舟到了船埠，那接駕的臣民，齊聲歡呼：「皇太后、皇上萬歲！」皇帝正含笑倚著船窗望時，只見岸上大樹上掛著一枚大桃子。要知這桃子有什麼奇異之處，且聽下回分解。

鶯鶯燕燕龍鬚纖　葉葉花花雲雨樓

卻說乾隆皇帝兩眼看著那樹上的大桃子。那個桃子，忽然自己移動起來；看它離了樹枝，落下地來，又慢慢地在地下轉動，移近岸來，直到龍舟邊，近看時，它有房屋一般高大；外面鮮豔紅潤，配著兩片綠葉，引得那班官員都圍著觀看。

正看時，只聽得一棒鑼響，桃子裡打起十番鼓聲；鼓聲才住，豁的一聲，那桃兒對縫裂開，變成兩半個；裡面露出一座小戲臺來，正搬演那《群仙祝壽》的故事；一串珠喉，唱著《萬壽無疆》的曲兒。皇帝看時，那扮皇母的，正是那雪如；豐容盛鬋，越發出落得美豔了。皇帝和她幾年不見，想起舊情，未免動心；再看那班祝壽的仙子，個個都是輕柔嬌小，風光流動。正看得出神的時候，忽然走出一個垂髻的女郎來，輕雲冉冉，豔絕人寰；身披羽衣，下曳霓裳，珠喉巧轉，舞袖翩翩。歌舞多時，看她直走下臺來，手中捧著玉盤寶瓶，走近船窗，獻與皇上。

乾隆帝看她秀眉入畫，笑靨承睫，早不覺心旌搖盪。看她翠袖裡露出纖纖玉指，養著尺許長的指爪兒。乾隆帝笑問道：「卿可是麻姑再世？朕卻要問你的小名兒是什麼？」女郎見問，便低低的奏稱：「小女子賤名叫昭容。」接著掩袖一笑，橫眸一轉。皇帝急喚內監拉住她的裙角兒，只見她驚鴻一瞥，早已跑上臺去，唱起「霓裳羽衣曲」。滿臺的女孩兒，和著歌唱，歌聲裊裊，動人心魄。乾隆帝吩咐：賞雪如玉如意一柄，碧霞洗搬指及粉各一個，金瓶一對，綠玉簪一對，赤瑛杯一，白玉杯一，珠串一掛；昭容也賞玉如意一柄，金瓶一對，綠玉簪一對，珠串一掛；其餘女郎，各賜綠玉簪一枝，珠串一掛。雪如在臺上，領著一班女孩謝賞。到了晚上，雪如、昭容兩人被傳下御舟侍寢。昭容原是雪如的妹子，荳蔻年華，洛神風韻。皇帝看她嬌憨可憐，越發寵愛她。

第三天，把汪如龍宣上御舟去，又賞他二品頂戴，銀錢五十萬兩；叫他先趕回揚州去，照料一切。那汪如龍領了聖旨，謝恩出來，回到揚州，便耀武揚威的越發不把江鶴亭放在眼裡。江鶴亭見汪如龍得了好處，便和惠風在暗地裡預備新奇的煙火接駕和汪如龍爭勝，那汪如龍卻睡在鼓裡。

御舟到了揚州。那日皇帝坐在高樓上，文武百官兩傍陪侍。起初只見對面漆黑一片，慢慢的露出一點火星來；那火星四處亂滾，愈滾愈大，忽然拍的一聲，火星爆裂，滿地紅光。紅光中現出一株大樹來，滿樹桃花，在火光中展動；那花朵兒愈大，一霎時，花謝蒂落，枝條上結著一串桃子。那桃子又漸漸的大起來，內中有一個最大的，從樓上落下來；從中裂開兩半個桃子，向左右移開，變成兩座戲臺。一座臺上搬演《西遊記》的故事，妖魔鬼怪，變幻無窮；一座戲臺上裝出莊嚴寶相，上面蓮臺上坐著一尊觀音，眾仙女在下面膜拜。停了一會，那邊戲臺上的孫行者，演一出偷桃的戲；把一盤仙桃偷了出來，這邊戲臺上，走下一個仙女來，接過盤子去，直獻到皇帝座前。乾隆帝看時，又是一個絕色的女郎！見她低鬟斂袖，嫵媚天然。便笑道：「江南地方，真多美人！」這句話一說，早有一個內監上去，把她留下了。三位美人，輪流著伺候皇上。皇上好似進了迷魂陣；那御舟在河心裡行著，兩岸的官紳忙著迎送，皇帝也沒工夫傳見。

那御舟出了揚州地界，忽然聽得兩岸有嬌聲唱曲的。皇帝推窗一望。只見兩岸有兩隊婦女，一隊穿著青色衫裙，一隊穿著紅色衣褲。兩隊約有一百個女人，個個都長得妖嬈白淨；每人肩上都背著一條五色的纖繩，那一百支小繩子，都歸總在兩大支纖繩上面。這兩大支纖繩，用五色捆帶子纏著，綁在御舟的一株牙桿上；牙桿下面插著繡花的小龍旗，從船頭上密密的直插到船尾上。船的兩舷，又有兩隊婦女打槳；一隊是女尼，穿著紺青色的衣衫，一隊是道姑，穿著絳色的衣裳，個個臉上施著脂粉，妖媚萬狀。船上的打著槳，岸上的拉著纖，輪流唱著妖豔的曲兒。

皇帝看了，不覺心花怒放。回頭問太監道：「這是什麼？」太監回奏道：「這是揚州紳士江鶴亭孝敬的，名叫龍鬚纖。」皇帝再看時，見岸上遍種著桃柳，桃花如火，柳葉成蔭；一紅一綠，相間成色。那桃柳樹下，又攔著錦幛；每隔一里，築著一座錦亭，亭中帷帳茵褥，色色齊備。皇帝問：「那亭子做什麼用？」總管回奏說：「是預備婦女們休息宿用的。」乾隆帝笑道：「兩岸風景很美，朕也想上岸看她們去。」太監聽了，忙吩咐停船。皇帝踏上船頭，百官們上來迎接，扈從著皇帝，走進錦亭去。見裡面妝臺鏡屏，陳設得十分精美。皇帝吩咐傳那四班婦女進來。第一班穿紅色衣褲的是孤女，長得柳眉杏靨，嬌小可憐；第二班穿青色衣裙的是寡婦，雅淡梳妝，別饒風韻。第三班便是女尼，第四班便是道姑；妖冶風流，動人心魄。皇帝見了她們，不禁笑逐顏開，伸過手去，撫著她們的粉頸，捏著她們的纖手，那班婦女便覺得十分榮耀。傳旨下去，每人賞一個金瓶，銀錢五百塊；又叫留下陳四姨、王氏、汪二姑、玉尼四人。

那陳四姨，是青衣隊魁首；雖說是一個孀婦，卻是年輕貌美，萬分妖嬈。那王氏，是道姑的魁首，長得玉立亭亭，神韻清遠。兩人得了皇帝的召幸，便曲意逢迎；拿出全副本領來勾引，把個皇帝弄得顛倒昏迷，十分快樂。那汪二姑，是紅衣隊的班頭；玉尼，是女尼的班頭。講到她兩人的姿色，實在勝過陳姨和王氏兩人，一笑傾城，雪膚花貌。這四隊中的婦女，有誰趕得上她那種美豔？無奈她兩人都長著桃李之姿，冰霜之操；都因為不合皇上的心意，可憐一個死在亂棍之下，一個死在水裡。

那汪二姑原是窮村家女，她父親以賣水果度日；二姑因從小死了母親，便自操井臼。雖說亂頭粗服，但她那副美麗的容光，總是不能遮掩的。村坊上見了這個天仙的女孩兒，如何肯輕輕放過她；便有幾個無賴，常常到二姑家裡去胡鬧。後來惱了二姑的父親，把那無賴告到官裡；官廳派了幾個差役來，把無賴捉去，從此這汪二姑的美貌，連官府也知道了。此番江鶴亭承辦接駕，要討皇上的好兒，便想出這龍鬚纖的法子來，四處搜尋婦女；知道二姑的美名；便託官府用重金去請來。那二姑起初不肯，後來她父親貪圖錢多，再三勸說。二姑沒奈何，也只得去了。到了那裡，自有管事婆婆給她香湯沐浴，披上錦繡，施上脂粉，頓覺容光煥發，妖媚動人。管事婆婆，便派她做紅衣隊的領班。

這時，皇帝先召陳四姨和王氏進去。傳說出來，她兩人得了皇帝的臨幸，得了上萬銀錢的賞賜；那班婦女聽了，誰不羨慕。停了一會，聖旨傳汪二姑進去。那汪二姑知道這一進去，凶多吉少，便抵死不肯進去。無奈那兩個太監氣力很大，拉著她兩條臂兒，硬拽進去；在亭外的人，只聽亭子裡二姑的哭聲，十分悽慘。接著兩個太監，慌慌張張的出來，把個朱家女兒，拉了進去；那朱家女兒，姿色也長得不差，現當著紅衣隊的副班頭。只因汪二姑見了皇帝，十分倔強，便喚朱家女兒進去替她。這時亭子裡面有許多婦女候著，半晌只見一個小太監，扶著那朱家女兒出來；大家看時，只見她雲鬢蓬鬆，紅霞滿臉，低著脖子出來。那髻兒上早已插著一枝雙鳳珠釵，鳳嘴裡含著一粒桂圓似大的明珠；只說這一粒珠子，也值到一萬塊錢。再看她臂上，套著一對金鑲玉琢的釧兒。眾婦女圍著看她，口中嘖嘖稱羨。又停了一回，太監出來傳喚侍衛們，把汪二姑的屍首拖出去。便有兩個侍衛進去，把汪二姑的屍首，橫拖豎拽的丟擲亭外；只見那屍首雙目緊閉，血跡模糊。

大家見了這情形，便去問朱家女兒。那朱家女兒說道：「我走進亭子去，只見皇帝手裡拖著汪二姑；二姑一邊哭吵著，一邊抵拒著。惱了皇上，把她推在地下，喝聲：『拉下去打死！』只見走出兩個太監來，手中拿著朱漆長棍，揪住二姑頭髮，到隔室去。這時我正受著皇帝的臨幸；耳中聽著二姑的慘號聲，嚇得早已魂靈出了腔子，想來那二姑是被太監打死的了。」大家聽了朱家女兒的話，不覺寒毛倒豎，驚詫不已。後來二姑的父親尋到這地方來，地方官推說二姑是急病死的。她父親也無可奈何，只得把女兒的棺材拿回埋葬。當時還有一個玉尼，見二姑死得如此悽慘，知道自己當著女尼班頭，免不了這醜事；她覷著傍人不留心的時候，咕咚一聲，跳在水裡。那管事的，怕給皇上知道惹起公案來，便也聽她淹死，不去救她；一面另選了一個尼姑，獻出去伺候皇上。

皇上此次一路遊玩，召幸的共有十六個女人；這都是江鶴亭一人的心思財力。皇帝心中也感激他，便把江鶴亭宣召進去，當面稱讚了一番，賞他紅頂花翎，又吩咐江寧藩司賞銀六十萬兩。那江鶴亭感激皇帝的恩德，便把自己家裡的「櫄園」，獻與皇上。他那「櫄園」，造得曲折幽勝，原是隋煬帝「迷樓」的舊址，揚州人稱他做「小迷樓」；園裡面有挹勝軒、延曦閣、當風亭、楊柳臺、藏春塢、蕉廊、碧城十二樓等幾處名勝的地方。皇帝得了這座「樗園」，便把那班召幸過的女人，安置在各處名勝地方；裡面那碧城十二樓，又算得風景最好的地方。江鶴亭又把自己最寵愛的姨太太郭氏，獻與皇上。那郭氏雖說嫁了江鶴亭，只因她年紀太小，還不曾破身。那郭氏伺候皇上的第一晚，還是一個處女，皇帝萬分歡喜，把她住在碧城十二樓上，封她做煙花院主。那郭氏有一個大丫頭，姓蔣，年紀也有十八歲了，生性卻十分放蕩；她伺候男人的時候，卻什麼把戲都玩得出來。這時候不知怎的，卻勾搭上了皇帝；皇帝一生玩女人，卻不曾經過這味兒，便又把蔣氏百般的寵愛起來。皇帝到杭州去，把這婦女都寄在樗園裡面，獨把這蔣氏帶在身傍。

御舟航行到了蘇州地方，皇帝忽然想起金閶女閭，妙甲天下；朕貴為天子，深恨不能享民間之樂。當時便把這意思對總管太監說了。那太監十分解事，便悄悄的去叮囑接駕的官員；又因為日間皇帝公然宿娼，招人議論，在人靜的時候，用蒲輪小車，把那金閶名花，送上御舟來。粉白黛綠，共有三十六個；吳儂輕語，花柳嬌態，早把這位風流天子心眼兒醉倒了。皇帝吩咐設宴，那三十六枝名花，輪流把盞；又各唱豔曲一折，皇帝左擁右抱，目眩心迷，早忍不住摟著幾個絕色的，真個消魂去了。直玩到四更向盡，那班妓女辭謝了皇帝，上岸坐車去了。這皇帝一路來眠花宿柳，都瞞著皇太后的耳目，一來因皇太后的坐船在御舟後面，不甚覺得，二來那太后手下的宮監，都得了皇帝的好處，凡事替他遮瞞。況且皇帝如有臨幸，不是上岸去在官紳家裡，便是深夜悄悄的將人弄上船來；叫這位年老龍鍾的太后，如何知道？

皇帝此番南下，種種的風流事體，卻瞞不住那正宮富察後。在皇帝心中只知道富察後遠在京城，耳目絕不能及，誰知她這時卻悄悄的躲在太后舟中，那富察後，少年時候和皇上十分恩愛；她如今見皇帝愛偷香竊玉，心中如何不惱？又打聽得皇上第一次南巡，寵幸雪如，在京城裡，又寵幸三姑娘；此番南巡，皇后便求著皇帝，要一塊兒出去，皇帝不願意，皇后便和太后說通了，扮著太后的侍女，混出京來，悄悄的躲在太后船中，一路上派幾個心腹太監，打聽皇帝的舉動；她見皇帝如此荒淫，心中如何不惱？只因皇太后十分溺愛皇帝，皇帝種種無道的事體，也不便告訴太后；自己又是私自出京的，更不能直接去見皇上，因此她一路忍耐著。如今見太監報說：皇上把許多窯姐兒，接上船來玩耍；把個富察後氣得愁眉雙鎖，玉容失色。她原想立刻趕到御舟上去勸諫，又怕當了窯姐兒的面羞了皇上；聽那御舟中一陣陣歌舞歡笑，皇后心中十分難受。她原是深通文墨的，便回艙去，拿起筆來，寫了一本極長的奏章，勸皇上保重身體，不可荒淫。寫到傷心的地方，不禁掩面痛哭；哭過又寫。那宮女太監，在一傍伺候著，勸又不好勸得。

皇后寫完奏章看岸上時，正是燈火通明，車馬雜沓，那班妓女辭別皇上，登岸回院的時候。皇后悄悄的說道：「這班妖精走了，俺可以見皇上去了。」她便匆匆的梳妝了一會，抹去臉上的淚痕；手中拿著奏章，任你太監宮女們拉住她的衣角，死死的勸諫，她總不肯聽。那總管太監，急得爬在皇后腳下，連連碰著頭，說道：「皇上正快活時候，娘娘這一去，不但得不到好處，反叫皇上生氣。那時不但奴才的腦袋不保，怕娘娘也未便。況且時候已四更打過了，那班窯姐兒也去了，皇上正好睡；娘娘縱有奏章，待天明以後，奴才替娘娘送去，豈不是好？」娘娘聽了，止不住又流下淚來；嗚嗚咽咽的說道：「皇上這樣荒淫，眼見得天怒民怨、國亡家破便在眼前；俺和皇上，終是夫妻情分，如何忍得？如今便主意已定，拼著一死，總要去見他一面！俺倘然死在御舟上，你們便把俺的貼身衣服，和皇后寶璽，送去俺父親大將軍家裡；只說俺因苦諫皇上而死。」皇后說到這裡，哽咽痛苦萬分，不能說話了，一倒身坐在椅子上，宮女上去服侍，洗臉送茶。

停了一會，皇后止住了哭，突然一縱身，從椅子上直跳起來，嘴裡說著：「俺終須要見皇上去！」飛也似的走出後艙，只因前艙有太后睡著，怕驚醒了她；皇后這時，從後艙踏上跳板，那宮女太監們忙去攙扶著。皇后一邊走著，兩眼望著前面的御舟；忽然見那御舟桅杆上，掛著一盞紅燈，閃閃爍爍的射出光來。皇后看在眼裡，只氣得話也說不出來；伸著手向那紅燈指著，兩眼一翻，倒在宮女們的懷裡，暈絕過去了。慌得那班宮女不敢聲張，又不敢叫喚；扶著皇后，回船艙去，輕輕的拍著皇后的胸口，又灌下參湯去。皇后才慢慢的清醒過來，那眼淚又不覺直淌下來。

皇后見了御舟上的紅燈，為何如此傷心？只因宮中的規矩，皇帝在屋子裡倘有召幸，那屋子外面，便點著一盞紅燈，叫人知道迴避，又叫人不可驚動皇上的意思。如今在御舟上，那盞紅燈沒有地方可以掛，便掛在桅杆上。因此皇后見了，知道皇上有寵幸的人，心中不覺一酸，眼前一陣黑，便暈絕過去；待到醒來，吩咐到御舟上去打聽，誰在那裡侍寢？那太監去打聽回來，悄悄的報說：如今在御舟上侍寢的有三個人：一個是蔣氏，是從揚州帶來的；兩個是方才留下的窯姐兒。皇后聽了，不覺嘆了一口氣，說道：「皇上敢是不要命了嗎？俺越發不能不去勸諫了。」說著，聽得遠遠的雞聲喔喔，皇后說道：「五更時分了，皇上也可以叫起了，便整一整衣裳，悄悄的走上岸去；宮女們扶著，太監們隨著，前面照著一對羊角小燈，慢慢的走近御舟來。

御舟上值夜的侍衛，和岸上守衛的兵士，見皇后忽然到來，慌得他們忙爬下地去跪見。太監傳著皇后的懿旨，不許聲張，驚動了皇上。那守頭艙的太監，見皇后突如其來，臉上的氣色，十分嚴厲，慌得他們都縮過一邊，不敢聲張。皇后也不用人通報，走進中艙，見桌上放著三五隻酒杯兒，杯中殘酒未冷，桌下落著一隻小腳鞋兒，金線紅菱，十分鮮豔。皇后看了，輕輕嘆了一口氣，她便直入後艙，只見錦帳繡帷，正是皇帝的寢室。要知乾隆皇帝見了富察後如何發付，且聽下回分解。

脫簪苦諫皇后落髮　奮拳狠鬥天子被擒

卻說富察後走到御榻前，也不去喚醒皇帝，突然跪倒在地，拔去頭上的簪子，一縷雲鬟，直瀉下地來。懷中捧出一本祖訓來，朗朗的背著。那皇帝正摟著兩個妓女好睡，那妓女卻不敢闔眼，見忽然走進一個貴婦人來，知道不是平常的妃嬪，忙悄悄的把皇帝推醒。皇帝正睡在夢中，聽得有人背祖訓，只得從被裡跳起身來，披上衣服，便在被面上跪倒，恭恭敬敬的聽著。待聽完了祖訓，皇帝走下床來，十分惱怒，質問皇后：「你什麼時候出京來的？」那富察氏低頭答道：「臣妾萬死，不曾奏明皇上，實是和陛下同時出京的，一向伴著太后，不曾來請得聖安。」

皇上聽了這個話，越發生氣。冷笑說道：「好一個不知體統的皇后！你悄悄的跟著朕出京來，敢是在暗地裡監察朕躬？你在暗地裡監察朕躬，倒也罷了，如今在這夜靜更深的時候，你悄悄的闖進寢室來，敢是要謀刺朕躬嗎？」這句話說得太重了，皇后慍的變了臉色，掛下兩行淚珠來。說道：「陛下這句話，叫賤妾如何擔當得起？賤妾既已備位中宮，聖駕起居，是賤妾應當伺候的。如今聽說皇上有過當的行為，賤妾不自揣量，竊欲有所規勸，又怕在白天拋頭露面，失了體統，特於深夜到此，務請陛下三思。煙花賤娼，人盡可夫，陛下不宜狎近，倘有不測，賤妾罪該萬死了。」

皇帝的好夢被驚醒了，心中十分憤怒；又聽皇后罵那妓女，越發忍耐不住。把床頭的小鐘打了一下，進來四個太監。皇帝喝聲：「拉出去！」太監看見是皇后，不敢待慢，便恭恭敬敬走上去，扶皇后起來，皇后直挺挺的跪著，抵死不肯起來。哭著說道：「陛下不顧唸賤妾的名位，也須顧唸俺夫妻一場，怎麼沒有一點香火情呢？陛下無論如何憤怒，只求看了臣妾的奏章，臣妾便是死了也不怨的。」說著，把那奏章高高捧起。皇帝無可奈何，把奏章接過來，約略看了幾句，見上面拿他比著隋煬帝，不覺大怒，把奏章拋在地上，直搶上前去，揚手一巴掌，打在皇后左面粉頰上，接著右面臉上又是一下，打得皇后兩腮現紅，嘴裡淌出血來。太監忙上去遮住，皇帝氣憤憤的披上兜風，走出艙去。這皇后拿膝蓋走著路，搶上幾步，抱住皇帝的右腿，抵死不放。說道：「陛下今日便是殺了巨妾，也要求看完了賤妾的奏章再走也不遲。」皇帝被皇后抱住了，脫不得身，一時火起，提起靴腳來，奮力一踢。可憐皇后肋骨上著了一下，痛得暈倒在地。皇帝也不回頭，直搶出船頭，跳上岸去，走進太后船中。

這時天色已明，太后正在梳洗，侍女們報說：「萬歲駕到！」太后不覺嚇一跳，忙看時，只見皇帝衣服不整，滿面怒氣，走進艙來。一開口，便把皇后如何胡鬧，如何失體統的話說了。又說她深夜直入，居心不測，請太后下詔賜死。皇太后聽了，十分詫異。說皇后好好的住在後艙，什麼時候到御舟上去的？立刻把侍候皇后的宮女太監喚來，吩咐拉下去，交總管用大棍打死；一面打發內監，拿著皇太后的節，去到御舟上，把皇后召來。停了一會，皇後來了，太后見她披頭散髮，血淚滿面。嘆了一口氣，說道：「鬧成這個樣兒！皇后的體面何在？」皇后只是痛哭，說不出一句話來。皇帝在一傍，只催著太后下詔賜死；皇后看皇上一點香火情也沒有了，心中不覺灰冷，覷傍人不防備的時候，搶到船頭上去，撲通一聲，向河心裡一跳。可憐一代母后，一陣水花動盪，早已去得無影無蹤了！

皇帝看了，好似沒事一般。到底太后看著皇后可憐，便傳命下去，吩咐太監侍衛們，四處打撈，兩岸的兵士和官民，都在上流頭下流頭撈救；直在玉龍橋下面撈得。皇后已被水灌得昏迷不醒，內監們七手八腳的抬上船去，仍在後艙頭榻上睡下，嘔出了許多水，才清醒過來。從此皇后睡床三日不起。她的心中好似萬箭鑽刺，十分悲傷。到了第四天上，她忽然心地開朗，主意已定，覷著宮女們不在跟前的時候，袖子裡拿出金剪來，颼的一聲，把一縷青絲齊根剪下。走到前艙去，跪在太后跟前，求太后開恩，准她削髮為尼。太后看看事已如此，又明知道皇帝和皇后絕不能和好的了，便把皇后扶起，說道：「俺過山東的時候，見大明湖邊有一座『清心庵』，水木明瑟，十分清靜；如今俺打發人送你到那邊去住著，俟皇上次鑾的時候，再帶你進京去，你可願意麼？」皇后聽了，又跪下去謝太后的恩典，太后便喚過四個小太監來，吩咐他另僱一號大船，把皇后應用的衣服器物搬過船去，陪著皇后過船去，直送到濟南府清心庵去。

山東省裡的文武官員，見皇后駕到，一齊前來迎接，官家眷屬，經常來陪伴她，又常常送禮物進去。皇后只和庵中的一個老尼姑好，所有官府來往，她一概謝絕。皇太后、皇上都回京了，皇上便下旨廢了孝賢皇后的名號。皇后知道了，在庵中痛哭了三日三夜，粒米不進。後來還是那老尼姑再三勸說，才慢慢的吃些粥飯。

從來說的，「福無雙至，禍不單行」。皇后自從被皇帝廢了名號，那地方官的供養，也從此斷絕了，官家眷屬再也不來看望她；庵中的女尼，也從此冷淡她起來。連那帶來的四個小太監，一個一個逃走，只剩了一個。這且不去說他。到了八月十五的夜裡，忽然來了十多個強盜，打進庵門；別的都不拿，獨把皇后的衣服首飾箱籠器具，搶得乾乾淨淨，一些也不留。皇后受了驚嚇，又是傷心；自己跑到州縣衙門裡去報官，求官府替她追捉強盜。那州縣官見皇后失了勢，便含糊答應；皇后看看那強盜去得無影無蹤，自己一生的財寶都丟得寸草不留，一個金枝玉葉的皇后，只落得自己燒茶煮飯，只有一個小太監伺候著她，皇后到了這山窮水盡的時候，也曾尋過幾次短見，都被這小太監救活；從此她和小太監兩人孤苦相依，度著歲月。在皇帝心中，早已忘了這故劍之情。皇后離舟永別的時候，正是皇帝醉倒花前的時候。

這時，扈從大臣裡面有一個梁詩正，見皇帝荒淫無度，也上了一本奏章，勸皇帝愛惜身體，保持令名。那皇帝正落在迷魂陣中，如何肯聽？他把梁詩正傳上御舟去，當面訓斥了一場。說道：「你雖做了大學士，只因朕賞識你的詩做得好，也好似娼優一般養著你們玩兒罷了！怎麼這樣大膽，來管起朕的事體來了？」這一頓教訓，嚇得文武百官，從此箝口結舌，不敢勸諫。

皇帝還因為自己住在御舟裡，有衛兵內監們伺候著，耳目眾多，不能十分放縱，他便暗暗的和幾個親信的太監商量，打算在夜靜的時候，上岸微行，到娼家住宿去。他在妓女言語中，打聽得蘇州地方妓女的面貌，要算銀紅最美。銀紅有一個小妹妹，名叫小紅，比她姊姊還要美。只因那小紅生性冷僻，不肯接客，到如今還是一個處女。皇帝聽了，十分羨慕；便逼著太監，領他到銀紅院子裡去，誰知這一去，一連七天，不見皇帝回船來；把個皇太后和合城的文武官員，慌得沒了手腳。江蘇撫臺，發落全班的巡捕，和元和縣的捕快，在城裡城外大街小巷搜查。直到第八天上，皇帝被人捉去，綁在馬房裡，打發一個小校，到撫臺衙門裡去報信。嚇得那文武官員，齊趕到馬房裡去，把皇帝接出來，送到船上來。

原來蘇州地方，有一個橫行不法的惡少，終日在三瓦兩舍，無事生非。又生成十分好色，凡有絕色的娼妓，都被他霸占了；別的人都不敢去問津。他仗著父親做過大同總兵的，家中有錢有勢；他自己又仗著有水牛般的氣力，手下又有一二十個幫閒的大漢，到處敲詐恐嚇，人人見了他害怕。因此把惡少取一個綽號，名叫「小霸王」。小霸王最心愛的妓女，便是銀紅。講到那銀紅的姿色，真可以壓倒煙花隊；此番皇帝召幸，那銀紅仗著小霸王的勢力，不曾接駕。但那銀紅心中，另有一個知己，便是徐翰林的兒子徐大華；這人風流年少，貌美多才，只因小霸王占住了銀紅的院子，徐大華不能公然在銀紅院子裡出入；但他兩人也曾背著小霸王私會過幾次，十分恩愛，已經約定婚姻之事了。覷著小霸王不防備的時候，徐大華一肩彩輿，把銀紅娶了過去。

鴇母怕小霸王到他院子裡來吵鬧，便把院子門關上，帶了小紅，躲在一條小巷裡住。這時忽然來了一個闊客，見了鴇母，一擲萬金，指名要小紅侍寢，小紅抵死不肯；無奈鴇母愛這客人有錢，再三勸著小紅。這時小霸王得了消息，帶了一班無賴，趕到銀紅的院子裡，撲了一個空，十分憤恨；打聽得銀紅是被徐大華娶去的，又趕到徐家。徐大華早得了消息，忙帶了銀紅從後門逃出。小霸王趕到徐家，又撲了一個空，便無可發洩，喝一聲打，眾無賴一齊動手，把徐家房屋搗成雪片。臨走的時候，放一把火，燒成焦土。那徐大華帶了銀紅，無地投奔，便找到小紅院子裡來。這小紅院子裡，正到一個闊客，肯出一萬銀錢梳攏小紅；他如今見銀紅和徐大華如此恩愛，又見徐大華走投無路，便出來打抱不平。對徐大華說道：「你們好好的住著，不用害怕，俺明天和你打抱不平去，管叫那小霸王送了性命。」那小紅見這客人肯幫姐姐的忙，便也敬重他，當夜陪他吃酒，又給他梳攏了。

這客人一住三天，外面的風聲一天緊似一天；那小霸王天天帶著一班無賴，在大街小巷中搜查，把個徐大華嚇得躲在家裡不敢向外面探頭兒。那小紅在枕上夜夜催著那客人。到第四天上，那客人打聽得這小霸王每日在片石山房喫茶，他便拉著徐大華，直走到片石山房。那徐大華嚇得混身亂抖，那客人拍著胸脯，叫他放大膽子。片石山房裡有一個坐位是錦墊交椅，桌上排列著一色白胎的江西窯瓷茶壺茶杯，特留著候小霸王來坐的；這時小霸王未到，這客人便大模大樣的上去，坐在交椅上，命徐大華坐在一傍。茶博士上來，裝著笑臉，說：「請客人這邊坐，這坐位是小霸王的。」那客人聽了，把雙目一瞪，提著醋缽大的拳頭，在桌上一按，惡狠狠地說道：「俺大爺不知道什麼小霸王不小霸王！大爺有的是錢，愛坐那裡便是那裡。你若怕事，快把招牌除下來不賣茶了，俺便出去。」那茶博士碰了一個釘子，嚇得他忙縮著脖子下去。他知道這客人來得不妙，今天不免有一場惡打；便悄悄的把那碗盞茶壺收拾起來，兩臂兒交叉著打著結，站在一傍看冷眼。

停了一會，那小霸王果然來了。徐大華見了他，早嚇得嘴唇失色，兩排牙齒捉對兒撕打起來，小霸王身後跟著五七個豎眉橫眼的大漢，一手忒楞楞的轉著兩粒鐵彈子；一擁搶到徐大華跟前，小霸王伸手直指上徐大華的臉來，惡狠狠的說道：「你今天也敢來送死！拐賣婦女應得什麼罪？快快自己供來，莫再煩你老爺親自動手。」說著，伸手來拉那客人的衣袖，叫他讓座的意思。只見那客人雙眉一豎，猛向地下一蹲，捏住他的小腿，把個小霸王倒提起來；眾人上來救時，那客人拿小霸王做了兵器，提著他東蕩西掃，那小霸王把兩手捧著頭嚷痛。他也不理會，把那班人打得東倒西歪。看看小霸王腦袋上直淌下血來，那客人冷笑一聲直把他提出窗外去，說一聲：去你媽的！啪嗒一聲，那小霸王從樓上直撞下街心來，早跌得三魂邈邈，六魄悠悠，看是死了。那班大漢，一齊抱頭鼠竄逃去。

茶鋪子掌櫃的見鬧出人命來，便不肯放那客人走。那客人也不走，吩咐茶博士再泡上茶來，和徐大華兩人慢慢的喝著。一會兒，那小霸王的父親總兵，親自借了營裡的一千兵丁，帶著到茶鋪子裡來，把那茶樓圍得鐵桶一般，高聲的嚷著：「該死的囚囊！快下來送死！」這一聲喊，把個徐大華嚇得躲在桌子底下瑟瑟的抖動。那客人上去，把徐大華扶起來，拉著他一同下樓去。他站在扶梯上，對大眾說道：「諸位不用動惱。從來說的殺人者抵命；俺如今打死了小霸王，俺兩人準備抵他的命。但是抵命的事體，自有官府在，你們快把俺兩人綁起來，送到官府裡去。」那總兵聽了，便吩咐：上去把他兩人捆綁起來，帶回家再說。那客人也不抵抗，聽他們用麻繩左一道右一道的綁住；徐大華也吃他們綁起來，牽豬羊似的擁到總兵家裡，總兵吩咐去吊在後園馬棚裡，待小霸王收殮時候，把這兩個囚囊拉出來，剜心活祭。

徐大華和那客人被綁在馬棚裡，有兩個小校看守著。徐大華自以為是死定的了，那眼淚和下雨似的落下來。只有那客人談笑自若，常常和那小校講著話；覷著一個小校走到牆根撒尿的時候，便悄悄地把另一個小校喚近身來，低低的對他說了幾句話。那小校聽了，嚇了一跳；怔怔的對那客人臉上看著。那客人對他說道：「你不用害怕，你倘然給俺去報了信，這總兵家裡的產業妻小一齊賞給你可好嗎？」那小校說：「別的我不愛，只愛他家那三小姐，長得好似水蔥兒似的，勾人魂魄。」那客人便點點頭說道：「便把他家三小姐賞給你。」那小校聽了便高興起來，說道：「這樣空手白眼的去報信，有誰相信我？」那客人便叫小校走近身來，在自己懷裡，摸出一顆小印來，吩咐他：「快把這粒印送到官府裡去，你自有好處。」那小校得了印，便飛也似的出去。

這裡總兵官正忙著收殮兒子；又吩咐家裡的劊子手，當小霸王的屍首擱在棺材蓋上時，便把馬棚裡吊著的兩個囚犯拉出來破肚子。這總兵仗著自己勢焰熏天，地方官也趨奉他；便是他在家裡用私刑殺死人，地方官也不敢去問他。他曾經在家打死一個丫頭，踢死一個書僮，又逼死一個姨太太，私自埋葬了，也沒人敢去問他。何況如今兒子被人打死，拿凶手來抵命，越發是名正言順了。

總兵家裡正忙亂的時候，忽然牆外一棒鑼響，門丁進來報說：「合城文武官員，上自巡撫大人，下至縣太爺都來了。」那總兵官認做是來為他兒子弔孝的，忙穿戴衣帽，迎接出去；待到見了撫臺大人的面，正要作下揖去，只聽得耳根邊一聲：「抓！」那撫臺早已放下臉來，走過四箇中軍官來，把總兵官揪住。總兵官問：「俺犯了什麼罪？」那撫臺也不說話，帶他直走到後園馬棚去；那班文武官員見了那客人，一齊跪倒。徐大華在一旁看了，也十分詫異。撫臺親自上來替那客人鬆了綁，又叫人把徐大華也鬆了綁。只見那撫臺又爬下地去，在馬糞堆裡磕著頭。口稱：「臣罪該萬死！」

到這時，那總兵才明白過來，被綁的人便是當今的聖天子；嚇得他忙跪下地去，連連磕著頭說道：「罪臣該死！只求皇上賞一個全屍！」那皇帝也不去理他，踱出大門去；外面早已預備下龍輿，皇帝坐著回船。太后七八天不見皇上了，如今見了，便捧住了不放手；又再三勸說，皇上萬乘之尊，切不可微行出外，倘有不測，叫天下臣民負罪先皇。便有許多臣子，也紛紛上奏章勸諫。皇上吃了這個驚嚇，從此卻也膽小了，只是舍不下那小紅，便把她用軟轎悄悄的抬上御舟來，朝朝寵幸。那徐大華和銀紅兩人，受了這一番磨折，皇帝賞徐大華做刑部侍郎，准他把銀紅帶進京去供職。又連下三道上諭：第一道，把那總兵官立即正法，把兒子戮屍；第二道，把全城的文武官員，一齊革職；第三道，把總兵官的家產妻孥，全沒入官，分一半家產賞給這報信的小校，又賞他都司的官職，還把三小姐配給他做妻子。

乾隆帝也遊玩得厭倦了，匆匆到杭州去了一趟，便下旨迴鑾。御駕走到山東涿州地方，忽然又出了一宗離奇案件，把好好一個皇孫殺死了。要知後事如何，且聽下回分解。

涿州府皇孫出現　同樂園宮女失身

卻說乾隆帝迴鑾，御舟停泊涿州地方，自有一班地方官上船去叩請聖安。官員退出以後，皇帝便把鄉間的父老傳上船來，親自問他民情風俗和稻麥的收成。正問話時，忽見一個老年和尚，攙著一個六七歲的男孩兒上船來，跪在當地，不住的磕頭，這時御舟上的人看了，都十分詫異。乾隆帝打發總管太監下去盤問，那老和尚說：「貧僧名叫圓真，當年和四皇子多羅履端郡王永城十分要好；郡王在日，常常蒙召進府去談經說道。如今郡王死了，老僧便出京來，在這涿州地方聖明寺裡做住持；這個孩子，便是當年郡王的親生子，當今皇上的嫡親孫兒。只因家庭大變，流落在外面，一向是老僧收養著，現在聽說聖駕過此，老僧想貴子龍孫，不可拋棄在外邊，特把他帶來送還皇上。一來叫這孩子回京去，安享富貴；二來也不負了當年和郡王的一番交情。」

這件事來得離奇突兀，那總管太監聽說是皇孫，便也不敢怠慢，急忙奏明皇上，乾隆帝聽了，也覺得十分詫異。吩咐把小孩傳進艙去，皇帝看那小孩生得方臉大耳，舉動從容，談吐宏亮，一時也看不出他的真假來；便傳旨把那和尚和小孩一起帶進京去審問。到了京裡，乾隆帝把這案件交給和珅。和珅回府去，先把那小孩傳進來問時，那小孩朗朗的說道：「俺從小便養在圓真和尚廟裡，認圓真是俺的父親。後來俺到五歲上，懂得事了，圓真和尚便說俺是多羅履端郡王的兒子，只因是側福晉生的，那大福晉時時想弄死俺，才將俺偷偷的救出來，養在廟中。俺聽了和尚的話，知道自己是當今的皇孫，便時時對和尚說要進京見皇祖父去；如今既蒙皇祖父把俺帶進京來，便請貴大臣替俺奏明皇上，快快放俺回家去。」

和珅聽了他的說話，看了他的神情，一時也猜不出是真是假，暫把他留在府裡。又傳那和尚進來審問，那圓真和尚供說：「郡王在日，和老僧十分知己，常常把老僧傳進府去談道參禪，下棋吃酒；又把內室的事件，告訴老僧。原來郡王有兩位福晉，一位正福晉，一位側福晉。那正福普是豐見勒的閨女，面貌美麗，性情十分潑辣。側福晉，原是小家碧玉，常常被正福晉虐待；郡王有時勸說幾句，連郡王也被辱罵。因此郡王十分生氣，常常對老僧說起；老僧勸郡王，閨房裡面總以忍耐為是。後來不多幾年，那側福晉生下一位公子來，那大福晉知道了，越發懷恨；她覷著郡王出差在外面的時候，悄悄的打發一個丫頭，把那公子偷出府去，意欲把他丟在空野地方餓死他。那時老僧正到郡王府去，被俺撞見了，便求他們布施給老僧抱回廟剃度做小和尚去。那丫頭進去對福晉說知，福晉也答應了；一面叫老僧把這小公子偷偷的抱去，一面報到宗人府，假說是害天花死了。那側福晉同時也被大福晉弄走了。待到郡王回來，見母子兩人都不見，把他一氣，便吐血死了。如今老僧唸郡王身後，只有這個種子，又是皇上的嫡親孫子，因此把他送還皇上，給他骨肉團圓；老僧看在郡王的交好面上，原沒有別的貪圖，只求大人早早審問明白，老僧也得早早回廟去。」

那和珅得了兩人的口供，便急急進宮去回奏。乾隆帝聽說那和尚重翻舊案，心中也有幾分著慌；忙進宮到「綠天深處」和春阿妃商量去。列位，你知道這春阿妃是什麼人？原來便是多羅履端郡王的大福晉，如今給皇帝收下，封了妃子，住在綠天深處，十分寵愛她。當初宗人府奏報永城郡王生了一個兒子，乾隆帝心中即也十分歡喜；後來又報說害天花死了，皇上想起皇嗣單薄，便也覺得不歡。傳旨把郡王喚進宮去，問起皇孫害天花的情形；那永城便回奏：皇孫死時，臣兒恰恰出差在外，當時實在情形臣兒不曾親見，不敢謊奏，須問兒媳春阿氏才得明白。待到把永城的大福晉傳來，不禁把個公公看怔了。那大福晉花容玉貌；舉止風流，果然是極好的了。她說話的時候，口齒伶俐，笑靨承睫，越發把個風流天子勾引得神魂顛倒。

乾隆帝暗暗的留心她一言一笑，絕似從前死去的香妃。這時勾起了皇帝的一片痴心，他這時也忘了翁媳的名分，竟把個大福晉著意憐惜起來。那大福晉是一個聰明人，見了皇上這一副神氣，便放出她迷人的手段來，一派花言巧語，回眸低笑；早把個皇帝揑在手掌裡。乾隆帝聽春阿氏說完了話，便對郡王說道：「這個媳婦兒真能說話，好似朕院子裡的鸚哥，聽了叫人忘倦；如今皇太后正好少一個陪伴說話的人，朕如今把她留在宮裡，每日陪著皇太后說話消遣兒。朕也做了一個孝子，你也不失為賢孫。」永城郡王雖明知皇帝不懷好意，但也不好說得，只得把他的福晉留在宮裡，垂頭喪氣的出來，冷冷清清住在家裡；他想起愛妾亡兒，鬱鬱寡歡，不多幾天，便成了咯血之症，一病死了。永城郡工死過以後，那春阿氏便升做妃子，每天和皇上尋歡作樂，調笑無間；正快活的時候，忽然那皇孫出現了。

在乾隆帝心中，還不免有子孫骨肉之唸，去和春阿妃一商量，那妃子一口咬定，說：「陛下收留不得的。事隔多年，真假不可知；即使果然是真的，他日續嗣郡王，長大起來，知道妾尚在宮中，必不甘心於妾，為他生母報仇。那時外間傳播，皇上也有不便的地方。倘然一定要招認他做皇孫，便請陛下賜妾一死，妾也無顏侍奉陛下了。」說著，便掩袖嬌啼起來。皇帝最寵愛這個妃子，見她一哭，便心疼起來；忙拉著她說了許多安慰的話。到了第二天，又把和珅傳進來，忽然換了一副嚴冷的面色，說道：「那皇孫已死七年，宗人府中有案可查；現在忽然外面又有一個皇孫出現，定是那奸僧妄圖富貴，欲仿宋明的故事。卿須傳集刑部官員，另立特別法庭，從嚴審問明白，莫叫村野小兒，冒認天家骨肉。」

和珅聽了這番話，心中早已明白；退出宮去，把皇上的聖旨宣布了。第二天，由刑部主審，請大學士都御史諸官員們在一旁陪審，公堂設在乾清門左面空屋內。和珅和劉統勛兩位大學士，高坐中間，兩旁坐著六部人員。刑部有一個章京名保成，口才敏捷，性情狡猾；和珅知道他是一個能員，便委他做主審官，坐在公案下面。停了一會，把那和尚和孩子兩人提上堂來，先由保成照例把他兩人的來蹤去跡審問一過；便站起來對堂上說道：「諸位大人，據卑職看來，這裡面大有疑竇。諸位大人倘肯給卑職審問的權柄，卑職立刻可以把這案件問個水落石出。」

和珅聽了保成的話，便微微的點頭答應他。保成轉過臉來，喝聲：「把妖僧捉出去！」便走上兩個虎狼一般的差役來，揪住圓真和尚的衣領，直拉出堂外去。保成便慢慢的踱到那孩子跟前，舉手便是兩個嘴巴，打得那孩子哇的哭起來。滿堂官員看了，都大驚失色。只聽那保成大聲問道：「你是什麼地方來的村野小兒？受那妖僧的欺哄，膽敢在朝廷上冒認皇孫。這是犯的死罪，你若不好好招供出來，便當砍下你的腦袋來！」說著，擎起佩刀來，擱在那孩子的頭頸上。

那孩子被嚇得直叫起來。一邊哭著，一邊說道：「我原不知道什麼是皇孫，我只知道那和尚是我的爸爸。我記得四五歲的時候，和尚常常指著我，對別人說道：這孩子姓劉。這樣看來，我是劉家的孩子，原不是什麼皇孫；我本不知道皇孫是什麼，那和尚對我說：『到了皇上家去，可讀書做官，有好飯好菜，穿好衣服，出門騎小馬，坐小轎，有許多人侍奉我。』如今你們不給我騎小馬坐小轎，又要拿刀殺我；我不願做皇孫了！求你們放我，仍舊跟著和尚一塊兒回去，可好嗎？」

這孩子說完了話，又大哭起來。堂上許多官員，看這孩子可憐，便都替他抱屈；只因怕和珅的威勢，大家不敢多嘴。保成聽這孩子招供了，心上十分得意。回過頭來，對堂上笑說道：「諸位大人聽得麼？他原不是什麼皇孫；竟是劉家的孩子。如今卑職審問明白了，請大人們定案。」

這時劉統勛坐在堂上，忍不住站起來，說道：「這案且慢定。試問三尺孩童，在威嚇之下，何求不得？況且據那和尚說，這孩子生下地不多幾月便抱出府去。究竟是不是皇孫，莫說這孩子自己不知道；便是俺們活動喏大年紀，那自己在父母懷抱中的情形，怕也不能明白。據本大臣看來，今日這樁案件，非得再把那和尚傳上來審問一番不可。」和珅聽了他的話，心中好不耐煩。便冷冷地說道：「貴大臣若不嫌煩，便再把和尚傳上來審問審問也不妨事。」保成在下面，又疊連聲喊：「傳和尚！」那差役又把和尚擁上堂來。這孩子一見那和尚，便指著和尚哭道：「俺好好的姓劉，怎麼叫我來冒認皇家孫子？如今卻害我殺頭來了！」說著，又拉住和尚的衣角，大哭起來。這和尚露出十分詫異的神色來，說道：「你明明的一位皇孫，如何今天變了口供？從前俺對人說你姓劉，原是怕人知道，為遮人耳目起見。」那保成不容他說話，把公案一拍，喝聲：「妖僧胡說！這孩子自己已供認了，你還不快招麼？」喝一聲：「用刑！」那左右差役，接著一聲喊，啕啷啷鐵鏈夾棍，一齊丟在那和尚身旁。嚇得這孩子又大哭起來，說道：「俺們快回去罷！俺不願做皇帝家裡的人，皇帝家裡嚇死人也！」和尚氣憤憤地指著堂上說道：「都是你們這班奸臣，上欺君皇，下虐人民。你們吃的是清朝俸祿，永城郡王是嫡親的皇子，和你們有什麼仇怨？卻要滅絕他的後代。俺死了做鬼，也要和郡王來揪你們的魂靈呢！」圓真和尚說罷，還咬著牙齒，奸臣奸臣罵不絕口。罵得和珅火起，喝一聲：「打死這賊禿！」那左右差役正要動手打時，那劉相國起來攔住，說道：「且慢！如今俺們屈打成招，叫天下人說俺們不公平。據本大臣意思，須把那舊日抱這皇孫的丫頭找來，叫她當堂認明，究竟是否皇孫，俺們才可定案。」

這時天色已晚，和珅吩咐退堂。當夜進宮去，奏明皇上：皇帝便傳旨，所有從前郡王府中的丫頭老媽子，一齊上堂去證明。那丫頭老媽子早已得了春阿妃的好處。第二日上了公堂，把那孩子喚上堂來，給她們認。她們齊口說不像。又說：從前的皇孫，是瘦小長頰臉兒，手臂上有一塊紅斑的；如今這孩子，卻沒有。內中有一個丫頭供說：「當年皇孫死了，是我親手收殮的；如何現在又有一個皇孫出現？」又有一個老媽子供說：「俺是從前那皇孫的乳母。那皇孫確實是死在她懷中的，絕不有錯。」你一句，我一句，說得那和尚啞口無言。那劉相國坐在上面，明知他冤枉，也無法挽救他。停了一會，眾大臣商量定下罪來，圓真和尚立即正法。那孩子發配伊犁。圓真和尚臨刑的這一天，大罵昏君奸臣。

那孩子到了伊犁，年紀慢慢地大起來，自己知道確是當今皇孫；便去和伊犁將軍說知。那將軍替他轉奏朝廷；和珅見了奏章，悄悄地先去通報春阿妃子。那春阿妃子便和皇帝撒痴撒嬌，要皇帝下旨，把伊犁將軍革了，放和珅的親戚名叫松筠的去做伊犁將軍；又要把那孩子在伊犁地方正法。這皇帝聽了妃子的話，通通依她。可憐堂堂一位皇孫，只落得一刀結果了性命！這裡皇帝越發把春阿妃寵上天去。雖說皇上從江南迴來，帶了一個郭佳氏，一個蔣氏進宮；但也總爬不到春阿氏上面去。那蔣氏、郭佳氏，又是蘇州人，性情和順，語言伶俐，一味趨奉著春阿妃子；春阿妃子也和她們好。妃子自小兒深居閨閣，不曾見過外面的情形；郭、蔣兩人告訴她江南地方，如何如何好玩，那街市又如何如何熱鬧，把個春阿氏哄得心裡熱辣辣的，常常和乾隆帝說，要一塊兒到江南遊玩去。乾隆帝說：「朕才從江南迴來，如今又要到江南去，怕給臣子們說話。」後來還是春阿氏想出一個法子來，在圓明園裡，造一條買賣街，那店堂格局，統照蘇杭式樣。古玩店、衣裝店、酒樓、茶館、色色俱全。那店鋪中夥計，值堂的，也都從蘇杭地方覓來。下至賣花的、賣水果的、賣瓜子的，都拿著籃在街上叫賣。宮裡的太監，個個拿出錢來做店東。各種貨物，由崇文門監督在外城各店肆中採辦進來；把各種貨物，記明價格。賣去的貨物，照值還價，不曾賣去的，仍將貨物退還。

正月初一開園，皇帝下諭，准滿漢各大臣進園遊戲。那班官員，在大街上來往觀看，見有賣食物水果的，大家搶著購買。有時邀集許多同仁，上酒樓茶館去沽飲品茗。那跑堂的往來招呼，和在外城店鋪中一模一樣。有時皇上穿著便服，後面跟著幾位妃嬪，到飯館來吃飯，見了大臣們，彼此點一點頭，好似朋友一般。店小二來往上菜，呼酒報帳；吃酒的客人，猜拳行令，有說有笑。一時諸聲雜作，皇帝和妃嬪們看了這樣子，不覺大笑。有時皇帝也寫著請帖，請客一二人，大概都是宗室閒散大臣，和西清館中的供奉，陪著皇帝吃酒。一般的也談笑猜拳，毫不拘束。那大臣們吃到高興的時候，也叫幾個條子來請酒；有時皇帝一個人出來遊玩，在酒館中叫了許多條子，和那班窯姐兒糾纏捉弄。倘遇到皇帝酒醉的時候，便擁著妓女走到套房裡睡去，直到天晚，也不肯回宮。太監們無法可想，便在房外打著雲板。原來宮中的規矩，皇帝一聽得雲板響，便當起身離開這地方。皇帝有時陪著太後來遊園，那太后也打扮得和平常婦人一般；見園中那些走江湖賣膏藥、變把戲、賣草藥、賣卦卜字的，也擠在人堆裡去看熱鬧。那侍衛只得遠遠的站著保護著。

正月十三到十八這六天裡面，稱做「燈節」。皇帝吩咐把園門開放，傳諭滿漢臣民眷屬，下至小家夫婦，都准許進園來遊玩，算是與民同樂的意思。皇帝在這時候，在人堆裡擠來擠去，和那班小家兒女宦室夫人調笑著，十分快樂。太監們迎合皇帝的心意，在各處套房裡鋪設下床帳，聽皇帝隨意坐臥。到了第三天，忽然有一個大漢，闖進套房來，手中握著一柄尖刀，四處找人的樣子。被侍衛看見了，搶上去把那大漢捉住，發交步軍統領衙門審問。那大漢氣憤憤的說道：「俺妻子進園去遊玩，被昏君誘進套房去姦淫了。俺如今找昏君去和他拚命！」那問官聽他嘴裡說得十分齷齪，便也不問下去，打入死囚牢；第二天，便在牢監裡殺死了。自從出了這案件以後，那園中便禁止男子出入。

圓明園中，自從這一年設了買賣街以後，每年正月便成了例規；皇帝和妃嬪們在園中遊玩，直到燈節以後，才把街市收拾起來。乾隆帝取與民同樂的意思，把這買賣市稱做「同樂園」。到第二年同樂園開門的時候，園裡又鬧出一樁風流案件來。原來京裡有一位禮部侍郎姓莊的；他年紀已六十歲了，只因死了結髮妻子，便在窯子裡去娶一個姑娘來。那姑娘名「賽昭君」，她面貌的美麗，且不去說她，她年紀只二十四歲，生性十分活潑，常常愛在外面閒逛。凡是京城裡香廠廟會熱鬧的地方，到處有她的腳跡。

莊侍郎前妻生下有一個女兒，也生成風流性格，俊俏容貌；和這後母十分投機。她母女兩人瞞著侍郎，終日在大街小巷閒闖，引得那班遊蜂浪蝶，終日跟在她母女兩人後面，評頭品足，調笑無忌。那賽昭君有一種極淫賤的脾氣，愛和人調笑，愛聽人稱讚她的美貌；因此這些店傢伙計，都和她閒談笑謔，無所不為。那女兒到底是大家閨秀，初見她繼母這種輕狂的樣子，不覺羞得她低著脖子說不出話來；後來漸漸地也看慣了，連她自己也和人調笑無忌起來。這女兒名叫秋官，年紀只十八歲，人人知道她是莊侍郎的小姐；那班油頭光棍，便一盆火似的向著她。秋官又故意賣弄風騷，若近若拒，到後來，到底受了風流的孽報。要知後事如何，且聽下回分解。

鶯啼燕唱江南去　匣劍帷燈刺客來

卻說賽昭君和秋官母女兩人，終年在京城遊玩也玩厭了；忽然異想天開，打聽得那圓明園每年開同樂園一次，准官員婦女進去遊玩。她母女兩人，打扮得萬分妖嬈，到燈節時候，也進園去遊玩，每日在街上招搖過市。太監們打聽得她母女兩人的來歷，便也大著膽和賽昭君兜搭去；後來那班侍衛和店傢伙計，都來和她戲嬲。她母女兩人，不但不惱，反以為得意。賽昭君最愛打聽宮中的事體，那太監侍衛們都趕著告訴她，說皇上如何風流，妃嬪如何美貌。說到動神的地方，大家捉搦玩弄一陣。那秋官嬌憨跳擲，最是有趣，大家和她調笑，她從沒有惱恨的；大家背後取她綽號，稱她「小玩意兒」。

有一天，賽昭君和太監在酒樓中閒談，說道：「皇上的面，俺雖見過幾次，但總在街心裡不曾看得親切，且不能和皇上對面講話兒，倘得和皇上對面講一句話兒，或是同坐著吃一杯酒兒，便是一生榮幸的事體了。」那秋官也接著說道：「皇上長得好一部三綹鬍子，俺倘能摸一摸，也是十分榮耀的了。」那太監們聽了，說道：「這也不難。待皇上來時，我們替你報告上去；奏明你母女二人如何美貌、皇上必當召見。」內中又有一個太監說道：「說雖如此，那皇上到園中來，是沒有一定的時候；也許一日來過幾次，也許三五天來一次，你母女既要見皇上，須得住在園中候駕。但是園中每天房飯吃用，很要費錢的，如何是好？」那賽昭君又有一種脾氣，她仗著丈夫有錢，有誰說她拿不出錢，她便生氣。如今聽太監說了這句話，她便不生氣，立刻從懷裡掏出一扣錢莊摺子來，向桌子上一擲。說道：「花幾個錢，算得什麼！這扣摺子，你們拿著，俺兩人在園中住上十天，怎麼樣？」太監見了錢折，早眉花眼笑，忙收拾錦繡的床鋪，精美的食物，供養她母女兩人。賽昭君住在園子裡，和那班侍衛謔浪戲嬲，什麼醜樣兒都做出來；那秋官到底是女孩兒，還不敢怎樣放蕩。賽昭君住在園裡，一天又一天，不覺到了第五天上；這時早已是上燈時候，忽然那班太監慌慌張張地進來，說道：「萬歲爺來了，快接駕去！」賽昭君忙拉著秋官出去。只見一個高大男子，臉上長著三溜鬍子；大模大樣地走進屋子來。後面跟著許多侍衛們。那男子坐下，一回頭叫大家出去，侍衛們一齊退出去了。店小二送上酒菜來，那男子吃了幾杯酒，才向那母女兩人招手兒。賽昭君和秋官走近身去坐下。男子問：「你倆是什麼人？」賽昭君回說：「是姊妹兩人。為奸人所賣，誤落窯子裡。」這幾句話，是太監教導她的。那男人慢慢的酒醉了，便拉著她母女兩人，百般猥弄，秋官被這男人破了身。賽昭君認做他是皇上，便放出迷人的本領來，出奇的媚惑他，直到深夜才去。這樣接連三夜，到第四夜，賞出許多大內的珍寶玩器來。那男子也就不來了。

母女二人正打算回家去了。看了那錢折上，已支去了八萬多兩銀子，不覺嚇了一大跳；急問時，太監說：「這裡面的食物住宿原是很貴的。」她也無可奈何，滿想把皇帝賞她的珍寶，拿出去賣錢；補滿摺子上的虧空；誰知把那珠寶拿出去一估價，原來都是假的。後來，那侍郎發覺了這筆錢，查問時，賽昭君推說：「是替老爺謀缺分化去的。曾去求了某福晉去轉求某王爺，在王爺家，親自見到萬歲爺；萬歲爺又如何親口答應她，給老爺好缺分，叫老爺耐心守著。」一派花言巧語，說得個侍郎無可奈何。從此這莊侍郎常露出窮相來。

侍郎有一個兄弟，家中稱他四爺；見哥哥娶了一個窯姐兒在家裡，心裡已經不舒服了。後來不知怎麼，她嫂子和侄女兒在同樂園裡的事體，被他們打聽出來了；便寫了狀紙，告到京兆尹衙門裡。那京兆尹見告的是皇帝，嚇得他不敢受理。這事件卻傳到都老爺的耳朵裡，有一個姓江的御史，聽得了，也不問他三七二十一，拉起來就是一本，奏明皇上。說：太監不該炫色攫金，罪在不赦。皇帝看了這奏本，十分詫異，便悄悄把和珅傳進宮來，著他承審這樁案件。和珅領了旨意，立時把那謊騙的太監捉來，一面又把賽昭君母女兩人傳到案下，邀集滿漢軍機大臣，和京兆尹當堂會審。那賽昭君一一招認出來，說皇上如何奸汙她，如何把假珠寶哄騙她，那聽審的大臣，聽她供出皇上來，嚇得他們臉上一齊變了顏色；和珅急忙把賽昭君拉下堂去，那賽昭君還是滿嘴的嚷著皇上姦淫命婦，那秋官卻也哭得和淚人兒一般。

和珅和眾大臣商量，要定賽昭君一個反坐的罪，一面卻把那太監殺死了滅口；又定那莊侍郎一個教唆的罪。獨有劉統勛說：「這事不可孟浪。俺們先入奏去，看皇上神色如何；倘這案情是真的，便當償還這侍郎的銀兩，定太監一個充軍的罪。倘這案件沒有皇上的事，便該拿太監正法，把太監的家產抵給侍郎；另由御史彈劾這侍郎治家不嚴的罪。」和珅一時打不定主意，劉統勛便獨自進宮去奏聞；皇上聽說有人告他姦淫命婦，便傳諭說：「朕之不德，十數年來固多物議，但亦未敢為傷風敗俗之行；今莊氏母女一案，著滿漢軍機，秉公審理，務期水落石出，切勿有所顧忌。」劉統勛得了這個聖旨便把那太監用刑審問，這太監熬刑不過，便招認說：只因貪圖她母女多財，便拿一個假皇帝去哄她。又問：假皇帝是什麼人？供說：是外城西大街驢馬坊的掌櫃。當堂出簽，把那掌櫃提來一審便服。劉統勛判定那太監和掌櫃一併正法，把他兩人的家產，判償莊侍郎，又把賽昭君母女兩人發配功臣家為奴。這案件出了以後，從此同樂園中便不許民間婦女出入。一過正月，皇帝又閒著無事可做。每天和春阿妃、郭佳氏、蔣氏三人在宮裡調笑無間。後來郭佳氏奏說：「陛下從江南迴來原蒐羅了許多珍寶，又陛下常常記唸江南的風景，何不在這圓明園中照江南名勝的模樣蓋造起來？把那些珍寶都陳列在園中，賤妾們終日得陪奉陛下在裡面遊玩著，一來也免得陛下牽掛江南，二來賤妾們在裡面遊玩著，也好似回到江南一般。」皇帝聽了，也便高興起來，傳諭內務府和西清館中的供奉人員，把江南各處名勝地方的風景，細細的畫在紙上，進呈御覽。

這個聖旨一下，那班供事人員，天天一幅一幅的畫著：什麼西湖風景，金山風景，揚州風景，大明湖風景，蘇州風景，一處一處的細細畫成圖樣；共有三百六十幅。皇帝和三位妃子挑選了四十個景子，發交和珅，叫他監督工程，從速建造。那和珅得了這個聖旨，便打發許多人員，到山陝江南一帶去採辦木料；在山東河南山西幾省地方，捉拿人夫。又假說是皇上的旨意，著各省地方官紳捐助銀錢。打聽得有錢人家，便派人去勒索，稍不如意，便說他違背聖旨，辦他的罪。因此和珅又得了許多錢財，弄得地方怨聲載道。內中有一個湖北太守，名亢雨蒼的，死得最苦。

那亢雨蒼，家裡原是很有錢的，只因他沒有官做，常常受官府的敲詐；他便發狠，獨立捐助海塘工程洋三萬元。山東巡府替他奏明皇上，聖旨下來，賞他四品頂戴，分發在湖北做武昌知府，那家財越發富厚；在揚州一帶，置了許多鹽田，和那鹽商汪如龍又十分要好。誰知他有錢的名氣一天大似一天，居然傳到和珅耳朵裡。這和珅正當著監造圓明園四十景的差役，四處搜刮銀錢。便派一個人到湖北去，向亢知府要錢，一開口便是一百萬；那亢雨蒼原是個守財奴，聽了這樣大的數目，豈不要把他嚇倒，況且他實在也拿不出這許多錢，勉強報效，送了三萬兩銀子去。和珅見他不肯出力報效，便心生一計；這時山東正捉住一大群海盜，和珅便叫人暗暗買通那些強盜頭目，教他誣供說亢雨蒼是他們的窩家。這個口供一報上去，皇上十分震怒，立刻下諭，把亢雨蒼革職，滿門抄斬。亢雨蒼家裡，有一個五個月的小孩兒，也不免一刀之罪。

這樁案件，和珅辦得痛快；那亢雨蒼的家產，老實不客氣，被和珅一人獨吞了。誰知亢雨蒼家裡還留下一個禍種：這人姓餘，名大海；原是亢雨蒼朋友的兒子。那朋友和亢雨蒼有八拜之交，朋友臨死的時候，把他兒子託給亢雨蒼的。亢雨蒼把大海留在家裡，教讀成人，替他娶了媳婦；這余大海又生成一副神力，任你一千斤的鐵石，他都一手擎得起來。後來亢家查抄了，亢雨蒼卻給大海一萬塊錢，悄悄地打發他走開。這時大海新死了妻子，只有一個女兒，一時無可投奔，便去投在汪如龍家裡。他得了亢雨蒼的好處，卻時時不忘替亢家報仇；汪如龍卻不知道他心中的事體，見他氣力強大，便請在家中做一個鏢師。

乾隆皇帝第三次下江南，吃了總兵官的虧，便暗地裡搜尋有氣力的人，編一隊神機營，保護聖駕。汪如龍便把余大海保舉上去，皇帝當面試過，見余大海氣力過人，便十分重用他；待到兩宮迴鑾，大海也隨駕進京，他臨走的時候，把自己的一個女兒，交託給汪如龍。余大海的女兒名叫小梅，長得姿色嬌豔，風韻翩翩；汪如龍原是個好色之徒，早已看中了她，待到大海進京，汪如龍便仗著自己的勢力，逼淫了小梅，把她收做侍妾。那小梅唸在父親面上，便含垢忍辱的廝守著。她父親余大海，也因為要替亢雨蒼報仇，在宮中竭力和和珅拉攏，常常送他禮物；又打聽得宮中有機密的事體，便悄悄地通報和珅。

和珅也在皇帝跟前常常讚著大海的好處。皇帝聽了和珅的話，把大海升做神機營長，終日在宮中保駕。

大海初進京來，原想刺死和珅，替亢家報仇；後來天天近著皇帝，看看皇帝那種荒淫無道的樣子，心想俺中國的百姓都吃著他一個人的苦，俺不如連皇帝也殺了，也替替千千萬萬的百姓出這口氣，他便想了一個一舉兩得的計策：原來宮中規矩，無論親信大臣王公貝勒進宮來，都不許帶刀。便是那神機營侍衛們，也只許帶長刀，不許帶短刀，只怕臣下行刺，長刀容易看見，短刀不容易搜檢，只有和珅，皇上賞他一把金柄的短刀，柄上刻著和珅的名字，終日掛在身旁；不知怎的，這柄短刀，忽然落在大海手裡。

有一天夜裡，皇帝懷中擁著春阿妃，矇矓欲睡；忽然眼前一晃一個大漢跳進屋來。皇帝眼快，一聲喊，那柄短刀已直向皇帝臉上飛來，虧得春阿妃子手快，忙拿拂塵的柄打去，那柄兒削斷，短刀落在床上，皇上拾起刀來看時，見那金柄上端端正正的刻著「和珅」兩個字，這時那刺客已去得無影無蹤，那班侍衛聽得喊聲，也都趕到屋子裡來，皇帝只因那凶器上有和珅的名字，只怕和珅受人的指摘，便把那短刀藏過了，只說：「有一刺客，闖進屋子來謀刺朕躬。如今這刺客逃出院子去了。」那班侍衛聽了，便搶出院子去，四下里搜尋；直鬧到天明，也不見那刺客的影子。

第二天一查點，獨不見神機營長余大海，立刻把內外城門關閉起來，大索三日，也杳無音信。這時滿朝文武，都齊集武英殿，恭叩聖安。眾官員齊奏說：「那余大海既是汪如龍推薦的，便該星夜派人去把汪如龍提進京來，嚴加審問。一句話，提醒了乾隆帝，便立刻下諭給兩江總督，著他把汪如龍拿解進京。這汪如龍家裡有千萬家財，平日常常有財物孝敬和珅的；如今和珅見要拿解汪如龍，他便一面把聖旨按住，一面進宮去替他求情，說：「陛下莫問，暫把這案件交臣辦理，臣總可以把余大海這人著落在汪如龍身上，叫他把余大海交出，由臣審問：那時臣的嫌疑也洗清了，汪如龍的罪也沒有了。」皇帝聽了他的話，把這大案交給和珅去辦。

和珅得了旨意，暗地裡打發一個親信人員，趕到揚州去，會同揚州的鹽大使，去見汪如龍。這時余大海一擊不中，便立刻逃出京城，連夜到汪如龍家裡躲著。余大海的意思，雖不能刺死皇帝，丟下那柄短刀，刀柄上有和珅的名字，那和珅的性命，總也不保的了。誰知那乾隆帝實在把個和珅寵得厲害，不但不辦他的罪還要他來辦余大海的罪。余大海躲在汪如龍家裡，風聲一天緊似一天；他知道自己存身不住了，便和汪如龍說，要躲到別處去。汪如龍這時已得到北京的消息，如何肯放他脫身；他原有一座別墅，造在江心裡，那地方是一個小洲，四面都是江水，汪如龍便把大海藏在別墅裡，一面暗暗的告到官裡；那揚州知府，會同守備官，帶了五百人馬，悄悄地去把別墅圍住，那大海好似甕中捉鱉，手到擒來，解到京城裡，也不問口供，立即綁出法場砍頭示眾。

大海的女兒小梅得了消息，大哭一場；埋怨汪如龍，說他不該見死不救，那汪如龍一派花言，把自己的罪惡瞞過了。誰知和珅殺了大海以後，又在皇帝面前保舉汪如龍，說他擒盜有功；聖旨下來，賞汪如龍雙眼孔雀翎，以道員用，汪如龍賣去了大海，強占了小梅，又得了功名；他常常戴著欽賜的翎毛，到親戚朋友家裡去吃酒，誇說自己如何得和珅的重用，又如何用計擒大海，如何得皇上的恩典，洋洋得意，早有他手下的小廝，悄悄的去對小梅說知；小梅才明白汪如龍非但是奸汙自己的仇人，且是賣去父親性命的仇人。她索性糟踏自己的身子，結識那小廝。從此以後，汪如龍在外面的一言一動，小梅通通知道。

這時，乾隆帝因為要造圓明園的四十景，又下旨南巡，到江南去參觀風景，那沿路的大臣自有一番忙碌。在揚州接駕的依舊是那汪如龍、江鶴亭那一班富紳。那時聖駕還未到揚州，汪如龍預備接駕的事體，日夜忙碌得連吃飯也沒有空兒，因此不常到小梅房中來，小梅覷空，便把那小廝喚進房去，悄悄地和他商量大事，這小廝原是汪如龍最親信的，無論到什麼地方，總把小廝帶在身旁，這時汪如龍仍把個樗園收拾起來，為皇上駐蹕之所，園中頓時收拾得花枝招展，燈彩輝煌。

不多幾天，果然皇帝到了，一走進園門，便想起從前風流的事體，便傳汪如龍進去，問起：「從前的煙花女子，如今可還在嗎？」汪如龍回奏說：「昔日美人今日已退歸房老，不堪再侍奉聖上了，臣如今有十二金釵獻與皇上。」皇帝聽了便十分歡喜，忙喚他把十二金釵送上來，汪如龍早已預備下來了，出來把十二個揚州名妓，打扮著獻上去，這十二個妓女裡面，有兩個長著絕世容貌，可稱得脂粉魁首。一個名叫倩霞，年紀十八歲；一個名叫絳霞，年紀十七歲。原是一對姊妹花，如今見了皇帝，皇帝出奇的寵愛她們；日間命十二金釵輪流歌舞勸酒，夜間卻只喚她姊妹兩人進去侍寢，裡面皇帝飲酒調笑著，外面汪如龍卻奔走照料，十分辛苦。

第四天夜晚，汪如龍在樗園裡照料正忙亂的時候，忽然內急起來，他便走到一個靜冷的牆角裡小解去，正在這個當兒見他那小廝悄悄的從身後走來；汪如龍見是親信，便也不去防備他，不料那小廝走到汪如龍身旁，舉起尖刀來向他主人頸子上狠命的一刺；只聽得「啊喲」一聲，汪如龍倒在地上死了，那小廝正要轉身逃時，早已驚動了園中一班侍衛，四面趕來，抓住這個凶手。要知那小廝為什麼要刺死他的主人，且聽下回分解。

文字奇冤塚中戮屍　姊妹絕豔水底定情

卻說那小廝刺死汪如龍後，正打算逃走，吃那班侍衛四面攔住，脫身不得，只見他回手擎著尖刀，向自己胸口刺去，低低的喚了一聲：「父親！」便也瞪著眼死去了。侍衛們忙上去拔去那尖刀，解開衣襟，忽然露出那一抹酥胸和兩個高聳白嫩的乳頭來。大家看了詫異，揭去他的帽子，便露出一頭雲髻來，脫去她的靴子，露出兩口紅菱似的小腳來，刺客並非小廝，卻是一個絕色的少女，侍衛們不敢怠慢，一面去稟報侍衛長，一面去通報汪如龍家裡。汪如龍的夫人趕來一看，認識這女刺客便是那小梅，她身上穿著小廝的衣服，那小廝卻不知到什麼地方去了。又在小梅衣袋裡，搜出一張冤單來；上面寫著和珅如何誣害亢家，她父親余大海又如何替亢家報仇，汪如龍又如何強姦她自己，如何賣去她父親的性命。她如今刺死汪如龍，一來為父親報仇，二來為自己雪恨。一張紙上，原原本本，寫著蠅頭楷；又說和珅貪贓枉法，是一個誤國奸臣，求皇上立刻拿他正法。那班侍衛都是和珅的心腹；見了這張冤單，早給他銷毀了。卻謊奏皇上說這刺客手拿尖刀，闖到御樓下面東張西望，原想行刺皇上；給汪如龍眼快看見了，上去攔捉，那刺客便將汪如龍刺死。乾隆帝聽了臣下這一番謊奏，信以為真，便下旨追贈汪如龍頭品頂戴，派梁詩正代皇上到他家去御祭，又給他治喪費一萬兩。

皇帝自從出了這樁案件以後，便處處留心。並且懷疑那倩霞、絳霞和那十個妓女都不懷好意，便連夜打發她們出園去。一面調集扈從人馬，日夜在園外巡邏。那倩霞和絳霞姊妹兩人，正得皇上的寵幸，忽然見要打發她們出園去，不知皇上是什麼意思，還和皇上撒痴撒嬌的依戀著不肯出去。後來皇上哄她說：「迴鑾的時候，帶你們進京去。」又問她們：家住在什麼地方？倩霞回奏說：「我姊妹的妝閣在河樓上；樓下種著一株高大柳樹的便是。」皇帝吩咐她，你兩人打聽得朕迴鑾過揚州的時候，快在樓上點一盞紅燈，朕便打發人來取你姊妹兩人進京。她姊妹兩人聽了皇上的回話，十分歡喜，便真的去住在河樓上，天天守著。

乾隆帝因常常遇到刺客，疑心人民還存滿漢的意見，要刺死滿清皇帝，替漢人報仇。他想這報仇的思想，都是讀書人鼓吹出來的；如今朕欲查驗民心的向背，須先從讀書人身上下手。便下詔，凡御駕經過的地方，許沿途讀書的士子，把他的詩文著作獻上來，由皇上過目；做得好的，賞他銀錢，十分好的，又賞他官銜。這個旨意下去，那班士子，妄想名利，便大家搶著獻詩獻文；皇帝分派給幾個文學侍從大臣檢視。雖說沒有文章，卻也沒有悖逆的句子。

這時江陰地方有一個姓繆的老名士。他因功名失意，在家中著了一部小說，名叫《野叟曝言》，他自己仗多才，書上天文地理兵農禮樂曆數音律，沒有一種學問不講。書中的主人便是他自己的化身；說那西湖殺龍的一段，頗有自命不凡的氣概。說到那李又全春娘一段，又是十分的淫穢。姓繆的有一個女兒，名叫蘅娘；知書識字，十分聰明。她見父親著的書裡面，有許多犯忌的地方；又描寫淫穢，必遭毀禁，常常勸著她父親。無奈這姓繆的高自期許，他逼著女兒把這部《野叟曝言》用恭楷抄寫，裝潢成一百本，藏在一隻小箱子裡，打算候乾隆御駕過路的時候，把這部書獻上去。平日見了親友，也拿出這書本給親友觀看，誇耀他自己的博學。

他親友中有一個金蘭甫，原也是一個讀書少年。家中富有錢財，見蘅娘面貌美麗，幾次託媒人到繆家去求婚。這姓繆的嫌蘭甫舉動輕佻，便一口回絕他。蘭甫含恨在心。蘭甫的叔叔金藕舫也因田地糾葛的事體，和姓繆的打過官司；因此他兩家互不相容。如今打聽得姓繆的有這一部書，蘭甫也曾到繆家去讀過一遍，見上面有許多觸犯忌諱的話，便悄悄的去江陰府衙門裡去告密。那知府原得到內廷的密旨，專搜查這種叛逆的著作；如今見蘭甫來告密，便親自去拜望那姓繆的。這姓繆的不知他們是計，又拿出那部《野叟曝言》來給知府看；知府見上面有許多誇大的說話，那殺龍一段顯系是殺皇帝的意思。當下假作稱讚幾句，又慫恿他定要獻與皇上，定可得皇上的獎賞。

姓繆的聽了，便十分得意。到了聖駕過江陰的這一天，他便穿著袍褂，手中捧著書匣子，恭恭敬敬的跪在岸旁獻稿。那江陰知府，早已預備下了，只須御舟上說一聲「拿下」，他便動手。誰知待這部《野叟曝言》送上御舟上看時，開啟書箱，裡面藏著一百本白紙本兒，上面一個字也沒有。皇帝看了詫異，傳話出去問他什麼意思，那姓繆的見他的書忽然變了白紙，也嚇得一句話也說不出來；皇帝認做他是個呆子，便傳旨申斥了幾句，也便放他回去了。那金蘭甫和江陰知府，枉費了一場心計，依舊是抓不著姓繆的把柄；這姓繆的也因為一生心血，都在這部書上，如今一個字不留，叫他如何不傷心？他在家中，便長吁短嘆。卻不知道他那部書早已被他女兒偷出，裝在小缸裡，悄悄的拿去後園埋在地下了；卻拿白紙照樣的裝釘成一部假的書，藏在書箱裡。這也是使她父親免罪的法子。後來直到姓繆的死過以後，蘅娘嫁了丈夫，才悄悄的又把這部《野叟曝言》掘出來，藏在家裡，直到現在。這都是後話。

如今再說乾隆帝因防漢人反叛，有意興文字之獄。當時到底被他找出兩樁案件來，一樁是《黑牡丹》詩，一樁是《一柱樓詩稿》。那黑牡丹詩，原是大學士沈德潛著的。那沈德潛名歸愚，做得一手好詩；乾隆帝自命是文學士，常常和臣下和詩作文。只因他詩文根底很淺，做出來總不十分討巧，又怕給臣下見笑，便請兩位大臣在他身旁，常常叫他們捉刀。一個是紀曉嵐，專代皇上做文章的，一個便是沈歸愚，專代皇上做詩詞的。後來沈歸愚死了，便由梁詩正代作。那沈歸愚因皇帝看重他，他在皇帝跟前，常常露出驕傲的樣子來；皇帝因為諸事要仰仗他，便不和他計較，反特別敬重他。沈歸愚六十歲時，還是一個秀才；到七十歲時便拜作宰相，到八十歲時，予告還鄉。皇帝還常常打發官員，到他家中去問好。這是何等榮耀的事體？後來乾隆帝作了十二本御製詩集，特送到沈歸愚家裡去，請他改削；那沈歸愚卻老實不客氣，在御製詩上批了許多壞話，又刪去了許多詩詞，送回京中。乾隆帝看了，心中雖說不高興，但看在老臣面上，便也不說什麼。隔了一年，沈歸愚便死了。

乾隆帝此番南巡過蘇州地方，想起老臣沈歸愚來，便攤駕到他墳前去弔奠；又傳他的子孫到跟前來，問了幾句話。忽然想起沈德潛是一代詩人，家中必有遺著，便向他子孫查問。他子孫享著祖父的家產，文墨卻一竅不通的；終日裡鬧著嫖賭吃喝的事體，也鬧不清楚。這時皇帝忽然查問起沈德潛的遺著，他們平日既不留心先人的手澤，知道什麼是犯諱不犯諱，便把沈歸愚的原稿，一古腦兒獻出去。乾隆帝看時，上面有許多詩是詩集上不曾刻入的；又有許多代皇帝作的詩，他也一齊收入詩稿，下面註明「代帝作」三字。乾隆帝看了，不覺惱羞成怒；他想御製詩已經刻出去了，這詩稿裡又有代作的字樣，豈不壞了朕的名聲？但心中雖不樂，卻也無法處置。後來，又看到他的未定稿裡面，有一首《黑牡丹》詩，劈頭一聯，便是：「奪朱非正色，異種亦稱王」兩句。乾隆帝看了，勃然大怒。說道：「好一個大逆不道的沈歸愚！他明說是朕奪了朱家的天下，又罵朕是異種，這如何忍得？」便立即下旨，沈歸愚生前受朝廷厚恩，今觀其遺著，有意誹謗本朝，跡近叛亂，著即掘墓撲碑。」又把沈歸愚的屍首，從棺材裡拖出來，砍下頭來；沈氏子孫，一律充軍到黑龍江；只留下一個五歲的孫兒。這一樁文字獄，把那班讀書人嚇得縮著脖子躲在家裡，從此以後，也不敢獻什麼詩文了。

這時揚州東臺地方，有一個紳士，名叫傅永佳的，忽然獻出一部《一柱樓詩稿》，向江蘇巡撫衙門告密，說這作一柱樓詩的徐述夔是個叛逆。他在詩中有許多叛逆的話，如詠正德杯詩裡有兩句：「大明天子重相見，且把壺兒擱半邊。」這個壺兒，便是說「胡兒」，他說當今天子是胡兒；「胡兒擱半邊」，是說要推翻大清天子，重立明朝天子的意思。這時乾隆帝正四處搜尋叛逆的文字，那地方官也想討皇帝好，因此特別注意。如今江蘇巡撫見了這本詩集，便知道有了升官的路，當即把詩集獻與皇上。聖旨下來，果然發掘徐家的墳墓，又斬徐述夔的腦袋；徐家子孫一律正法；徐家田產，賞給傅永佳。揚州知府謝啟昆，江蘇藩臺陶易，說他是同黨庇護，隱匿不報，一齊發充新疆效力。那江蘇撫臺，果然升了兩江總督。可憐徐述夔一家性命，都送在這兩句詩上，你道悽慘不悽慘！

說到傅永佳的告密，原和徐家有私怨的。傅永佳的父親，做過一任御史，告老回家，他卻極愛風流的。那時東臺地方有一個土娼，名叫小五子的，長得清豔淡雅。傅紳士在她身上已經花了整萬銀子了，頗想娶她回去，做一個金屋姬人。誰知那小五子卻暗地裡愛上了那徐述夔。這徐述夔當時在揚州府衙門裡當幕友，年紀又輕，才學又好。後來調到江蘇藩司裡去，勢力越發大了，便把小五子娶回家去，寵擅專房。此事給傅紳士知道了，氣得他發昏章第十一。後來揚州府鬧漕案件，傅紳士也在裡面；徐述夔告密，說傅紳士主使抗漕，公文下來，捉拿傅紳士，傅紳士上行下賄，才免了這場災禍；但是家財也化盡了，人也氣成病了。傅紳士臨死的時候，叮囑他兒子傅永佳，務必要報了這個私仇。傅永佳留心多年，才得到這部《一柱樓詩稿》。害得徐家家破人亡。傅永佳又得了徐家的田產，他是何等快樂。

這時，皇上御駕已從杭州回來，船過揚州地方，又出了一樁離奇案件。原來揚州有一個富紳人家姓孫；那孫紳士已在五年前死了，那孫太太管教著兩個女兒：大女兒名叫孫含芳，二女兒名叫孫漱芳，調理得好似月裡嫦娥，流水仙子一般；知書識字，又做得一手好針線。含芳年紀十七歲，漱芳年紀十六歲；揚州全城的人，都知道孫家有這兩個美人兒，誰不願去娶她做媳婦。今天張家，明天李家，那說媒的人，幾乎把她家的門檻都要踏斷了；那孫太太是寵愛女兒的，諸事去問她女兒。誰知她女兒一口回絕，說到二十歲，再提婚事。須得要挑選一個才貌雙全的郎君，才肯嫁他。她姊妹兩人，還有一個心願，只因姊妹兩人感情十分濃厚，今生今世不願分離，要兩人同嫁一個丈夫。倘不如她的心願，情願終身不嫁。她姊妹兩人立了這個誓願，叫她母親如何知道？

姊妹倆同住在一間河樓上，樓下一簇楊柳，遮著一個石埠；姊妹倆倦繡下樓，常常並肩兒坐在石埠上垂釣。這河面上十分清靜，來往船隻很少，因此她姊妹也不怕給人看了姿色去。誰知這時，早有一個少年郎君，在河對面飽看了美人了。那少年名顧少椿，也是紳宦人家，他父親顧大椿，在京中做御史；母親胡氏，在家裡督率兒子讀書，少椿的書房，在樓下臨河的，恰恰和孫家的妝樓相對。每逢含芳姊妹在石埠上垂釣，那少椿從窗櫺裡望去，好一副綠蔭垂釣的仕女畫兒。少椿到底害羞，天天看著，卻不敢去驚動地；又因生性溫柔，也不肯做這煞風景的事體。後來實在忍不住了，對他母親說知，託人去說媒，她姊妹兩人，依舊是一句老話，要到二十歲才嫁。少椿無可奈何，只得每天在窗櫺中望望罷了。從此以後，書也無心讀，飲食都無味，終日坐在書房中，長吁短嘆。母親以為他在書房裡用功，便也不去留心檢視他。講到那含芳姊妹兩人，越發不知道有人在隔河望她，為她腸斷。

天下事有湊巧。這時候是初夏天氣，那臨河一帶，花明水秀，越發叫人看了迷戀；含芳姊妹兩人，常常到埠頭上來閒坐納涼。有一天，午後，正是晝長人靜；含芳一個人，悄悄地走出河埠來垂釣，不知怎麼一個失足，倒栽蔥跌入河中去了。這時兩岸靜悄悄的，竟沒有一個人知道；那顧少椿卻是處處留心著的，見了心上人跌入河中去了，把他嚇了一大跳。他也顧不得了，忙脫下長衣，開了後門，一縱身也向河心裡跳下去。在少椿心中，原是想去救那孫家小姐的；誰知他兩人都是不識水性的，一個頭暈，早已昏昏沉沉，隨水氽去了。在少椿心裡，一心要去救他孫小姐，他在水中奮力掙扎著，見孫小姐在河心裡頭顛來倒去，那一縷雲鬢，早已被水沖散了。少椿奮力向前撲去，給他攔住了孫小姐的衣襟。那孫小姐見有人救她，也拚命掙扎，顧不得含羞了，一伸手把那少椿緊緊的拖住；少椿也攔住她的領子。他兩人在水中胸腰緊貼，香腮廝溫。誰知在水中的人，越是用力，越往下沉；他兩人漸漸地沉到河底去了。顧少椿在河底里，還是竭力地把孫小姐的身子往上擎著。

正在危急的時候，妹妹漱芳也到河埠來尋她姐姐；一看水面靜悄悄的，只見河中心的水勢打著漩渦兒，又見一隻小腳兒，伸出水面來，漱芳認得是她姊姊的腳，發一聲喊，撲通一聲，也跳下河去。這一喊，卻把兩岸的人家喊出來，一齊推出窗來一看，見一個姑娘氽在水面上，便有許多人，七手八腳的，拿著長篙，把漱芳小姐救上來。這漱芳小姐指著河心裡哭著，說姊姊掉在河裡了！大家聽了，再去把她姊姊救上來。那含芳這時也已被水灌飽了，救上岸來，昏昏沉沉，開不得口。可憐那顧少椿沉在河裡，也沒有人去救他。孫太太把大女兒摟在懷裡，一聲兒一聲肉的喊著，大家又幫著施救，還有誰去顧著河心裡的顧少椿？

顧少椿的母親胡氏，在隔岸看熱鬧，回進屋子來，到書房裡去看她兒子時，見屋子裡靜悄悄的，地下丟著少椿的一件長衣。胡氏看了，知道事體不妙；忙轉身出來，到河埠頭喊時，一眼見那石條上擱著她兒子的一雙鞋子。那胡氏大哭起來，指著河心裡，求著大家救她兒子。有幾個識水性的，一齊跳下水去，再救她的兒子去，直從河底里把少椿拖上岸來。胡氏看時，早已兩眼泛白，氣息全無；這一急，把個胡氏急得雙足亂蹬。也是一聲兒一聲肉的大哭了起來。這時那邊的含芳小姐，慢慢地清醒過來；孫太太把她抬進屋子去，這班人丟了孫小姐，都來救顧少椿。胡氏又去請了醫生來，從傍晚時分，直救到半夜裡，才慢慢地轉過氣來。他第一聲便喊道：「快救孫家小姐！」他母親告訴他說，孫家小姐已被救活了。他便閉上眼，不說話了。從此顧少椿抱病在床，直病了一個多月，才慢慢地能坐起身來。

那含芳小姐經過養息，早已能夠走動了。但從此以後，便把個顧少椿深深地藏在心裡。聽人說顧少椿害病很重，她姊妹兩人便在閨房裡對天點著香燭，替少椿禱告著，求皇天保佑他病體早早痊癒。後來又聽說他能起身了，便對她母親說：「顧家少爺為俺幾乎送去了性命；如今他害病在床，俺們也得去看望他一回，免得叫人背後批評俺不懂得禮節。」那孫太太聽女兒話說得有理，便也帶著她到顧家來；胡氏接著，說了許多話，她母女兩人，又到少椿床前去問候了一番。那少椿見含芳越發出落得俊俏了，心中不由得歡喜；只因礙著她兩位老太太面上，只是四隻眼睛痴痴的望了一會，一句話也說不出來。那含芳小姐，見少椿兩粒眼珠在她臉上亂滾，只羞得她低下脖子去，站在她母親背後。

這裡孫太太和胡氏兩人退出屋來，背著含芳小姐提起他兩人的親事來。胡氏說：「我們這個，早已求過你家了；如今只請孫太太回去，背地裡問一聲你家小姐。倘若小姐願意，俺們便好做事了。」那孫太太便告辭回去。要知他們的婚姻成功與否，且聽下回分解。

清宮十三朝演義，宮闈風雲再起：

悠悠歷史幾多愁

作　　者：許嘯天
發 行 人：黃振庭
出 版 者：複刻文化事業有限公司
發 行 者：複刻文化事業有限公司
E-mail：sonbookservice@gmail.com
粉 絲 頁：https://www.facebook.com/sonbookss/
網　　址：https://sonbook.net/
地　　址：台北市中正區重慶南路一段六十一號八樓 815 室
Rm. 815, 8F., No.61, Sec. 1, Chongqing S. Rd., Zhongzheng Dist., Taipei City 100, Taiwan
電　　話：(02)2370-3310
傳　　真：(02)2388-1990
印　　刷：京峯數位服務有限公司
律師顧問：廣華律師事務所 張珮琦律師
定　　價：330 元
發行日期：2023 年 12 月第一版
◎本書以 POD 印製

國家圖書館出版品預行編目資料

清宮十三朝演義，宮闈風雲再起：悠悠歷史幾多愁 / 許嘯天 著 . -- 第一版 . -- 臺北市：複刻文化事業有限公司 , 2023.12
面；　公分
POD 版
ISBN 978-626-7403-70-9(平裝)
857.457　112020279

電子書購買

臉書

爽讀 APP